나무는 내 운명

순천만정원박람회장 나무 전담 팀장의
숨겨진 나무 이야기

이천식 지음

나무는 내 운명

문예춘추사

차례

대한민국 제1호
순천만국가정

© 이용일

    나무는 나와 떼려야 뗄 수 없는 운명 같은 존재이다. 우선 이름 석 자에서부터 그 의미를 알 수 있다. 내 이름은 이천식(李千植)이다. '오얏나무 천 그루를 심는다'라는 뜻인데 우연의 일치인지 몰라도 나는 이름대로 나무와 관련된 녹지직 공무원으로 일하고 있다.

    처음 공무원을 시작하면서부터 산과 임야에 나무 심는 조림(造林) 업무를 담당하게 되었다. 그러다 2013년 개최되었던 순천만국제정원박람회장이 2015년 국가정원 제1호로 지정되면서 박람회장의 정원 팀장으로 있었으며 지금은 '2023 순천만국제정원박람회' 조직위에서 박람회장 설계와 조성 업무를 총괄하는 정원시설부장으로 일하고 있다. 나무의 이름으로 세상에 왔고 나무와 함께 평생을 살아가고 있는 것이다.

    나무와 관련된 이름을 지음 받아서인지 나는 나무와 함께 있으면 좋다. 행복하다. 나무로부터 인생을 배웠고 나무로부터 참 많은 혜택을 덧입었다. 그 시작점은 순천만박람회장의 정원 팀장이 된 후였다.

정원 팀장이 돼 나무와 관련된 일을 맡게 되었지만 사실 그 시작은 희망적이지 않았다. 당시 국내에서 처음으로 개최된 2013 순천만국제정원박람회 행사장은 연안습지 순천만에서 도심 쪽으로 5km 정도 떨어진 곳에 있었다. 처음에는 논이 넓게 펼쳐져 있었고 주민들이 벼농사를 지었던 곳인데 비만 내리면 수렁으로 변하는 땅이었다. '퐁당동'이라는 우스갯소리가 있을 정도로 나무가 살기에는 썩 좋지 않는 토질이었다.

갯벌 같은 끈적끈적한 점질토양이었고 일부 땅에서는 염분 성분이 배어 나올 정도로 나무가 살아가기에는 열악한 조건이었다. 어느 것 하나 좋은 점을 찾아볼 수 없을 정도로 비관적이었다. 나무를 심으면 얼마 못 가 곧 죽을 것이라는 전문가들의 충고가 귓전을 맴돌았다. 더군다나 준비 기간도 2~3년 정도밖에 되지 않았다.

나무가 자랄 수 없는 조건이라는 평가를 받았다고 해서 맡은 업무를 소홀히 할 수 없었다. 전국 최초로 도전하는 정원박람회이니만큼 성공해야 한다는 간절함이 생겼다. "나무가 죽으려야 미안해서 죽지 못하도록 정성을 다하자!"라는 문구를 핸드폰에 쓰고 늘 마음에 새겼다. 내 이름 석 자가 부끄럽지 않도록 해야겠다는 사명감도 불타올랐다. 그때부터 나무가 잘 살 수 있는 방법과 기술을 찾아 전국을 넘어 세계를 찾아다녔고 수많은 논문과 기술들을 찾아보며 연구를 했다.

간절하면 이루어진다고 했던가. 나무를 잘 살리기 위해 몰입하다 보니 정원박람회장의 특성에 적합한 새로운 조경공법을 개발하게 되었고 다양한 기술과 방법으로 예산도 절감할 수 있었다.

가장 이목을 집중 받았던 기술은 '매립형 말뚝지주목' 개발이었다. 이 지주목은 2012년, 순간 최대풍속 50m/s의 강풍을 몰고 왔던 1급 태풍 볼라벤을 이겨내는 진가를 발휘했다. 매립형 말뚝지주목은 특허까지 받았다. 그것 말고도 다양한 기술과 방법들이 동원돼 나무를 살리고 가꿀 수 있었다. 대경목 헬기 운반, 뿌리돌림 공법, 지렁이분변토 개발 등 어려움이 닥칠 때마다 이를 헤쳐 나가기 위해 신기술과 새로운 공법으로 정원박람회장 조성에 적용해 나갔다. 다행히 정성을 다해 심고 가꾼 나무들은 건강하게 잘 자라주었고 2013 순천만국제정원박람회 개최는 성공이었다.

정원박람회장은 2015년, 대한민국 정부로부터 국가정원 제1호로 지정받았고 그 후 매년 수백만 명의 관람객이 찾는 명품 생태관광지로 자리매김하고 있다.

아름다운 정원을 보면 쉼을 얻고 마음의 평안을 얻기도 한다. 지친 삶의 일상에 활력이 되기도 한다. 녹색의 공간을 거닐기만 해도 새로운 일상을 시작할 수 있는 에너지를 충전 받는다.

하지만 아름다운 정원이 만들어지기까지는 보이지 않는 곳에서 수고한 수많은 사람이 있다. 허허벌판의 땅에 아름드리나무가 심긴 과정만 따져도 소설책 열 권이 부족할 정도로 이야깃거리가 많다. 나는 관람객들에게 그 이야기를 들려주고 싶었다. 다른 이들로부터 전해 들은 것이 아니라 땀내 풀풀 나던 정원박람회장 조성 현장에서 조경 작업자들과 함께 체험했던 생생한 이야기를 직접 내 목소리로 들려주고 싶었다. 나무를 사랑한 사람들의 따뜻한 마음을 기억하며 주변에 전하고, 또 사람과 나무가 교감하는 모습을 보여주고 싶었다.

정원박람회장에 서 있는 나무들은 저마다 사연을 갖고 있다. 그 사연을 만난다면 겉으로 보이는 것으로 느끼는 것이 아니라 그 나무의 뿌리부터 잎끝까지, 나아가 나무의 근원까지도 자세히 보고 교감할 수 있을 것이다. 나무의 그 너머까지 넘나들며 자세히 알아갈 수 있게 되는 것이다. 어느 시인의 말처럼 자세히 보아야 예쁘고 사랑스럽다. 나무도 다르지 않다. 국가정원에 살고 있는 나무의 숨겨진 이야기를 덧입혀 본다면, 눈으로 보는 것 너머의 것도 볼 수 있을 것이다.

이 책은 나와 함께 국가정원을 만들어간 이들의 이야기며, 나무와 떼려야 뗄 수 없는 운명 같은 나의 이야기이기도 하다. 이 이야기로 국가정원을 함께 만들어간 분들과 국가정원을 찾는 분들에게 쉼과 행복을 선물할 수 있기를 바란다.

이천식

국내 최초 순천만 국가정원이 태어나기까지 정말 많은 사람의 수고와 인내, 헌신이 있었다. 역사 속에 첫걸음이 되었던 일들은 언제나 더디고, 거칠고, 지독하리만큼 안개 속에 길을 찾아 나서는 행군이었을 것이다.

나는 2012년 겨울, 토목공정이 이뤄지고 어느 정도 아웃라인이 잡힌 상태에서 현장에 들어왔다. 그렇게 영하 10도 계절부터 영상 35도가 넘는 계절까지 순천시 공무원들과 함께 하며 박람회 현장에서 내 영역을 찾아 일을 도왔다.

세상에 말을 잘하는 사람은 참 많다. 그러나 후미진 골짜기에서 거친 바람과 맞서 마음을 쓰는 사람은 드러나기 쉽지 않은 것이 현실이다. 하지만 나는 박람회 현장에서 만난 사람들을 보며 무언가를 위해 애쓴 마음은 언제나 자연의 질서가 되고 따스한 진실로 남아 우리의 삶에 영원히 선한 영향력이 되고 견고한 토대가 되어준다는 것을 다시 한번 느끼게 되었다.

정원박람회장 조성 현장에서 함께했던 순천시 공무원들을 생각하면 지금도 눈시울을 적시게 된다. 폭풍우가 심하게 불던 어느 날 새벽, 나무가 거센 바람에 쓰러지지 않도록 두 손으로 꼭 붙잡고 있던 공무원이 있었다. 오늘의 순천만 국가정원이 세상에 있는 어떠한 정원보다 특별한 이유다. 그들이 왜 그렇게까지 해야 했는지 이제는 조금 알 것 같다.

그 중심에 있던 이천식 소장님은 내 기억으로는 공무원 같지 않은 사람, 중심이 분명한 사람, 지독한 현장소장, 순천에 대한 절실한 사랑이 가득한 사람, 태어날 때부터 녹색 손가락을 운명처럼 가지고 태어난 사람이었다. '오얏나무 천 그루 이천식'은 감히 지구의 사막화를 고민하고 황폐한 삶과 사회의 치유와 변화를 꿈꾸었던 한국의 요셉 보이스라 말하고 싶다.

순천시 공무원들은 특수부대원보다 더 지독한 사람이었다. 누구보다 주체성이 강하고 자기로 온전히 살면서 날마다 피어나는 꿈처럼 행복한 사람이었다. 이 책이 그때 함께했던 순천시 공무원과 현장 사람들에게 작은 위로의 기억이 되어줄 것이다.

환경미술가&가든 디자이너 황지해

정원을 공부하면서 갖게 된 염원이 있다. 한국 사회에 정원문화
가 하루빨리 성숙해졌으면 하는 것이다. 사실 우리 정원문화는 조선
후기까지만 해도 참으로 근사하고 다채로웠다. 그랬던 것이 일제와
근현대기를 거치면서 대폭 쇠퇴해져 버렸다. 힘들게 살면서 정원을
가꾸는 여유를 갖지 못하게 된 탓이다.

사실 '정원'이라는 공간에는 상상 외로 다양하고 복합적인 효용
과 가치가 담겨있다. 단순히 즐기거나 쉬는 것 이상의 신체적, 정신
심리적, 그리고 사회적 효용이 크다. 정원 가꾸기가 마음 치유와 건
강 회복은 물론 구성원들 간의 관계 회복에도 매우 효과적이라는
연구는 무수히 많다. 갈등과 상처가 만연한 한국 사회에 특효약이
될 수도 있는 것이다.

2007년 한국 최초의 국제정원박람회를 순천시가 개최한다고 하
자 많은 이들은 반신반의했다. 하지만 2013년 순천정원박람회는 대
성공으로 끝났고 이후 순천을 '살기 좋은 도시'로 이끄는 원동력이

되었다. 이 지면을 빌려서 꼭 나누고 싶은 이야기가 있다. 당시 내가 만난 순천시 공무원들은 지위 고하를 막론하고 강한 열의와 사명감으로 차 있었다. 꼭 해내고 말겠다는 의지와 열정으로 무장한 '정원 투사' 같았다. 2013 순천정원박람회가 성공할 수밖에 없었던 셈이다. 지난 15년간 그들과 함께 정원문화를 꽃피우는 데에 동참할 수 있었던 것은 나에게도 큰 행운이었다. 덕분에 대한민국 정원문화에 대한 오랜 염원을 어느 정도는 이루었다고 생각한다.

이 책은 그 같은 성공적 개최를 이끌어 낸 경험을 담아냈다. 정원에 대한 관심과 자료가 극히 부족한 상태에서 정원박람회를 꽃피워 낸 과정과 뒷이야기는 흥미를 넘어 사료로서도 매우 소중하다. 하지만 이 책이 정말로 각별한 까닭은 이 땅에서 몸소 실천한 생생한 경험을 담고 있기 때문이다. 페이지마다 이론을 넘어선 도전, 머리를 넘어선 몸으로의 실천이 실감나게 실려 있다. 시간과 비용 제약 속에서 매 순간 난제를 헤쳐 나간 데에는 '참신하면서 적응 가능한 사고(Novel and Adaptive Thinking)'가 뒷받침되었을 것이다.

갈수록 복잡다원화되는 동시대에 기계적이고 틀에 박힌 방식이 아닌, 열린 사고로 문제를 해결하는 능력은 새로운 시대를 열어나가는 데에 필수적인 역량이라고 했다. 이런 역량과 성공 경험을 갖춘 순천시 공무원들과 시민들이 함께 펼쳐낼 2023 국제정원박람회는 우리에게 또 어떤 놀라움을 선사해줄까? 생태경제도시를 넘어 시민 모두가 건강하고 행복한 도시, 한국 최고·최초의 정원 도시로 진화해나갈 순천시 앞날이 벌써부터 기대된다.

서울대학교 환경대학원 교수 성종상

순천의 '기적의 놀이터'가 전국의 많은 어린이와 시민으로부터 사랑받는 까닭을 이천식 선생님이 이번에 쓰신 《나무는 내 운명》을 읽으며 새삼스럽게 깨우치게 되었습니다. 기적의 놀이터 철학은 순천만 국가정원에서 비롯된 것이기 때문입니다.

이천식 선생님의 순천만 국가정원 조성에 관한 오랜 애정과 땀과 철학이 없었다면 기적의 놀이터는 탄생하지 못했을 것입니다. 기존의 획일적인 한국 어린이놀이터에 반기를 들고 정원의 철학과 가치를 담은 기적의 놀이터를 가장 가까이서 지지해 주시고 용기 있게 앞장서주신 이천식 선생님이 계시지 않았다면 기적의 놀이터는 싹을 틔울 수 없었을 것입니다.

세상은 늘 새로운 것을 원합니다. 그런데 가던 길을 가면서 새로운 것을 원하는 것이 큰 문제입니다. 새로운 것을 만드는 데는 기존 관행과의 충돌은 물론 수많은 논쟁을 불러일으키며 더 많은 정성과 헌신과 용기와 수고가 따릅니다. 그 길을 묵묵히 걷고 계신 이천식

18

선생님을 가까이서 때로는 멀리서 바라보며 든든하고 미덥고 함께 하고 싶은 마음 가득합니다.

　다가오는 2023년 순천만국제정원박람회를 찾는 여러 관람객 손에 《나무는 내 운명》이 들려있기를 바라며 이 책을 통해 순천만 국가정원이 얼마나 많은 분의 굵은 땀방울과 용기와 혁신으로 이렇게 아름다운 곳으로 만들어졌는지 그 진심이 전달되기를 바랍니다.

놀이터 디자이너&세종시 모두의 놀이터 총괄기획가 편해문

추천사

  2013년 순천만국제정원박람회가 개최되기 훨씬 전에 박람회장
감리회사의 일원으로 이천식 님을 조성 현장에서 처음 만났다. 그
후 2023년에 두 번째 국제정원박람회를 10년 만에 다시 개최하게
되어 이천식 님을 다시 만나게 되었다. 반가운 마음에 얼른 다가가
지난 세월로 이야기꽃을 피웠다.

  당시 정원 팀장이었던 이천식 님은 지금은 정원시설부장이 되어
계셨고 더 기쁜 것은 지난 정원박람회 관련 본인의 소회를 글로 정
리하였다며 나에게 추천사를 의뢰해주신 것이었다. 나 또한 조경 관
련 업무를 다양하게 경험한 체험적 내용을 정리하여 책을 한번 내
려고 준비해온 기간이 제법 되었지만 실행으로 옮기지는 못하고 차
일피일 미뤄온 터라 반가운 마음과 함께 몹시 부러웠다.

  2010년에 광역자치단체 차원의 경기정원박람회가 경기도 시흥
시 옥구공원에서 처음 열렸고 그 후 2013년 순천만국제정원박람회
가 중앙정부의 지원 하에 성대하게 치러졌다. 그 결과로 2015년은

20

우리나라 정원정책의 원년이라고 할 수 있는 제1호 국가정원 지정과 정원 관련법제(수목원·정원조성 및 진흥에 관한 법률)가 제정되었다. 그 이후 우리나라에 정원 시대가 활성화되기 시작했다.

이천식 부장님의 이름에 나무의 뜻이 담겨 있듯이 그는 숙명처럼 녹지직 공무원으로 일하고 있다. 특히 두 차례 국제정원박람회 추진 실무자로서의 활동은 어느 누구보다 자랑스럽고 값진 공직생활이 아닐까 한다.

'기후변화'가 '기후위기'의 상황으로 치닫고 있는 요즘, 녹지 조성에 따른 대응이 얼마나 가치 있는 일인지 새삼 깨닫게 된다. 나무를 심는 일, 조경 관련 업무, 정원의 확산세는 이 시대의 가장 중요한 의제이고 최우선순위의 주제이다.

그런 의미에서 이천식 부장님은 지구환경 개선에도 일조하신 공덕이 매우 크다. 많은 시간을 나무를 심고 가꾸는 일에 종사할 수 있는 공직생활은 아무나 맛볼 수 없는 일이다. 얼마나 행복한 삶이라고 할 수 있는가. 또 이러한 과정의 일부를 책으로 엮어서 여러 사람과 공유하는 보람은 참으로 크다 하겠다.

다시 한번 이런 의미 있는 일련의 행동을 축하하고 감사한다. 또한 조경과 관련된 일을 하는 사람들이 이 책을 읽고 나무를 진심으로 아끼고 사랑하는 마음을 배웠으면 한다.

(사)한국정원문화협회 회장 정주현

나무는 내 운명

어찌 그리 손길이 따스하요?

뿌리 하나 잎사귀 하나에도 부모님, 자식,
연인 대하듯, 따스한 사랑과 정성으로
돌보며 보듬으니, 신명난 꽃과 나무들은
아름다운 풍광 뿐내는 세상의 보석으로
반짝입니다.
"순천 국가정원"!
이젠 찬탄과 칭송으로 순천의 자랑이요!,
우리나라의 큰 정원으로 자리매김 했습니다.
참으로 수고 많이 하셨습니다! 나무나라여장
'이천식'님! 님은 천상 나뭇꾼, 이 시대의
진정한 애국자 이십니다!
호강하는 꽃과 나무들 손벽치며 노래하고
둥실 춤을 춥니다!
감동스런 '이천식'님의 책 출간을 진심으로
축하합니다!

　　　　　　　　2021. 겨울　　강사익

순천만 국가정원 서원 ⓒ 이용일

• Part1 •
순천만정원박람회장의
정원 팀장이 되다

정원의 매력에 빠지다

사람은 누구나 자연에 기대고 싶어 한다. 삶이 지치고 힘겨울 땐 자연스레 산이나 강, 들로 떠나려고 하지 않는가. 자연에서 나무와 꽃을 만나고 어울리다 보면 나도 모르게 지친 심신이 회복되는 경험을 한다. 그래서인지 우리는 고향이라는 단어를 떠올리면 시골의 고즈넉한 곳을 상상한다. 고향은 자신이 태어나 자란 곳이라는 뜻도 있지만 '마음속에 깊이 간직한 그립고 정든 곳'이라는 의미도 있다.

어릴 적 시골 풍경을 떠올려보면 대부분 집 앞마당에는 자그마한 정원이 있었다. 채송화와 봉숭아꽃이 자리한 작은 꽃밭은 힐링의 장소였다. 어떤 집은 수국이나 맨드라미, 백합 같은 꽃나무가 심겨져 제법 정원의 틀을 갖추고 있기도 했다. 마당 한 편에 놓인 평상은 마실 나온 이웃과 앉아 담소를 나누는 장소였다. 자그마한 꽃밭 옆은 사람과 소통하고 관계를 맺는 곳이었다.

그런데 요즘은 아파트로 주거 문화가 바뀌면서 가까이에서 이웃과 만나고 소통할 장소가 없어졌다. 대신 카페나 커피숍을 찾는다. 최근에는 단순한 커피숍이나 카페보다는 꽃이 있는 꽃페, 가든이 있는 가페가 인기라고 한다. 이왕이면 정원 같은 카페에서 자연과 함께 소통하기 원해서이다. 역시 정원이라는 공간을 그리워하는 사람의 본성이 여실히 드러나는 현상이다.

정원이라는 용어가 생소했던 내가 정원의 매력에 빠지게 된 계기는 유럽의 정원을 만나게 되면서부터다. 나는 '2013 정원박람회' 준비위원을 꾸리면서 정원 팀장으로 발령을 받았다. 그리고 정원박람회 준비를 위해 유럽의 정원들을 견학하게 되었는데 그때 네덜란드 쾨켄호프를 가게 되었고 그곳의 멋진 광경에 넋을 잃었다.

쾨켄호프 튤립축제는 영국 첼시플라워쇼, 프랑스 쇼몽페스티벌과 함께 세계 3대 정원축제로 알려져 있다. 인공적으로 잘 다듬어진 강가에는 끝없이 펼쳐진 튤립이 흐드러지게 피어 있었다. 맑은 물이 넘실대는 호수 옆의 정원에는 아름드리나무들이 서 있고 그 아래에는 파란 잔디밭이 조성되어 있었다. 큰 나무와 푸른 잔디, 그리고 펼쳐진 호수 사이에는 튤립과 수선화 등 온갖 꽃들이 예쁘게 피어 있었다. '어쩌면 저렇게 아름다울 수 있을까!' 할 수만 있다면 그곳의 풍경을 그대로 떠서 옮겨오고 싶을 정도로 욕심이 났다.

호수와 푸른 잔디, 튤립 정도는 그런대로 흉내 낼 수 있을 것 같은데 몇 사람이 두 팔로 안아야 될 정도로 큰 나무들은 어떻게 해 볼 수가 없다는 생각이 먼저 들었다. 적어도 백 년 이상 될 법한 큰 나무들이 서 있으니 호수도 멋져 보이고 꽃들도 더 아름답게 보였다. 정원에 대한 지식과 경험이 부족했던 나에게 쾨켄호프는 커다란 희망과 숙제를 동시에 안겨주었다. 이때부터 큰 나무에 대한 집착이 생겨났고 이것은 내가 도전해야 할 목표가 되었다.

한국으로 돌아와 박람회장을 찾은 나는 쾨켄호프의 멋진 정원 모습을 흉내 내고 싶어서 도시 숲 일부 공간에 시범 정원을 만들었다. 우리가 심을 수 있는 가장 큰 나무는 팽나무와 느티나무라고 생각해서 그것을 옮겨 심고 푸른 양잔디를 심어보았다. 그리고 나무와 나무 사이에 튤립과 수선화 등을 심어 놓았을 뿐이었는데 사람들 반응이 좋았다. 비록 쾨켄호프의 일부를 모방한 정원이었지만 우리도 할 수 있다는 자신감을 가질 수 있었다.

쾨켄호프의 정원

네덜란드 쾨켄호프에서 정원을 보았다면 독일 코블렌츠에서는 정원을 만났다고 할 수 있다. 코블렌츠 박람회장 개막식에 참석한 크리스티안 불프 대통령의 축사가 아직도 생생하게 남아있을 정도로 인상적이었다.

"정원은 만남과 소통의 장소이다!"

그는 '정원은 세대의 갈등을 뛰어넘어 노인과 어린이가 만나고 이념과 가치를 공유하여 자연과 인간이 만나고 문화와 문명이 만나는 곳'이라고 했다. 그리고 '정원은 세대와 민족, 개인의 조합을 담아내는 화합의 장소'라고 했다.

그저 아름답게 보이기만 한 정원이 이토록 심오한 의미를 담고 있다는 말인가? 그때부터 정원이 달리 보였다. 단순히 보이는 것이 전부가 아니라는 것을 알게 되었으며 정원은 인간 삶을 풍요롭게 만드는 중요한 문화요소라는 생각이 들었다.

유럽 정원을 견학한 이후 순천만정원을 조성할 때 역점을 둔 것 중 하나가 남녀노소가 소통할 수 있는 만남의 공간을 만드는 것이었다. 세계정원과 기업정원 등을 유치할 때도 정원 한 모퉁이에 담소를 나눌 수 있는 아담한 공간을 두게 하였다. 오솔길과 도시 숲 공간에도 향토색이 묻어나는 전통 정자와 갈대 쉼터를 비치하였다. 도시 숲의 잔디밭처럼 확 트인 열린 공간(Open Space Garden)과 함께 한방약초 숲 오솔길처럼 조용히 산책할 수 있는 닫힌 공간도 만들었다.

유럽의 경우 정원문화가 정원 산업으로 연결되어 정원용품 생산, 유통, 소비 시스템이 잘 갖춰져 있어 글로벌 시장을 형성하고 있다. 이러한 경제적 기반을 바탕으로 정원은 그들의 일상 속으로 스며들어 생활이 되었다. 자연스럽게 정원을 즐기고 집집마다 크고 작은 자신만의 정원을 가지고 있다. 말 그대로 정원이 일상이 되는 삶을 살고 있는 것이다.

나도 자연과 삶이 어우러진 멋진 정원을 꾸미고 싶었다. 삶에 지친 사람들이 쉼을 얻고 이웃과 더불어 여유롭게 소통할 수 있는 공간에 대해 마음으로 그려보았다. 그립고 정겨운 정원을 완성해보겠다는 일념으로 내게 주어진 업무에 최선을 다했다.

나무에게 물어보십시오

순천에서 정원박람회를 시작할 때 대부분의 시민은 찬성하였지만 간혹 반대하는 이들도 있었다. 찬성하는 사람들은 세계적으로 가치가 있는 순천만 연안습지를 항구적으로 보존하기 위해서 순천만과 도심 사이에 에코벨트 즉, 큰 그린벨트 축을 만들어 도심 확장을 막아야 한다고 생각했다. 그래서 도심과 순천만 사이 공간에 큰 정원을 만들어 국제정원박람회를 개최하자고 주장했다.

하지만 반대하는 사람들의 명분도 분명했다. 순천시는 전체 면적의 70%가 산으로 둘러싸여 있다. 전국 어느 지역보다 자연녹지 면적이 많고 생태적으로도 건강한 도시인데 군이 인위적으로 정원을 만들어 시의 재정 상태를 더 열악하게 만드냐는 것이었다.

반대 측에는 대학교수 등 조경과 환경 분야의 전문가들이 많았는데 그들의 주장은 상당히 설득력이 있었다. 박람회장 구역은 순천만에서 불과 5km밖에 떨어져 있지 않은 진흙과 펄(뻘) 땅으로 논농사를 하고 있는 지역이었다. 염분이 섞인 짠물이 나오는 곳에 나무를 심으면 그것이 제대로 살 수 있겠느냐는 것이었다.

일반적으로 연안 매립지에는 나무를 심어도 잘 활착하지 못한다. 흙 속에 섞여 있는 염기 때문이다. 흙을 성토하고 충분한 시간을 둔 후 나무를 심어야 잘 자랄 수 있는데 문제는 염기가 쉽게 사라지지 않는다는 것이다.

정원박람회는 정부 승인 후 불과 이삼 년의 짧은 기간 동안에 나무를 심어야 할 정도로 촉박했다. 나무가 잘 살아야 정원박람회가 성공할 수 있기 때문에 나무와 관련된 논쟁이 끊임없이 이어졌다. 순천시의회 시정 질문 시간에 시의원 한 분이 시장에게 질의했다.

"박람회장에 나무를 심으면 살 수 있습니까?"

"최선을 다해 나무를 살릴 수 있도록 노력하겠습니다."

시의원은 조경 전문가들의 주장을 인용하면서 나무가 살 수 없을 것이라고 했다. "나무가 살 수 있느냐"고 계속해서 질의하자 시장은 이렇게 답변했다.

"나무에게 물어보십시오!"

이후 순천에서는 '나무에게 물어보라'는 말이 회자될 정도로 나무와 관련된 논쟁이 많았다. 반대하는 사람들의 염려를 시장도 잘 알고 있었기 때문에 정원박람회를 준비하는 공무원들에게 나무를 잘 살릴 수 있도록 정성을 다하라고 신신당부했다. 사람처럼 나무도 귀천이 없으니 나무가 죽으려야 죽지 못하도록 정성을 다해야 한다는 것이었다. 특히 나무를 담당하고 있던 나를 만날 때면 기존의 나무 심는 관행에서 벗어나야 성공할 수 있다고 말씀하셨다.

정원박람회를 반대하는 주된 이유는 나무를 잘 살릴 수 없다는 거였다. 나 역시 그들 주장을 반박할 합리적 이유를 찾기 어려웠다.

전문가들조차 나무가 살기 어렵다고 하는데 어떻게 해야 나무를 살릴 수 있을까 고민하지 않을 수 없었다.

나는 마음속으로 반드시 정원박람회를 성공시켜 나무를 살릴 수 없다고 주장하는 사람들의 콧대를 납작하게 해주고 싶었다. 그렇게 하려면 정원박람회장에 적합한 새로운 조경기술을 개발해야 한다고 생각했다. 그리고 나무가 죽으려야 미안해서 죽지 못하도록 정성을 다하는 것만이 최선의 방법이라고 믿었다.

이때부터 나는 새로운 조경기술 개발에 박차를 가했다. 특허 받은 매립형 말뚝지주목 개발부터 뿌리돌림공법, 지렁이분변토개발, 큰 나무 헬기 운반 등 일반적인 조경 현장에서는 잘 사용하지 않는 신기술과 공법들을 개발하여 정원박람회장에 적용했다.

나무에 대한 나의 철학

나무에 대한 나의 철학은 단순하다. 귀하고 천한 사람 없듯이 나무도 귀천이 없다고 생각한다. 그리고 생명이 있는 나무는 사람처럼 마음이 있다는 것을 믿는다. 나무에게도 마음이 있으니 당연히 나무가 좋아하는 방법으로 대우해 주어야 한다고 생각한다.

나는 '나무도 사람처럼 마음이 있소 숨 쉬고 뜻도 있고 정도 있지요'라고 시작하는 이은상 시인의 〈나무의 마음〉이라는 시를 좋아한다. 순천만 국가정원 나무도감원 앞의 큰 바위에 새겨져 있는 시구를 볼 때마다 지금 나무들은 안녕한지 궁금했다.

정원을 꾸미는 소재는 다양하다. 그중에서 가장 중요한 한 가지

요소를 꼽으라면 나는 나무를 선택할 것이다. 경험상 큰 나무 주변에는 뭘 해도 어울린다. 건축물을 지어도 좋고 오솔길을 만들어도 그만이다. 연못을 만들거나 관목과 화초류를 심어도 잘 어울린다. 반면에 작은 나무들은 군락을 지어야 멋진 광경을 연출할 수 있다.

정원박람회장에는 우리 지역에서 쉽게 구할 수 있는 상수리나무와 버드나무를 많이 심었다. 나는 모든 나무를 좋아하지만 한 가지 수종만 택하라고 한다면 상수리나무를 꼽는다. 현재 국가정원의 도시 숲에는 10m가 넘는 아름드리 상수리나무가 많이 심어져 있다.

내가 공직에 입문한지 얼마 되지 않았을 무렵 산림청연수원에서 교육을 받은 적이 있다. 수목학 강사님으로부터 상수리나무에 대해 강의를 들었는데 그때부터 나무에 대한 사고방식이 바뀌었다. 독일 흑림지대의 울창한 산림에는 오크나무가 많은데 우리나라의 상수리나무와 같은 참나뭇과의 나무라고 했다. 독일의 유명한 목조 건물들은 대부분 오크나무로 만드는데 수백 년이 지난 오늘까지도 잘 보존돼 있다. 목재의 강도가 높고 내구성이 좋기 때문이란다. 독일 남성들은 오크나무로 만든 전원주택에서 살아보는 것이 로망이라고 할 정도로 귀한 나무라는 것이다. 오크나무 숲에는 건강에 이로운 피톤치드를 다량으로 함유하고 있으며 대기오염 물질을 흡수하는 효과도 매우 좋다고 한다. 나는 그때까지만 해도 피톤치드는 편백나무 등 침엽수에서만 나오는 줄 알았다. 그런데 참나무에서도 우리 몸에 이로운 물질이 나오는 것을 알게 되면서 치유 효과에도 관심을 갖기 시작했다.

산림청 교육 후 나는 우리 주변에 널려있는 상수리나무 가치를 새롭게 발견하게 되었고 이를 잘 활용하면 좋겠다는 생각을 품고

순천만 국가정원 도시 숲의 상수리나무들

지냈다. 더군다나 황사와 미세먼지 농도를 줄여 준다고 하니 도심 속 공원이나 녹지대에 조경용으로 심어도 좋을 것 같았다. 상수리나무에 대한 생각을 많이 하고 있던 내가 도시 숲에 이 나무를 심자고 제안했더니 설계팀에서도 동의를 해주었다. 조경 자문위원들도 향토수종 식재를 적극적으로 권해주었다.

정원박람회장은 흙을 메워 성토한 지역이라서 토심이 깊기 때문에 상수리를 심고 몇 년만 지나면 독일 흑림지대의 나무들처럼 도심 속을 푸르게 만들 수 있을 거란 기대가 있었다. 아울러 우리 지역

기후와 토양에 적합한 향토 수종을 심어야 빠른 기간 내에 활착시킬 수 있다는 생각도 들었다.

사실 처음 상수리나무를 심을 때 지천에 널려 있는 흔하디흔한 땔감용 나무가 뭐가 좋아서 정원박람회장에까지 심느냐고 따지는 사람들이 있었다. 왜 멋진 소나무를 심지 않고 땔감용 나무를 박람회장에 심느냐고 목소리를 높이기도 했다. 한 그루에 몇천만 원씩 하는 비싼 나무를 심으면 좋겠지만 넓은 박람회장을 비싼 나무로만 가득 채워 폼나 보이게 할 수는 없는 형편이었다. 또 사철 푸른 상록수보다는 계절에 따라 변화하는 활엽수를 좋아하는 사람이 많다는 것을 알게 된 이유도 있었고 정원박람회장처럼 넓은 정원에서는 관리하기 쉬운 나무가 필요하기도 했다.

사람에게 희로애락이 있듯 나무도 봄이 되면 새싹이 돋아나고 여름에는 녹음이 무성해진다. 가을이 되면 울긋불긋 단풍이 들고 겨울이면 앙상한 뼈대를 드러낸다. 나는 그 모습이 좋았다. 나무가 건강해야 이를 보는 사람들도 건강과 활력을 느낀다고 생각하기 때문에 나무를 건강하게 심기 위해 노력했다.

나무가 죽으려야 미안해서 죽지 못하도록 정성을

나무를 심은 사람들의 최대 관심사는 '어떻게 하면 건강하게 잘 살릴 수 있을까'일 것이다. 전문가마다 의견이 다르지만 내 경험상 특별한 비법이나 꿀팁은 없는 것 같다. 그저 정성을 들여서 심고, 한 주 한 주 마음을 다해 가꾸는 것이 전부이다.

나무도 인간처럼 생체조직과 특성을 지니고 있다. 그렇기 때문에 그 생태적인 특징에 맞는 처방을 해주는 것이 필요하다. 정원박람회장에 심은 나무는 대부분 굴취(掘取)해서 옮겨온다. 관건은 굴취하고 나서 가장 빠른 시간 내에 식재해야 한다는 것이다. 나는 이것만 지켜도 웬만한 나무는 잘 살릴 수 있다고 믿고 있다.

공원에 나무를 심거나 가로수를 심을 때 감독을 하게 되는 경우가 있었는데 '굴취 후 빠른 시간 내에 식재하는 것'이 제대로 지켜지지 않는 것을 볼 수 있었다. 업체에서는 나무를 굴취하고 나서 며칠씩 방치해 뒀다가 운반하는 경우가 허다했다. 도착해서도 하루 이틀 정도 시간이 지난 다음에야 심기도 했다. 이러다 보니 나무가 건강하게 살 수가 없었다. 나무도 사람과 똑같이 숨을 쉬고 사는 생명체인데 나무를 다루는 인정이 매몰차다고 생각했다.

굴취를 당하여 낯선 곳으로 옮겨 온 나무는 큰 스트레스를 받는다. 사람으로 따지자면 큰 수술을 한 것이나 다름없기 때문이다. 우리는 나무를 옮길 때 얼마나 세심하게 보살펴 주고 있는지 되돌아봐야 한다. 나무도 사람처럼 항상 병원균에 노출되어 있다. 건강한 나무는 병원균에 대한 저항성이 있으나 이식한지 얼마 되지 않은 나무는 새로운 환경과 스트레스에 노출되어 있어 병에 걸리기 쉽다.

나는 정원박람회장에 심는 모든 나무는 굴취해서 심는 데까지 최대 이틀을 넘기지 않도록 했다. 장거리에서 운송할 경우에는 삼일 정도 소요되는 예외적인 경우도 가끔 있기는 했지만 원칙은 반드시 지키도록 했다. 이 원칙이 쉬운 것 같지만 그렇지 않다. 조경회사에서는 인력과 장비가 많이 소요돼 전체적인 비용 지출로 이어지기 때문에 어려워했다. 현장에서 굴취한 나무는 한꺼번에 모아서 운반해야 운송비를 절감할 수 있고 인부들의 작업 효율성을 높일 수 있다. 그래서 굴취 하고도 현장에 대기하고 있는 나무가 많은 것이다.

처음에 정원박람회장 조경 현장에서 이 원칙을 지켜내는 것이 힘들었다. 그래도 나는 원칙을 강조했다. 원칙을 지키지 않은 현장소장이나 감리단장이 그만두겠다고 했을 정도로 내가 강하게 밀고 나가서야 정착되었다. 처음에는 감독 공무원이 지켜볼 때에만 원칙대로 나무를 심는 척하더니 시간이 지나자 나중에는 현장에서 일하는 작업자들이 스스로 지켜나갔다.

어느 날 큰 느티나무를 옮겨와 구덩이를 파고 막 심으려는데 때마침 내가 그곳을 지나가게 되었다. 무심코 나무뿌리 부분에 걸쳐 있는 비닐 조각을 떼어내려고 다가가 보니 나무 뿌리분을 감싸고 있던 녹화마대와 조경용 철사가 느슨해져 흙이 흘러내리고 있었다. 나무를 옮겨오면서 뿌리 부분이 훼손된 것인데 내가 발견하지 않았다면 이것을 그대로 심었을 것이다.

나는 당장 감리단장과 현장소장 그리고 조경차장을 불러 구덩이에 있는 나무를 다시 뽑아 들어올리도록 했다. 나무뿌리가 공중으로 올라오자 손상된 뿌리 모습이 고스란히 드러났다. 감리단장과 현장소장이 놀란 표정으로 다가오면서 정말 실수였다며 통사정을 했다. 나는 그 자리에서 나무를 심고 있었던 한 반장님에게 기계톱을 가져오라고 요구했다. 처음에는 감리단장 눈치를 살피더니 내가 강한 어조로 말하자 기계톱을 들고 나타났다. 나는 현장소장에게 물었다.

"소장님, 이렇게 분이 깨진 상태로 심으면 나무가 살 수 있나요, 없나요?"

소장님이 아무 말도 못하자 현장실무를 맡고 있는 조경차장이 다시는 이런 일이 없도록 철저히 지도하겠다며 한 번만 좀 봐 달라 부탁했다.

하지만 나는 냉정하게 그의 부탁을 거절했다. 이런 마음으로 나무를 심는다면 정원박람회장 모든 나무를 살리기 어려웠기 때문이다. 넓은 박람회장을 몇 명의 공무원들과 감리단 직원이 감독할 수도 없었기 때문에 시공자와 작업자들이 스스로 정성껏 나무를 심는 방법 외에는 없었다.

"나무를 심는 사람들의 가장 큰 보람은 심은 나무가 건강하게 잘 자라는 거 아닌가요? 나무를 정성껏 심을 줄 모르는 사람은 우리 박람회장에는 필요 없습니다!"

그 말을 한 후 나무를 자르라고 했다. 반장님은 처음에는 머뭇거

훼손된 채 몰래 심은 나무 절단

리더니 시키는 대로 나무를 절단하여 두 동강 내버렸다. 감리단장은 연신 미안하다고 하면서 몸 둘 바를 몰라 했다. 두 동강난 나무를 바라보는 마음이 착잡했지만 이번 일을 계기로 현장 작업자들이 원칙을 철저히 지켜주길 바라는 마음이었다.

이 사건 이후 현장에서 대충 나무 심는 요령은 통하지 않게 되었으나 조경팀장의 악명은 더 높아져 갔다. "이 팀장, 저 독한 놈에게 걸리면 중간에 보따리 싸야 된다"는 말이 공공연하게 돌다 보니 감리단 감독자에서부터 현장 작업반장까지 모두 신경 써서 나무를 심어 주었다.

처음 내가 정원박람회장에 발령을 받아 왔을 때 각오 한마디를 말하는 시간이 있었다. 그때 나는 이런 말을 했다.

"정원박람회가 끝났을 때 '조경팀장은 피도 눈물도 없는 감독 공무원이다'라는 말을 듣더라도 정원박람회가 꼭 성공했으면 좋겠습니다. 절대 반심을 쓰지 않고 온심을 써서 나무를 심겠습니다!"

전문가들조차도 정원박람회장에는 나무가 살 수 없을 거라는 진단을 내린 상태였기 때문에 나무를 살리기 위해서는 특단의 방법이 필요했다. 그것은 나무가 죽으려야 미안해서 죽지 못하도록 정성을 다하는 것밖에는 없다고 믿었다. 지금까지 조경업계의 관행대로 적당히 운반하여, 적당히 흙 넣고, 적당히 심고, 적당히 물주면 살릴 수 있는 그런 여건이 아니었다.

시공사와 작업자들에게만 특단의 노력을 요구할 수는 없었다. 나부터 솔선수범하여 토요일, 공휴일에도 쉬지 않고 나무를 심고 가꾸어 왔다. 언젠가 하루는 알고 지내는 조경 선배님이 이런 말을 했다.

"자네가 나무에 들인 정성 반만 부모님께 해드려도 효자라는 말들을 거네!"

부모님이 살아 계셨다면 당연히 나무보다 열배 백배 더 잘해드리고 싶지만 작고하신 부모님께서도 내가 정성껏 나무 심는 것을 응원해 주시지 않을까 생각해 보았다.

나무는 내 운명

나무와 인연을 맺게 된 것은 운명이었다. 부모님께서 지어주신 이천식(李千植)이라는 이름 때문인지는 몰라도 이름대로 나무와 관련된 녹지직 공무원으로 일하고 있다. 그리고 처음 공무원을 시작하면서부터 담당했던 나무 심는 조림업무를 10년 이상 하고 있다.

순천은 호남권에서 산림면적이 가장 넓다 보니 조림 사업량도 제일 많았다. 매년 1백만 그루 이상 나무를 심었으니까 모두 합하면 1천만 그루가 넘는 나무를 심은 셈이다. 부처님 말씀에 나무 1만 그루만 심으면 천당에 간다는 말이 있다는데 그 말이 맞다면 나로서는 참 다행스런 일이다. 천당을 수십 번 가고도 남을 정도로 많이 심었으니 말이다.

물론 내가 그 많은 나무를 직접 심은 것은 아니다. 직접 내 손으로 심은 나무는 불과 몇 천 그루도 되지 않을 것이다. 조림계획을 세우고 예산을 확보한 후 산주들에게 보조금을 지급하여 도급으로 실행했지만 이들 역시 내가 심은 것이나 마찬가지로 여기고 있다. 나무들이 정원박람회장과 도심 곳곳에서 잘 자라고 있는 것을 보면 마음 뿌듯하다. 나무 부자로 치면 나만큼 부자도 없을 성싶다. 주로 산에 심었던 나무는 편백, 화백, 상수리 등 경제수가 많았고 일부는 두릅, 오가피, 황칠 등 돈이 되는 특용작물도 있었다.

정원박람회가 끝나고 직위 공모를 통해 공원녹지사업소장으로 일했다. "도시가 아닙니다. 정원입니다. 도시 전체를 정원으로!"라는 슬로건을 내걸고 나무를 심어나갔다. 약 4년간 공원녹지 업무를 관장하면서 나무를 심을 수 있는 곳이라면 콘크리트 포장을 걷어내면서까지 심었다.

순천에는 5일마다 웃장(동외동)과 아랫장(풍덕동)이 열리는데 아랫장 장평로는 수십 년 동안 나무 한 그루 심지 못하던 곳이었다. 상인들의 반대를 무릅쓰고 가로수를 심었으며 동천변 하천부지에 거주하던 130세대의 주민들을 안전한 곳으로 이사시키면서까지 나무를 심고 그린웨이를 만들었다. 하천 옆이었기 때문에 보상을 해줄 수는 없었기에 주민들의 집단 민원 등 거센 항의가 있었지만 시에서는 그들에게 직업을 알선하고 자선봉사단체와 연결하여 가구 등을 지원하는 등의 노력을 통해 힘든 과정을 이겨낼 수 있었다. 녹지행정을 수행하면서 절대로 장터와 상인들의 심기를 건들지 말라고 하던 선배 공무원들의 말이 그냥 나온 말이 아니란 것을 호된 체험을 통해 실감할 수 있었다.

정원박람회장 수목원 부지에는 편백 숲이 조성되어 있는데 산책하기 좋은 장소로 알려져 있다. 편백 숲에 심은 나무들은 산림과에서 조림업무를 담당했을 때 심었던 어린나무들을 활용했다. 나무가 어릴 때는 다소 밀생되게 심어 가꾸다가 어느 정도 크면 간벌로 솎아베기를 해주는데, 간벌로 솎아 없애는 대신 박람회장으로 옮겨 심은 것들이다. 상사호와 주암호변에 경관조림 사업으로 벚나무를 많이 심어 놓았는데 이들이 자라면서 밀생되어 솎아줄 필요가 있었다. 몇 년 전부터 옮겨올 나무들에 표식을 해두고 뿌리돌림과 가지치기 등을 준비해 왔는데 막상 가로수를 활용하려고 하자 인근 주민들과 환경단체에서 반대를 했다.

이뿐만이 아니었다. 산림과의 협조를 받아 수종갱신 대상지의 벌채될 나무를 활용하기 위해 나무를 캐고 있는데 갑자기 중앙 방송사에서 카메라를 들이대고 촬영을 하기도 했다. 박람회에 쓸 나무를 굴취하면서 자연을 훼손한다는 내용이었는데 9시 뉴스에 전국 방송으로 나오게 되면서 이를 해명하느라 힘들었던 때도 있었다.

사실 처음 정원박람회 수목 담당 업무를 맡고 허허벌판 논을 바라보며 이런 곳에 어떻게 나무를 심고 살려야 할지 막막한 심정이었다. 하지만 이때부터 나무에 대한 공부를 많이 했다. 바짝 긴장을 한 채 주말도 잊고 박람회 준비를 하였다. 온통 나무 생각뿐일 정도로 나무에 빠져 있었던 것이다.

전문가들이 보통 나무를 구별할 때 꽃이나 잎 모양 또는 나무줄기와 형태를 보고 무슨 나무인지 판별해 낸다고 들었다. 수준 높은 사람들은 수관 형태만 보고도 알아낼 수 있다고 하는데 겨울철 잎이 다 떨어진 앙상한 나무를 몇 백 미터 거리에서 알아맞히는 것은 신기에 가까운 일이다. 그나마 생김새가 독특한 나무는 쉽게 구별할 수 있다. 예를 들어 같은 활엽수 계통의 나무라도 벚나무와 느티나무는 잎이 떨어져 있어도 생김새가 달라서 웬만큼 나무 볼 줄 아는 사람이라면 멀리서도 그 차이를 알아차릴 수 있을 것이다. 전체적인 수관의 윤곽, 미세한 가지의 색깔이 다르게 보이거나 나무 형상이 각기 다른 특성을 갖고 있기 때문에 가능한 일이다.

그런데 남부지역에 많이 분포하고 있는 팽나무와 푸조나무를 구별하라고 하면 쉽지 않을 것이다. 이것은 메타세쿼이아와 낙우송과의 나무를 구별하는 것보다 더 어렵기 때문이다. 팽나무와 푸조나무는 수피와 수관의 형태가 유사하고 심지어는 나뭇가지와 잎 모양도 거의 같기 때문에 가까이에서도 구별하기가 쉽지 않다. 이러한 나무를 몇 백 미터 밖에서 그것도 잎이 다 떨어진 겨울철에 구별하기란 정말 어려운 일이다.

그런데 내가 나무에 빠져있을 때 신기하게도 이 나무들이 선명하게 구분되어 보였다. 자나 깨나 누워서도 나무 생각에 골몰해 있었고 매일 이런 나무들을 박람회장에 심고 가꿨으니 불가능한 것도 아니었을 것이다. 우리가 흔히 알고 있는 '일만 시간의 법칙'이 나무에게도 적용되나 싶었다. 하지만 시간이 지나면 지날수록, 나무를 알면 알수록 나무가 어렵다는 것을 느끼고 있다.

일반적으로 낙엽활엽수는 상록수에 비해 이식이 용이하다고 배웠으나 층층나무와 노각, 비목, 때죽, 굴피, 호두나무 등은 생각보다 훨씬 어려웠다. 많은 나무를 살렸지만 죽은 나무들도 적지 않았다. 시중에는 '수목도감'이라는 형식으로 많은 책이 있는데 심근성 나무인지 천근성 나무인지, 이식이 용이한지 어려운지 등 수종별 특성이 자세히 나와 있다. 많은 나무를 심으면서 이들 책자 내용 중 일부는 사실과 맞지 않아 수정이 필요하다고 느꼈다. 같은 종류의 나무라도 식재하는 지역과 토양, 그리고 계절에 따라서도 제각기 달랐기 때문이다.

박람회가 끝나고 정원의 도시 마스터플랜 수립을 위해 호주와 뉴질랜드를 방문한 적이 있다. 용역팀을 이끌고 있는 조경학과 교수님들과 함께 견학을 하던 중 뉴질랜드의 수도 웰링턴 부근 정원을 돌아보게 되었다. 농수로 옆에는 키가 20m 이상 되어 보이는 미루나무들이 도열하듯 서 있었는데 마침 교수님 한 분이 "미루나무는 천근성(뿌리가 지표면 근처에 얕게 분포하는 식물) 나무인데 넘어지지도 않고 강가에서 잘 자라네요"라고 말씀하셨다. 학생들에게 미루나무는 천근성 나무라고 가르쳤는데 실제 이렇게 키 큰 미루나무가 강가에서 사는 것을 보니 이론과 실제에 차이가 있다는 것을 실감하셨던 모양이다.

만약 이 나무가 실제로 천근성이라면 절대로 높이 자라지 못할 것이다. 왜냐하면 조금만 바람이 불어도 도복(倒伏)되기 때문이다. 비록 이 나무는 천근성 특성을 지녔으나 주변 환경을 인지하고 스스로 큰 몸통을 지탱할 수 있도록 뿌리를 깊고 넓게 뻗어나갔을 것이다. 나도 박람회장을 조성하면서 경험했던 수목도감의 문제점을 말씀드렸더니 앞으로 강의할 때 참고하겠다고 하셨다.

어쨌거나 나무를 알면 알수록 어려운 것은 사실이다. 특히 큰 나무, 대경목을 옮겨 심는 작업은 겁이 난다. 나이를 먹어가면서 소심해져서 그럴 수도 있지만 실제로 큰 나무를 옮겨서 살려 내기가 만만치 않기 때문이다. 처음에는 박람회장에서 큰 나무 옮겨 심는 날이면 새벽부터 엄청 설레었다. 모 대기업 회장께서 새벽이 오는 것이 더디게 느껴질 정도로 신나게 일했다는 말을 들었는데 나도 그런 기대와 설렘을 이해할 수 있을 것 같았다.

'오늘은 출근하면 어디에 있는 나무를 박람회장으로 옮겨올까?'

비록 바쁘고 힘들었지만 가슴이 뛰고 설레었던 그 시절이 가장 행복하지 않았나 생각이 든다.

일이 즐겁다보니 겁나는 것이 없었다. 작은 산 같이 큰 나무를 나의 의지대로 옮겨올 수 있다는 것에 자신감과 성취욕을 느꼈다. 아무리 큰 나무도 인간의 위력 앞에서는 어쩔 수 없게 만들 수 있다는 오만함도 가지고 있었다. 하지만 큰 나무를 심으면 심을수록 나의 자신감은 줄어들고 어느새 소심함으로 바뀌어가고 있었다.

나무를 굴취해서 심어보면 지상 위에 우뚝 서 있는 모습도 웅장하였지만 나무를 파 내려가면서 드러나는 땅 아래의 세계도 신비로운 때가 많았다. 큰 뿌리와 작은 뿌리가 각기 제 역할을 하면서 거대한 나무를 지탱하는 것도 놀라운데 흙 종류에 따라서 뿌리의 굵기나 줄기가 뻗어나가는 방향과 모양이 각기 달랐다.

가끔 겨울철에 나무를 굴취하다 보면 뜻밖의 손님들을 만나기도 했다. 나무뿌리 주변에 뱀이 월동을 하거나 갖가지 곤충들이 나무와 공생하고 있는 모습을 보았다. 나무는 겉으로 보이는 것이 전부가 아니다. 깨끗한 물과 산소를 공급해주고 질 좋은 목재를 제공해주는 고마운 존재이다. 어쩔 때는 사람보다도 더 가까운 이웃이자 친구라고 느껴진다.

얼마 전 문재인 대통령께서 다시 태어나면 나무를 가꾸는 일을 하고 싶다는 인터뷰 내용을 본 적이 있다. 대통령까지 하신 분이 이렇게 말씀하시는 것을 보면서 '나무에 대한 애착이 많은 분이구나'라는 생각이 들었다. 그러고 보면 나는 대단한 일을 하고 있다. 대통령도 부러워하는 일을 하고 있으니 말이다.

1장

사람을 살린 후
박람회장으로 온
모과나무

모과나무에 혼을 빼앗기다

예로부터 모과나무를 두고 세 번 놀란다는 말이 있다. 열매 모양, 향기 그리고 맛이다. 하지만 국가정원 서쪽 WWT(Wildfowl and Wetland Trust) 습지 주변에 식재한 모과나무는 열매 모양, 향기, 맛 그리고 또 다른 사연이 담겨 있다. 습지 언덕 위에 당당하게 서 있는 모과나무에는 어떤 사연이 숨겨져 있을까?

첫째는 300년 된 나무 나이와 크기에 놀란다.

두 번째는 정원박람회장으로 모과나무를 운반하기 위해 갔다가 혼자 사는 할머니의 생명을 우연히 구한 사연에 놀란다.

세 번째는 모과나무 이식을 반대하던 마을 주민들이 할머니의 생명을 구했다며 기증을 결정한 내용에 다시 한번 깜짝 놀란다.

순천만 국가정원에는 크고 작은 나무 약 1백만 그루가 자라고 있다. 나무마다 제각기 독특한 사연을 간직하고 있지만 유난히 정이 가는 것이 바로 모과나무다. 우리는 이 나무를 '119 불러 사람을 구한 기막힌 모과나무'라 부르고 있다.

모과나무의 고향은 순천에서 고들빼기로 유명한 별량면 개랭이 마을이다. 개랭이 마을에서 모과나무를 처음 보았을 때 마을의 수호신처럼 위풍당당한 자태와 가을 햇볕에 영글어 가는 노란 열매에 단박에 매료되었다. 그 모습이 아롱거려 잠을 이루지 못할 정도였다. 정원박람회를 준비하면서 가장 마음 설레는 나무였지만 정원박람회장으로 가져오기까지는 극복해야할 어려움이 많았다.

2009년 2월의 어느 겨울날, 별량면 개랭이 마을 이장님의 전화를 받았다. 이장님은 고들빼기 농사를 지으면서 오랫동안 마을 일을 맡아온 분인데 산림과에 근무하며 조림업무를 담당하던 시절, 마을 뒷산에서 몇 번 만났던 칠십 대 중반의 어른이었다.

"자네 요즘 정원박람회장에서 일한다고 들었는데, 우리 마을에 있는 모과나무 한 번 구경해 보지 않겠나?"

다짜고짜로 물어보는 이장님의 질문에 어안이 벙벙해 내가 다시 여쭤보았다.

"모과나무요? 개랭이 마을에 좋은 나무가 있었나요?"

마을에 몇 번 방문한 적이 있었지만 오래된 모과나무를 본 기억이 없었기 때문에 이장님의 제안에 별 관심을 두지 않았다. 설령 눈여겨보지 못한 모과나무가 있었더라도 여느 나무와 크게 다르지 않겠거니 생각했다. "시간 나면 한 번 가보겠습니다"라고 성의 없는 대답으로 전화를 끊었다.

3월에 접어들자 남녘에는 봄기운이 완연해졌다. 남부지역에서는 3, 4월이 나무 심기에 좋은 철이라 이 산 저 산에서 수종갱신을 위한 조림작업이 한창이었다. 별량면의 재석산으로 출장 가는 길에 마침 개랭이 마을을 지나게 되었다. 그동안 잊고 지냈던 모과나무가 갑자기 떠올랐다. 이장님에게 전화를 해서 마을의 당산나무 앞에서 만나자고 약속했다.

우리 일행은 마을에 들어서면서부터 눈을 크게 뜨고 사방을 찬찬히 살펴보았다. 하지만 입구 공터에 있는 느티나무 말고는 특별히 눈에 들어오는 나무가 없었다. 느티나무는 마을 당산나무로 순천시에서 보호수로 지정하여 관리하고 있었는데 나무 옆에 설치된 안내 표지판에는 자그마치 나이가 500년이나 되었다고 쓰여 있었다. 그렇지만 나의 마음에는 오직 모과나무밖에 없었다.

"모과나무가 도대체 어떻게 생겼기에 이장님이 그토록 자랑했을까?"

혼잣말로 중얼거리면서 한참 동안 모과나무를 찾아보았지만 보이지 않았다. 모과나무는 과수이기 때문에 산(山)보다는 집 안이나 과수원에 있을 것 같아 마을 주변을 둘러보았지만 어디에서도 찾을 수 없었다.

개랭이 마을은 불과 십여 가구밖에 살지 않는 작은 마을이라 한눈에 봐도 알 수 있을 텐데 도대체 그 나무가 어디에 있다는 말인지 이장님에 대한 믿음이 점점 사라져갔다. 이때 저 멀리서 이장님이 나타났다.

"아무리 둘러봐도 나무가 없는데 어디에 있다고 그러세요?"

나는 이장님을 보자마자 짜증 섞인 목소리로 물어보았다. 그는 아무 말 없이 손을 들어올려 마을 위쪽으로 방향을 틀더니 언덕이 있는 곳에서 멈추었다. 손가락이 가리키는 곳, 멀찌감치 언덕 위 대나무밭 뒤로 큰 나무 한 그루가 어렴풋이 보이는 것 같았다.

우리는 이장님의 안내를 받아 비좁고 가파른 마을 안길을 따라 언덕으로 올라갔다. 당산나무에서 5분 정도 올라가자 마을 중간 지점에 삼거리가 나타났다. 이곳은 겨우 차 한 대 주차할 정도로 작은 공간이었지만 마을 안길 중에 유일하게 넓은 곳이었다. 길옆에는 예쁜 돌을 쌓아 동그랗게 만든 공동 우물이 맑게 솟아오르고 있었다.

삼거리 우물 샘터를 지나자마자 겨우 두 사람 정도 비킬 수 있는 비좁고 가파른 길이 언덕까지 쭉 연결되어 있었다. 언덕 위로 올라선 후 가쁜 숨을 내쉬며 대나무밭부터 바라보았다. 그곳에 정말 커다란 모과나무 한 그루가 서 있었다. 마을에서 언덕을 바라볼 때는 큰 나무가 대나무밭 가운데 있는 것처럼 보였으나 막상 언덕에 올라와 보니 모과나무 근처에만 대나무가 있었다.

나는 설레는 마음으로 모과나무에 다가가 찬찬히 살펴보았다. 생김새가 예사롭지 않았다. 나무껍질은 마치 군복에 새겨진 알록달록한 점박이 무늬 같기도 하고 배롱나무나 노각나무처럼 껍질이 매끈하다는 생각이 들었다. 한 꺼풀씩 벗겨져 말려 올라간 껍질은 마치 속살이 차오르면서 바깥 피부를 밀어내고 있는 것처럼 피부의 안쪽과 바깥쪽의 색감이 달라 보였다.

몸통을 살펴보니 뿌리 부근에서부터 두 갈래로 갈라진 줄기가 올라가다가 서너 가지로 분기되어 시원스레 하늘을 향해 뻗어 있었다. 나무줄기는 이두박근과 삼두박근이 꽉 차 있는 근육처럼 굴곡이 깊이 파여 매력적인 남성미를 뽐내고 있었다.

모과나무와의 첫 만남

나무 높이는 어림잡아 15m 정도, 뿌리 부분의 직경은 1.5m 이상 되어 보였다. 모과나무 치고는 굉장히 컸다. 지금까지 이렇게 큰 모과나무를 본 적이 없었기 때문에 나무 나이가 어떻게 되는지 알 수 없었다. 하지만 크기만 봐도 족히 100년은 넘어 보였다. 나뭇가지 끝에는 지난가을에 열렸던 열매가 여태 매달려 있을 정도로 건강 상태도 좋아 보였다.

한동안 나무를 만져 보다가 주변을 살펴보니 개랭이 마을이 훤히 내려다보였다. 마을 입구 도로에서부터 시냇물이 흐르는 개울이며 논밭 사이로 포장된 농로가 한눈에 들어왔다. 마을이 아담하고 평온하게 느껴졌다. 나무가 있는 곳에서 4~5m 절벽 아래에는 집 한 채가 자리하고 있었는데 사람이 살고 있는 것 같지 않았다. 금방이라도 모과나무가 집을 덮칠 것처럼 위태로워 보였다.

"이 팀장! 모과나무 직접 보니 어떤가? 좋지?"

"아, 예. 나무 참 좋네요. 나무가 상당히 오래되어 보이는데 몇 살이나 되었는지 아나요?"

"당연히 알지, 이 사람아! 300년은 묵었다네!"

이장님은 마치 나의 질문을 기다리고 있었다는 듯이 주저 없이 말을 이어나갔다. 마을 문중 어르신들에게 전해 들은 바로는 적어도 300년은 되었다고 하였다. 이장님의 증조할머니가 개랭이 마을에 시집 왔을 때가 가을이었는데 노란 열매가 주렁주렁 달려 있는 모과나무를 평생 잊을 수가 없었다고 여러 차례 말씀하신 것을 직접 들었다는 것이다. 그의 고조부 할머니가 시집오기 훨씬 이전부터 모과나무가 마을을 지키는 수호신 역할을 하고 있었으니 당연히 오래되었다는 것이다. 이장님 말을 듣고 나니 '아… 적어도 300년은 넘었겠구나' 짐작이 되었다.

이장님은 내 얼굴을 보면서 자랑하듯 말씀하셨지만 잘 들리지 않았다. 이 나무를 본 순간부터 내 머릿속에서는 온통 '어떻게 해서 이 나무를 정원박람회장으로 가져갈 수 있을까…'라는 생각뿐이었다.

모과나무를 정원박람회장으로 옮겨야 해

모과나무를 만난 후 궁금한 것이 또 하나 있었다. 이렇게 오래된 좋은 나무는 욕심내는 사람들이 많았을 텐데 어떻게 아직까지 이곳에 남아 있었을까. 고급 아파트를 시공하는 큰 조경업체에서 전국에 있는 희귀한 노령목을 찾아 높은 가격으로 구입해 간다는데 그 사람들이 아직 이 나무에 대한 정보를 몰랐을까? '하긴 순천에 살고 있는 나도 몰랐는데 이 깊숙한 마을에 있는 나무를 어떻게 알겠는가?'라는 생각도 들었다. 하지만 예상했던 대로 이미 조경업자들이 모과나무를 보러 마을에 다녀갔다고 했다.

"말도 마소, 이 사람아! 이미 여러 조경업자들이 다녀갔다네!"

이장님은 이 나무가 매우 가치 있는 것을 강조라도 하듯이 목소리 톤을 높였다. 개인업자뿐만 아니라 큰 조경회사에서도 여러 번 보고 갔다는 것이다. 그런데 왜 나무를 가져가지 않았을까. 참 이상하다는 생각이 들었다. 그들은 마음에 드는 나무를 구하는데 돈을 아끼지 않는다고 들었다. 이 정도면 상당히 고가의 금액으로 거래될 텐데 나무 주인이 팔지 않아서인지 그게 아니면 다른 이유가 있는지 궁금했다.

"조경업자들이 보고 갔다면서 왜 나무를 안 가져갔죠?"

질문을 해놓고 이장님의 대답을 기다리기도 전에 내 머릿속에는 그 이유가 될 만한 답이 떠올랐다. 그동안 정원박람회장으로 큰 나무들을 많이 옮기면서 제일 우선으로 고려해야 했던 것이 무엇이었나? 바로 나무를 옮길 수 있는 작업로 즉 운반로가 있는지 없는지가 가장 먼저 판단해야 하는 사항 아니었던가!

큰 나무를 옮겨오기 위해서는 굴삭기나 트레일러 같은 대형 중장비가 진출입하는 길이 있어야 한다. 그런데 이곳 언덕을 올라오면서 겨우 두 사람 정도 지나갈 수 있는 비좁은 길밖에 없었지 않는가? 그리고 모과나무 앞으로는 수직 절벽이 있고 그 아래에 사람이 사는 집들만 있을 뿐 다른 길은 없었다.

질문을 던지자마자 "나무를 운반할 길이 없어 못 가져갔죠?"라고 정곡을 찌르는 대답을 내가 대신 내놓자 이장님은 당황한 표정으로 웃으면서 대답을 했다.

"자네가 그것을 어찌 알았는가. 역시 나무 전문가는 전문가네!"

내 생각대로 모과나무를 싣고 나갈 운반로가 없었기 때문에 조경업자들은 이 나무가 욕심이 났지만 도저히 가져갈 수가 없었던 것이다. 더군다나 언덕 위로 아슬아슬하게 서 있는 나무를 굴취 하다가 아래에 있는 가옥을 덮치기라도 한다면 어떻게 될 것인가. 나는 모과나무와 주변 상황을 점검하면 할수록 모든 주변 여건이 어렵다는 것을 알게 되었다. 이장님도 이 나무를 옮기는 것이 불가능하다는 것을 잘 알고 있었을 텐데 왜 박람회장으로 가져가라고 하는지 이해가 되지 않았다.

"이 나무를 옮길 수 있는 좋은 방법이 있습니까?"

혹시 내가 모르는 다른 방법이 있을지 기대하면서 말을 걸어 보았다.

"이 사람아, 몰라서 묻는가? 산림청 헬기로 가져가면 되잖은가!"

내가 미처 대꾸할 틈도 주지 않고 그의 말이 이어졌다.

"자네는 산림녹지직 공무원이니까 산림청에 부탁해서 헬기로 쉽게 옮겨가면 될 것을 뭘 그리 어렵게 생각하는가!"

헬기로 옮기게 되면 운반할 길이 필요 없고 나무 아래에 있는 집으로 넘어질 염려도 없이 안전하게 작업을 할 수 있다는 것이 그의 설명이었다.

이장님의 뜻밖의 제안에 머릿속이 복잡해졌다. 차량 운반이 어려운 큰 나무를 대형 헬기로 운반하는 방법이 있다는 것은 알고 있었지만 이 모과나무를 헬기로 운반할 생각은 하지 못했다. 헬기라면 옮길 수 있을 거란 생각에 가슴이 두근거렸다. 산림청은 2013 순천만국제정원박람회의 주무부처이니 헬기를 요청하면 어쩌면 지원해 줄 수도 있을 거라는 생각이 갑자기 들었기 때문이다.

그날 저녁 퇴근 후 잠을 자려고 누웠는데 낮에 보았던 멋진 모과나무가 아롱거려 도저히 잠을 이룰 수 없었다. 머릿속에 온통 모과나무 생각뿐이었다. 그동안 정원박람회를 준비하면서 여러 곳에 있는 좋은 나무를 보았지만 모과나무만큼 잠을 설칠 정도는 아니었다. '이 녀석을 어떻게 박람회장으로 가져올 수 있을까'라는 생각만 하다 거의 뜬눈으로 밤을 새우고 평상시보다 일찍 출근했다.

인터넷을 검색하면서 큰 나무를 헬기로 운반하는 것에 대한 자료를 찾아보았다. 몇 년 전에 울산에서 헬기로 큰 나무 1주를 옮겼다는 기사가 떠서 알아봤더니 그 헬기는 임대 기간이 만료되어 러시

아로 돌아가고 국내에는 없다고 했다. 또 다른 자료를 검색하던 중 눈에 띄는 사진 한 장이 있었다. 시누크라 불리는 군용헬기가 탱크를 옮기고 있는 사진이었는데 얼핏 보아도 10톤 이상 무거운 것을 나르고 있었다. 저렇게 엄청난 무게의 탱크를 들어올린다면 나무쯤은 쉽게 운반할 수 있을 거란 생각이 들었다.

곧장 공군사령부에 전화를 걸어 알아보니 구두로는 답변하기 어렵고 정식으로 민원 신청을 하라고 알려주었다. 공군 민원실로 민원을 제기한 지 이틀 만에 답변이 왔다. 군에서 작전용으로 운용하고 있는 시누크는 탱크 같은 고형물체는 10톤 이상 운반이 가능하나 나무처럼 살아있는 생물체는 안전상 운반할 수 없어 도와줄 수 없다는 내용이었다. 차라리 산림청에서 보유하고 있는 초대형 S64형 헬기를 이용하는 게 도움이 될 거라고 알려주었다.

다음날 산림청 산림항공관리본부에 알아보니 운반할 수 있는 나무의 무게는 최대 7톤 이내라고 하면서, 공문을 보내주면 헬기 지원 여부를 긍정적으로 검토하겠다고 했다.

'드디어 모과나무를 옮길 수 있겠구나!'

산림청에 헬기 지원을 요청하고 나서 기쁜 소식을 알려주기 위해 개랭이 마을로 달려갔다. 헬기 지원이 가능할 거란 이야기를 듣고 이장님도 기뻐했다.

이장님 본인이 어려운 문제를 해결이라도 한 것처럼 좋아해 주셨다.

나무를 옮겨갈 수 없습니다

최대한 빠른 시일 내에 산림청 항공대의 헬기 기장님을 데리고 와 모과나무를 직접 보여줄 계획이라고 말했더니 이장님이 엉뚱한 말을 한 것이었다.

"이 팀장! 자네 아직 모르고 있었던가?"

"제가 뭘 모른다는 말씀이신지?"

잠시 침묵이 흐른 뒤 이장님의 말이 이어졌다.

"저 모과나무는 임자가 따로 있다네. 원래는 마을 어르신 나무였는데 지금은 광양에 살고 있는 사람한테 넘어갔다네!"

이장님은 다소 풀이 죽은 듯한 표정으로 말을 이어갔다.

"내가 알기로 지금까지 모과나무 주인이 세 번 정도 바뀌었을 걸세!"

처음 나무를 구입한 사람은 광주사람인데 나무를 쉽게 가져갈 수 있을 것으로 알고 상당히 비싸게 샀다. 그런데 마을 주민들이 모과나무를 마을에서 옮기는 것을 반대할뿐더러 길이 비좁아 차량으로 운반할 수 없다는 것을 알게 되었다고 한다. 마침 이러한 내용도 모르고 사겠다고 달려든 두 번째 사람에게 손해를 보고 팔아버렸는데 두 번째 구입자는 인천에 사는 돈 많은 사람으로 이 나무가 큰돈이 될 거라고 해서 대뜸 샀다고 했다.

하지만 몇 년이 지나도 마을 안길이 넓어질 희망이 없고 더구나 주민들이 당산나무라며 외부로 반출하는 것을 극구 반대하니 지쳐서 다른 사람에게 헐값으로 팔아버렸다는 것이다. 마지막으로 구입한 사람은 광양에서 일간지 기자로 활동하고 있다는데 이장님도 그가 왜 나무를 구입하였는지 모르는 눈치였다. 뒤에 알게 된 사실이지만 세 번째 주인은 이런저런 이유로 나무를 쉽게 옮길 수 없다는 것을 알고는 두 번째 구입자로부터 헐값에 구입한 후 나중에 진입로가 개선되면 비싸게 팔아 이익을 보겠다는 생각을 했단다. 기자 신분을 이용해 나무를 가져가려고 몇 번 시도해 봤지만 이전 주인들이 그랬던 것처럼 좋은 방법을 찾지 못하고 있는 것 같았다.

"그 기자 연락처 좀 줄 수 있나요?"

전화번호라도 얻을 수 있을까 해서 물어봤더니 집에 가서 찾아보면 수첩에 있다면서도 그 사람의 말투가 거칠어 전화하기도 싫다고 했다. 이장님 말을 들어보니 보통 까다로운 사람이 아닐 거라는 생각이 들어 왠지 일이 잘 안 풀릴 것 같았다. 무슨 수로 설득할 수 있을까.

개랭이 마을을 방문하는 횟수가 많아질수록 나무를 이식하는 것이 쉽지 않다는 것을 실감하고 있었다. 무엇보다 나무 소유자의 허락을 받아야 하고 또 이식을 반대하는 마을 주민들도 설득해야 한다. 그러고 나면 헬기로 나무를 옮겨야 하는데 아직 현장답사도 하지 않았기 때문에 가능 여부를 섣불리 판단할 수도 없었다. '여러 가지 문제점이 있었기 때문에 이토록 멋진 나무가 다른 데로 가지 못하고 아직까지 개랭이 마을에 있었구나'라는 생각이 들었다.

중국 도가의 대표적 사상가인 장자(莊子)는 "못난 나무가 산을 지킨다"라고 말했다는데 개랭이의 멋진 모과나무를 보면서 장자의 말이 꼭 들어맞는 것은 아닌 것 같았다.

나는 그때까지만 해도 나무를 옮기면서 극복해야 할 것은 기술적인 어려움과 물리적 장애라고만 생각했다. 하지만 기술적이고 물리적인 것보다 사람의 마음을 움직이는 것이 훨씬 중요하고 어렵다는 것을 알게 되었다. 이번 일처럼 모과나무를 정원박람회장으로 가져가기 위해 주민들을 설득한다는 것은 명분이 약하다는 것을 알게 되었고 돈으로 해결할 수 있는 그런 성격의 일이 아니라는 것도 느꼈다. 마을 주민들이 자발적으로 협조해주지 않으면 나무를 가져갈 다른 방법은 없다는 것이 엄연한 현실이었다.

나무를 운반할 도로도 없고 나무의 소유자도 따로 있을 뿐 아니라 주민들이 강하게 반대하고 있는데, 왜 이장님은 이 나무를 정원박람회장으로 옮겨갈 수 있을 것처럼 쉽게 말했을까? 이런 것을 따져 봐야 아무 소용이 없다는 것을 알았지만 답답한 마음에 이장님에게 따져 물었다.

"이장님! 안 되는 것을 알면서도 인심 쓰려고 알려준 거죠?"

"내가 언제 나무를 쉽게 옮길 수 있다고 했는가! 정원박람회장에 이 정도 나무 한 그루쯤은 있어야 될 것 같아서 일부러 알려 줬는데 왜 나에게 화를 내는가? 방법은 자네가 찾아야지!"

이장님도 화가 났는지 언성을 높였다. 일반 개인이 하려면 힘들어도 시청에서 하는 일이라면 나무 주인에게 돈 좀 줘서 구입하면 되고, 산림청 헬기로 옮기면 될 텐데 뭐가 그렇게 어렵다고 죽는 소릴 하는지 이해가 안 된다고 혼잣말로 투덜거리더니 자리를 박차고 나가버렸다.

나는 광양에 거주한다는 나무 소유자에게 전화를 해 봤지만 통화가 되지 않았다. 전화번호가 바뀐 것을 이장님이 알지 못했던 것이다. 수소문 끝에 김 모 씨가 나무 주인이라는 것을 알아냈고 여러 번 시도하여 마침내 통화를 할 수 있었다. 한 번도 얼굴을 본 적이 없었지만 목소리만 들어도 성격을 짐작할 수 있을 정도로 그의 말투는

억세고 거칠었다. 개랭이 마을에 있는 모과나무를 정원박람회장으로 가져가고 싶어서 연락하게 되었다고 했더니 대뜸 언성을 높였다.

"누구 마음대로 나무를 가져간다는 거요? 나 지금 바쁘니 전화 끊읍시다!"

씩씩거리는 욕설이 전화기 너머로 들릴 정도로 흥분한 목소리였다. 소유자는 몇 마디 더 뱉더니 일방적으로 전화를 끊어버렸다. 그 이후에도 몇 번 전화를 했지만 받지 않을 때가 많았고 설령 전화를 받더라도 버럭 화부터 내면서 퉁명스럽게 반말 투로 말했다.

"그 나무 절대로 안 판다고 했는데 왜 자꾸 귀찮게 하는 거요?"

전화할 때마다 겪게 되는 무례함과 거친 언행에 결국 내 인내심도 폭발하고 말았다.

"누가 나무를 산다고 했나요? 그냥 공짜로 기증해 달라고 했지!"

내 말을 듣고 있던 그 사람은 어이가 없다는 투로 말했다.

"뭐라고? 돈을 줘도 안 팔겠다는데 공짜로 그냥 달라고! 이런 싸가지 없는 놈이!"

잔뜩 화가 난 목소리가 내 귀까지 쩌렁쩌렁 울렸지만 나는 하고 싶은 말을 계속 이어나갔다.

"선생님이 천년만년 나무를 가지고 있어 봤자 제주도에 말 사놓은 격 아닌가요? 그 나무는 개랭이 마을 나무인데 무슨 재주로 마을 사람들을 설득해서 가져올 생각이신가요? 설령 설득한다고 해도 운반할 길이 없는데 어떻게 그 높은 언덕에서 나무를 가져올 수 있단 말입니까?"

그는 내가 말하는 중간에 말을 자르려고 끼어들었지만 못 들은 채 계속해서 할 말을 이어갔다.

"기자라고 하던데 왜 여태 나무를 못 팔고 있나요? 솔직히 말씀해 보세요. 달리 방법이 없지 않던가요?"

지금까지 들어간 비용이라도 건지려면 잘 알아서 판단하라고 하면서 일방적으로 전화를 끊어 버렸다. 나 역시 기세 싸움에서 밀리면 안 되겠다는 생각이 들어서 일부러 세게 나갔지만 이러다 영영 그의 동의를 받지 못하는 것이 아닌지 걱정도 되었다. 하지만 말로 설득이 되지 않을 것 같은 사람이라 내가 포기하는 거 말고는 다른 방법도 없어 보였다. 모과나무를 포기해야 하나 생각하니 마음이 허전하고 일에 의욕이 없어졌다.

그날 저녁에 정신을 잃을 정도로 술을 마셨다. 도대체 모과나무가 뭐기에 나를 이토록 힘들게 하고 기운이 빠지게 하는지 모를 일이었다. 술기운에 집에 누워 있어도 모과나무가 생각났다. 마치 나를 비웃기라도 하듯이 위풍당당한 자태를 뽐내면서 방 안 천장에서 모과나무가 아른거렸다. 다음 날 사무실에서 일을 하고 있는데 뜻밖의 전화가 왔다. 광양의 나무 주인이었다. 왠지 느낌이 좋아 떨리는 마음으로 전화를 받았다.

"이 팀장님……. 나무 그냥은 못 드리고 그동안 들어간 경비는 주고 가져가시죠."

나무를 포기하기로 마음먹고 있었던 나로서는 너무나 반가웠으나 애써 마음을 감추고 마지못해 응한 척 말을 건넸다.

"아시다시피 정원박람회 예산이 부족하니 비싸게 요구하시면 저희도 구입해 줄 수가 없습니다."

다행히 그가 요구하는 가격은 생각보다 높지 않았다.

"정말 감사합니다. 이렇게 도와주셔서 정원박람회가 꼭 성공할 것 같습니다."

나는 진심 어린 마음을 담아 고맙다고 인사했다.

"이 팀장님 같은 공무원들이 있으니 순천정원박람회 꼭 성공할 것 같네요."

'이 사람에게도 이렇게 따뜻하고 부드러운 마음이 있었나?'라는 생각이 들 정도로 목소리는 호의적으로 변해 있었다. 처음에는 절대 협조할 생각이 없었는데 개랭이 마을 모과나무는 제주도에 말 사놓은 격이라고 내가 했던 말이 내내 걸렸다고 했다. 이번 기회가 아니면 지금까지 들어간 비용은커녕 자칫 마을 사람들에게 나무를 뺏길 수도 있다는 생각이 들었다고 한다. 그러면서 요즘 세상에 어느 공무원이 욕을 얻어먹으면서까지 저렇게 할까 하는 믿음과 측은한 마음이 생겨서 마음을 바꿨다고 했다.

헬기 운송 길이 막히다

나는 이장님께 나무 주인의 승낙을 받았다고 전해 드렸다.

"내가 뭐라고 하든가. 자네들이 하니까 이렇게 일이 쉽게 되잖은가. 다 잘 될 걸세."

얼마 후 산림항공본부 운항실장님으로부터 연락이 왔다. S64 헬기를 타고 순천을 방문해 모과나무 운반이 가능한지 점검할 계획이라고 하면서 헬기가 이착륙할 수 있는 장소를 선정해 알려 달라는 것이다. 우리는 항공본부에서 요청한 헬기 이착륙장을 대룡동의 맑은물관리센터 운동장으로 정하고 혹시 헬기 이착륙 시 방해가 되는

S64 헬기 착륙 모습

것이 없는지 주변을 정비했다.

다음날 산림청의 초대형 헬기 S64가 순천만 상공에 나타났는데 공중에 떠 있는 헬기 생김새가 특이해 보였다. 처음에는 사마귀를 닮았다고 생각했는데 자세히 보니 아랫배 한쪽 부분이 휑하니 비어 있었다. 그 모양이 흡사 메뚜기에 가까웠다. 이 헬기는 산불 진화용 이라 물을 담은 큰 통을 싣고 다니는데 이번에는 산불 업무가 아니 어서 물통을 떼어내고 왔기 때문에 몸통 가운데가 텅 비어 보였던 것이다.

헬기가 운동장 잔디마당에 접근하여 착륙하려고 할 때 먼지 폭풍이 일어 사방이 온통 뿌옇게 보일 정도였고 주변에 서 있지도 못할 정도로 바람의 위력이 셌다.

산림항공대에서는 나무 운반을 위해 경험이 풍부한 충북진천항 공관리소 박 실장님을 팀장으로 파견해 임무를 수행토록 배려해 주었다. 박 실장님은 공군 중령 출신으로 잘생긴 외모에 말하는 것도 시원시원하니 성격이 좋아 보였다. 서로 인사 소개를 마치고 곧바로 별량 개랭이 마을 모과나무로 향했다.

이동하는 차 안에서 모과나무 사진을 꺼내놓고 주변 상황에 대해 알려줬더니 박 실장님은 가능할 것 같다고 말했다. 우리는 타고 간 봉고차를 마을 당산나무 공한지(空閑地)에 주차하고 모과나무를 향해 천천히 걸어갔다. 멀리 보이는 언덕 위의 모과나무를 가리키자 박 실장님은 그렇게 크지는 않다는 듯이 놀라는 기색이 없었다. 그들의 표정을 보니 다소 안심이 되고 반가웠지만 확실히 해두고 싶은 마음에 일부러 말을 걸어보았다.

"가까이 가서 보시면 상당히 큽니다."

좁은 마을 길을 지나 우물 샘터에서 다시 오른쪽으로 방향을 틀어 언덕길을 올라갔다. 언덕 위에 올라서 나무를 바라보던 박 실장이 한마디 했다.

"이거 생각보다 큰데요!"

왠지 불길한 예감이 들었다. 서로 아무 말 없이 나무에 다가갔고 박 실장 일행은 주변 상황을 살피기 시작했다. 일행 중 한 명은 두 팔로 나무 둘레가 얼마나 되는지 가늠 잡아 재 보고 또 다른 사람은 나무 키가 얼마나 되는지, 나무 수관 폭이 얼마나 넓은지 계속 위쪽을 응시하고 있었다. 박 실장님은 계속해서 나무 아래 옹벽과 가옥을 유심히 살펴보고 심지어는 혼자서 내려갔다 오기까지 했다. 운반이 가능할지 중간중간에 물어보고 싶었지만 애써 참고 기다렸다.

얼마나 시간이 지났을까. 박 실장님의 최종 답변이 내가 원하는 대답이길 바라면서도 그의 답을 예상할 수 있을 것 같았다. 점검 도중에 그들이 내비쳤던 비관적인 말투며 고개를 갸우뚱하는 제스처, 그리고 왠지 미안해하는 표정으로 봐서는 운반이 어렵다고 하지 않을까 하는 추측을 해 보았던 것이다. 망설이던 박 실장님이 입을 열었다.

"흠… 헬기 운반이 불가능할 것 같습니다."

나무 무게가 10톤 이상 될 것 같아 산림청 헬기로는 운반이 어렵고, 가장 문제는 사람이 사는 집 근처 언덕 위에 나무가 서 있어서 너무 위험하다는 것이었다. 그는 산림항공대 헬기 운항작업 안전기준에 맞지 않아 도와드릴 수가 없다고 하면서 그 이유를 자세하게 설명해 주었지만 잘 들리지 않았다. 아니 어쩌면 안 된다는 말을 듣고 싶지 않았는지도 모른다.

나는 이번 기회에 새로 운반할 길을 하나 뚫어야겠다고 생각했다. 모과나무에서부터 산등성을 통해 마을 입구 당산나무까지 연결하는 길을 새로 만든다면 차량 운반이 가능할지도 모를 일이다. 처음 산림청 헬기 운반이 불가능하다는 말을 들었을 때 많이 실망했지만 기술적으로 안 된다는데 어쩌겠는가, 포기하든지 아니면 다른 방법을 찾을 수밖에.

나는 낙담하지 않고 또 다른 방법을 준비하기로 했다. 완전히 끝이 아니라 다른 방법이 있을 거라고 생각하니 희망이 있는 것 같았다.

그럼에도 도저히 포기할 수 없었다

개랭이 마을 주민들 사이에서는 헬기 운반이 어렵다는 소식을 듣고는 다행이라며 좋아했다. 그들은 나무를 산림청 헬기를 이용해 공중으로 가져간다고 하면 그것을 어떻게 막아야 할지에 대해서 걱정했는데 안 된다고 하니 이제 한시름 놓은 분위기였다.

주민 중에 이장님이나 새마을지도자, 부녀회장님 같은 사람들은 면사무소 출입이 잦았기 때문에 관청에서 하는 일에 비교적 호의적이었다. 마을 어르신들과는 달리 이들은 마을의 자랑인 모과나무가 정원박람회장으로 갈 수 있기를 바라고 있었기 때문에 헬기 운반이 불가능하다는 말을 듣고 실망을 감추지 않았다.

그들은 실망한 목소리로 차라리 잘되지 않았냐고 위로 아닌 위로를 해주었다. 설령 헬기 운반이 가능하다고 해도 어차피 마을 어른들이 반대하고 나왔을 텐데 산림청에서 안 된다고 한 것이니 이제 헛심 쓰지 말고 그만 포기하자고 말했다. 이분들 말처럼 이제 나도 모과나무를 단념할 때가 되었는지도 모른다.

직원들이 모두 퇴근하고 혼자 빈 사무실에 남아 우리가 가진 선택지 중에 남아있는 것은 무엇인지 차분하게 생각해 보았다. 나무를 옮기는 방법은 육상 운반과 헬기 운반 두 가지다. 믿었던 산림청 헬기 운반이 물건너갔기 때문에 이제 남은 방법은 한 가지뿐이다. 육상으로 운반하는 것 말고는 없다.

그런데 지금까지 많은 조경업자가 포기한 이유가 육상으로 옮겨갈 수 없었기 때문이라면 나라고 해서 뾰족한 방법은 없지 않을까? 차량을 통해서 운반하는 방법밖에 없다면 지금까지 다른 사람들이 시도했던 방법에서 벗어나야만 했다.

'그래, 전혀 새로운 방법을 찾아보자. 길이 없다면 새로운 길을 만들어야 되고 다른 신기술이 있다면 찾아서 적용해야 한다'는 생각이 들었다.

　다음날 오후, 나는 조경팀 직원들과 함께 마을 입구에서 산등성이를 거쳐 모과나무에 이르는 구간을 걸어서 답사했다. 나무를 운반할 새로운 길을 만들기 위한 기초 작업을 시작한 것이다. 우리는 길이 지나갈 노선을 도면에 표시하면서 땅 소유자들이 누군지 알아내는 작업부터 진행했다. 처음 모과나무를 보기 위해 올라갔던 마을 안쪽에서 우물 샘터 구간을 통과하지 않고 마을 당산나무 입구에서 곧바로 모과나무가 있는 곳으로 길을 만든다면 비록 경사는 가파르더라도 차량 운반이 가능할 거란 생각이 들었다.

　그런데 길을 뚫기도 전에 문제가 발생하고 말았다. 새로 만들 노선의 땅 소유자들 대부분이 서울이나 광주 등 외지 사람들인 것이었다. 행정 경험상 외지에 살고 있는 사람들에게 토지 사용 동의를 받기는 매우 어렵다는 것을 알고 있었다.

　그래도 땅 소유자들의 동의를 받기 위해서 먼저 이장님을 찾아가 상의를 했더니 절레절레 고개를 저으며 애당초 꿈도 꾸지 말라고 말렸다. 이미 조경업자들이 새 길을 만들어 모과나무를 옮겨 가려고 땅 소유자들 동의를 구하는 작업을 했었지만 이미 실패했다는 것이다. 심지어는 땅을 팔라고 사정했지만 문중 재산이라며 함부로 손을 댈 수가 없다며 거부했다고 한다.

　이장님 말을 못 믿는 것은 아니지만 이대로 포기할 수가 없어서 몇 명의 땅 소유자들에게 직접 연락을 해 보았다. 사정 이야기를 하면서 하소연했지만 몇 명을 제외하고는 대부분의 소유자가 반대했다. 반출 도로를 만들려면 모든 토지가 하나의 선으로 연결되어야 하는데 중간에 한 필지만 반대를 해도 작업을 할 수가 없는 실정이었다. 새로운 길을 뚫어서라도 나무를 가져오려고 했는데 이마저도 시작 단계에서 포기해야만 했다.

'모과나무와의 인연은 여기까지구나'라는 생각이 들었다. 이왕 이렇게 된 거, 마지막으로 모과나무에게 작별 인사나 해야겠다고 마음먹고 언덕에 올라갔다. 평상시 다니던 우물 샘터 길을 이용하지 않고 농로와 연결된 좁은 대나무 사이의 오솔길로 따라갔다. 멀리서 볼 때는 아주 좁아 보였는데 막상 가보니 경운기가 다닐 수 있을 정도로 농로가 상당히 넓었다. 그동안 몇 번 멀리서 이 길을 보았지만 주변에 잡목과 폐비닐 등이 쌓여있어 무척 좁아 보였기 때문에 이 길로 나무를 운반할 생각은 한 번도 해 본 적이 없었다. 계속 걸어가면서 살펴보니 농로의 넓이는 3m 정도 되었다. 굴삭기 중장비의 폭이 2.8m 정도 되니까 가까스로 바퀴가 통과할 수 있을 것 같았다.

하지만 이 농로를 이용하여 10m가 넘는 큰 모과나무를 차량에 싣고 나오려면 트레일러 급의 대형화물차가 필요한데 폭 3m 넓이로는 어림도 없을 것이고 적어도 4m 이상은 되어야 차량 운반이 가능할 것이었다. 나는 언덕으로 향하던 걸음을 멈추고 다시 농로를 뒤돌아 걸어갔다. 이 길이 어쩌면 마지막 돌파구가 될 수도 있다는 희망이 강하게 솟구쳐 올랐다. 그리고 순간적으로 문구 하나가 뇌리를 스쳤다.

"안 되면 연락해!"

나는 허겁지겁 핸드폰을 꺼내 전화번호를 검색하기 시작했다. '굴삭기 조 기사님'이라고 저장된 번호가 있었다. 그의 전화번호 앞에는 '안 되면 연락해'라는 문구가 있었다. 정원박람회 준비작업 과정에서 알게 된 굴삭기 기사님인데 굴삭기를 개조해 큰 나무만 전문적으로 옮겨주는 작업을 하는 사람이었다. 8NC라고 불리는 굴삭기는 전국에 단 세 대밖에 없다고 들었는데 그중에 두 대를 본인이 가지고 있다고 자랑스럽게 말하던 모습이 떠올랐다. 이 사람이라면 혹시 이 좁은 농로 길을 통해 모과나무를 들고 나올 수 있을지도 모른다는 생각이 들었다. 이제 다른 방법도 없으니 밑져봐야 본전 아닌가!

혹시나 하는 마음으로 전화를 했다. 그는 반가운 목소리로 흔쾌히 와서 현장을 봐주겠다고 약속했다. 그 친구는 우리나라에서 처음 개최되는 2013 순천만국제정원박람회에 관심이 많아서 자칭 열성팬이라고 했다. 다른 일을 모두 제쳐 두고서라도 우리 일을 먼저 해주겠다는 말에 고마운 마음이 들었다. 혹시나 해서 부탁은 했지만 만약 나무를 옮길 수 있게 된다면 이건 기적이나 다를 바 없을 것이다.

기대를 해서는 안 된다는 것을 누구보다 잘 알고 있었지만 나는 그가 오기만을 학수고대했다. 큰 나무를 옮겨본 경험이라면 나 또한 전국에서 두 번째라면 서운할 정도로 경험이 많다고 자부하고 있었기 때문에 좁은 농로 길로 운반하는 것이 얼마나 어려운지 잘 알고 있었다.

새로운 길이 열리다

마침내 기다리던 조 기사님이 개랭이 마을을 찾아왔다. 우리는 마을 입구에서 농로를 따라 걸어가면서 모과나무 언덕까지 답사를 해 나갔다. 농로를 따라 조금 더 올라가자 길이 두 갈래로 나뉘면서

S자 형상을 하고 있는데 경사가 가파르고 급커브였다. 일반 차량은 이런 길에서는 통행할 수 없을 정도로 위험해 보였다. 더군다나 농로 방향이 북쪽을 향하고 있는 음지라서 겨울에는 얼음이 녹지 않아 미끄러울 것 같았다

이곳에서 조 기사님은 한참 동안 서성거렸다. 내가 봐도 어려운 구간인데 조 기사님도 신경이 쓰이는 구간이구나 싶었다. 이리저리 걸어보고 뒤로 갔다 앞으로 갔다 반복하면서 급기야 담배도 한 개비 피워 물었다. 이런 모습을 옆에서 지켜보고 있던 나도 덩달아 초조해졌다. 조 기사님이 안 된다고 하면 모든 것이 물거품이 되는 것을 잘 알고 있기 때문에 그의 일거수일투족에 신경이 쓰일 수밖에 없었다. 그런데 우리가 걱정했던 것과는 달리 그의 반응은 긍정적이었다.

"이 정도면 가능하겠네요!"

조 기사님의 말을 들으니 기쁘면서도 너무 낙관적으로 생각하는 것이 아닐까 의구심이 들었다. 나는 다시 한번 살펴봐 달라고 부탁했다. 그는 길이 너무 좁고 경사가 급해서 굴삭기 장비의 회전 각도가 안 나온다며 도로 한쪽 구간을 파서 넓혀야 하고 비탈면 산모퉁이에 있는 아카시아 등 잡목을 제거해야 하지만 이 정도면 문제는 없을 거라고 다시 확인해 주었다. 이 정도의 요구 사항만 있는 것도 정말 다행이다. 나는 십중팔구 운반이 불가능할 거라고 생각했기 때문에 실망하지 않으려고 마음의 준비를 해두고 있었던 터였다.

일반 차량도 통과하기 어려울 정도로 위험한 급회전 구간인데 큰 나무를 들고 나올 수 있다고 하니 '역시 조 기사님이다'라는 생각이 들었다. 가장 어려운 구간이라 생각되는 급커브 지점에서 농로 길을

따라 약 50m를 더 걸어가자 전봇대 하나가 농로 옆에 서 있었고 농로 일부가 깨져 있는 것이 보였다. 이 구간도 상당히 난코스라 생각되어 조 기사님에게 잘 살펴달라고 했더니 의외로 간단한 해결책을 제시했다. 여기서는 나뭇가지가 전봇대에 걸리지 않도록 최대한 언덕 안쪽으로 붙여 운반하면 될 거라며 걱정하지 말라고 했다.

전봇대 있는 구간을 통과해 1km 정도 더 가다 보니 매실나무와 감나무 과수원이 나왔다. 대봉감이 탐스럽게 달린 가지가 농로까지 뻗어 나와 있었다. 이 구간에서 잠시 멈춰 농로를 점검해 보니 길 한쪽 면이 4m 이상 높이의 낭떠러지 구간이었다. 낭떠러지 구간은 좁은 농로 길을 넓히기 위해 작은 돌들을 거의 수직으로 쌓아 올려 돌담으로 만들었는데 보기에도 아찔할 정도였다. 만약 길 아래로 떨어지기라도 한다면 큰일 날 것 같았다. 그리고 농로 길의 군데군데가 파손되어 움푹 파였는데 농사짓는 사람들이 임시방편으로 시멘트 반죽을 몇 삽 떠다가 땜질을 해놓은 것 같았다. 굴삭기처럼 무거운 장비가 통과하면 금방이라도 도로가 내려앉을 것처럼 엉성해 보였지만 조 기사님은 신경 쓰지 않은 듯 여유로워 보였다. 그에게 이런 위험쯤은 아무것도 아닐까. 우리는 농로 길을 따라 얼마쯤 더 걸어갔고 마침내 언덕에 있는 모과나무에 이르자 조 기사님의 표정이 밝아졌다.

"와! 나무 멋지네요. 이렇게 큰 모과나무는 처음 봅니다."

그런데 나무를 한 바퀴 돌면서 언덕 아래의 집들을 살펴보던 그의 표정이 방금 전과는 사뭇 심각해 보였다. 지난번 산림항공대 헬기 운반팀이 모과나무를 점검하러 왔을 때 가장 신경 쓰이고 염려했던 것이 나무 아래의 집들이라고 하지 않았던가. 가옥의 안전사고가 제일 걱정된다고 산림항공대 인솔책임자였던 진천 소장님이 했던 말이 떠올랐다. 혹시 조 기사님도 같은 생각을 하고 있는지 불길한 마음이 들어 조심스럽게 물어보았다.

"조 기사님 어떤가요? 할 수 있겠나요?"

심각한 표정을 지으며 천천히 다가오던 조 기사님이 갑자기 환한 웃음을 지으며 마치 나를 깜짝 놀라게 해주려는 듯한 표정으로 말했다.

"할 수 있겠습니다."

그동안 얼마나 듣고 싶었던 말인가.

"정말 할 수 있나요?"

나는 흥분된 마음을 억누르지 못하고 재차 다그치듯 물어보았다. 지금까지 어느 누구도 육상 운반이 가능할 거라고 말 한 사람이 없었기 때문에 그 기쁨은 이루 말할 수가 없었다.

그는 언덕 아래에 위치한 가옥이 염려되는 것은 사실이지만 나무를 굴취하기 전에 반대 방향으로 밧줄로 묶어 넘어지지 않게 조치하면 괜찮을 거라고 자신 있게 말했다. 나는 한결 편안한 마음으로 다시 여쭤보았다.

"여기 오면서 보니 농로가 3m 정도로 비좁은데 굴삭기 바퀴 폭은 2.8m 아닙니까? 그러면 겨우 20cm 정도의 여유밖에 없는데 어떻게 양쪽 바퀴에 10cm씩만 걸치고 모과나무를 들고 통과할 수 있겠습니까?"

나의 불안한 목소리에 조 기사님은 웃음을 섞어가며 농담조로 여유 있게 대답해 주었다.

"그래서 제가 '안 되면 연락해'라고 했잖습니까?"

이 말 한마디에 우리는 한바탕 크게 웃으며 서로 어깨동무까지 했다. 좋다고 떠드는 우리들 마음을 아는지 모르는지 모과나무는 아무런 표정도 없이 꼿꼿하게 서 있었다.

주민들의 반대

왔던 길로 다시 내려가면서 미처 파악하지 못한 장애물이 있는지 다시 한번 꼼꼼하게 살펴보았다. 내려가는 길에 봐도 내 눈에는 전봇대가 거슬렸지만 다른 사람들에게는 큰 문제가 없어 보였는지 그대로 통과해 나갔다. 현장점검을 마치고 마을회관을 통과하는데 이장님이 급히 손짓을 하면서 들어오라고 했다. 회관에 들어서자 나이 많은 어르신 몇 분이 다짜고짜 고함을 지르며 소리쳤다.

"버르장머리 없는 놈들! 한 번 안 된다고 하면 안 되는 줄 알아야지. 어떤 놈들이 모과나무를 가져간다는 거여!"

어르신들은 마치 연습이라도 한 것처럼 차례로 돌아가면서 욕설과 삿대질을 했다. 그중에는 대나무밭 할아버지도 계셨는데 그때까지도 모과나무가 서 있는 대나무밭 주인이기 때문에 나무를 옮겨오기 위해서는 반드시 그분의 동의가 필요했다. 그래서 우리는 마을을 방문할 때마다 그 할아버지를 찾아뵙고 안부를 여쭈었는데 이상하게도 우리와 함께 있을 때는 반대하지 않았는데 동네 어르신들과 있을 때는 입장이 달라지셨다.

모과나무 주인은 몇 사람 째 바뀌었으나 나무는 대나무밭에 그대로 서 있으니 할아버지 입장에서는 자기 나무라고 주장해도 큰 무리는 없을 것이다. 나는 어르신들에게 죄송하다는 말만 되풀이했다. 우리야 욕을 먹어도 어쩔 수 없다지만 애꿎은 조 기사님은 영문도 모른 채 야단을 맞았으니 무척 당황스러웠을 것이다.

시간이 지날수록 회관으로 모여드는 사람들이 늘어났다. 군중 심리가 발동했는지 평소 얌전히 지내시던 할머니들까지 합세하여 한마디씩 했다.

"박람회가 뭐라고 멀쩡한 나무를 가져가느냐, 이놈들아!"

나는 왜 모과나무를 박람회장으로 가져가려는지 설명을 했지만 내 말을 들으려고 하지 않았다. 주민들은 반대한다는 의사표시를 분명히 하면서 나무를 가져가지 않겠다는 확인서를 써주고 가라고 요구했지만 나는 그분들의 요구를 들어줄 수는 없었다.

마을 주민 입장은 충분히 이해가 되었다. 삼백 년 이상 오래된 이 나무는 마을의 전설과 애환을 고스란히 간직하고 있으며 누가 언제 태어나 어떻게 살다가 죽었는지 다 알고 있을 것이다.

마을마다 느티나무와 팽나무 같은 고목은 쉽게 볼 수 있어도 삼백 년이나 된 모과나무는 찾기 어렵다. 개랭이 마을만 하더라도 입구에 수령 오백 년이 넘는 느티나무가 있지만 주민들은 과일나무인 모과나무가 더 좋다고 했다. 나도 이 나무가 마을 어르신들에게 얼마나 소중하고 귀한 나무인지 잘 알고 있었다. 하지만 '정원박람회장에 심어놓으면 더 많은 사람으로부터 사랑을 받고 더 가치 있는 나무로 살아가지 않겠는가…' 하는 생각이 들었다.

사람들이 많이 다니는 정원에 이 나무를 심어놓고 마을 어르신들이 기증한 나무라고 써 놓겠다고 주민들에게 말했다. 최대한 예의를 갖추어 말씀드렸지만 주민들의 심기는 여전히 불편해 보였다. 일부 어르신들은 도중에 자리를 뜨기도 했다. 이렇게 한 시간 이상 계속된 대화는 성과 없이 마무리되었다. 산촌 마을이라 벌써 어둠이 깔리기 시작했고 우리는 서둘러 마을을 빠져나왔다.

그나마 다행이라면 다음에 만날 때는 면장님과 함께 반상회를 개최해서 토론을 하자고 약속을 받고 나온 것이다. 이후 면장님 주재로 몇 차례 반상회가 열렸지만 예상대로 어르신들은 여전히 나무를 가져가면 안 된다고 했다. 우리는 가급적 공개적인 모임은 피하면서 이장님과 부녀회장 등 평소에 우호적인 주민들을 꾸준히 만났다. 이렇게 주민들을 설득하는 와중에도 조 기사님과 함께 나무를 옮기기 위한 작업계획을 짜고 있었다. 다음 해 봄 4월 한식 무렵에 옮기기로 날짜를 정하고 그 전에 뿌리돌림 작업과 가지 묶는 작업을 계획대로 진행했다.

가을철 농번기에 접어든 마을은 사람들 만나기가 힘들었다. 벼농사도 짓고 지역 특산품으로 소득이 좋은 고들빼기 채소를 재배하고 있었기 때문에 무척 바빴다. 쌉싸름한 맛이 일품인 고들빼기는 순천의 대표 향토작물로 개령 마을에서 수확한 것을 제일로 쳐주었다. 주중에는 조용하던 마을도 토요일 오후가 되면 시내에 살고 있는 자식들이 손주들과 함께 일손을 돕기 위해 고향을 찾기 때문에 활력이 넘쳤다. 자녀들도 우리가 모과나무를 박람회장으로 옮기고 싶어한다는 사실을 알았지만 신경 쓰는 사람은 거의 없었다.

왜냐하면 시내에서 조경회사를 운영하는 개령이 출신의 젊은 사장이 마을 사람들에게 걱정하지 말라고 했기 때문이라는 이야기를 들었다. 자기가 나무 전문가인데 아무리 모과나무를 가져가려고 해도 좁은 길 때문에 절대로 가져갈 방법이 없으니 주민들에게 안심해도 된다고 자신 있게 말했다는 것이다. 이런 말을 들어서 그런지 주민들은 나를 봐도 별로 놀라지를 않았다.

나는 시간 나는 대로 모과나무를 찾아가 두 팔을 다정하게 보듬어 주면서 말을 걸어보기도 했다. 매끈하게 닳은 모과나무 수피의 감촉이 참 좋았다. 가끔 얼굴을 가까이 가져가 뺨을 대어보면 시원한 느낌이 얼굴을 타고 가슴까지 전해졌다. 모과나무 껍질이 여름에도 시원한 건 무슨 이유일까? 이 나무는 수피가 매끈하고 골이 깊이 파여 있어 햇볕이 속속들이 비추지 못할 것 같았다. 그리고 하늘 가득 펼쳐진 무성한 잎들이 햇볕을 막아주어 그늘을 만들어 주니 한낮의 뜨거운 태양 볕에도 나무 살갗이 이렇게 시원한 것이 아닐까 나름 생각해 보았다.

비록 마을 주민들의 동의를 받지는 못했지만 이미 뿌리돌림 작업도 마쳤고 두 번이나 나뭇가지 묶음 작업을 진행하여 수관 폭을 상당히 줄여 놓았다. 언제라도 이 나무를 옮기기만 하면 될 정도로 준비를 해둔 것이다. 모과나무 주변에 있던 대나무와 잡목도 제거했고 농로 옆에 쌓여 있던 폐비닐도 치워 농로가 깨끗해졌다. 강풍에 대비해 튼튼한 밧줄로 지지대를 설치하여 모과나무가 언덕 아래 가옥으로 넘어지지 않도록 안전장치를 미리 해두는 것도 잊지 않았다.

떡 줄 사람은 생각도 하지 않는데 김칫국물부터 마신다는 속담도 있지만 준비를 잘해 두어야 나중에 주민들이 동의를 해 주었을 때 바로 가져갈 수 있을 것이다.

모과나무가 한 생명을 구하다

가을 추수가 끝나고 마을에서 반상회를 몇 차례 개최했지만 여전히 주민들의 반대는 수그러들지 않고 있었다. 주민들이 지켜줄 거라굳게 믿고 있는 모과나무는 생기발랄하게 잘 자라고 있었다. 나뭇가지에 주렁주렁 매달린 파란 열매들은 어느새 노랗게 익어서 멀리에서도 모과나무라는 것을 알 수 있었다.

모과나무는 참 희한한 수종인 것 같다. 나무 몸통의 생김새도 특이하고 가지나 줄기의 피부도 남다를 뿐만 아니라 열매가 익으면서맛깔스런 향기까지 낸다. 이 열매로 술도 담고 차로 끓여 마실 정도로 쓰임새가 다양하다. 모과나무 차는 감기몸살에 좋아 예로부터 사람 살리는 나무로 알려져 왔고 선비들 사이에서는 호성과(護聖果) 나무라고 해서 성스러움을 지키는 나무로 불리기도 했다.

사실 모과나무는 연록색 잎사귀 사이 예쁜 꽃에서 다소 못생긴열매가 열리는데 향기가 좋아 먹으려고 하면 입에 군침만 돌뿐 사실은 별맛은 없는 과실이다. 과실의 열매가 맛이 없다 보니 이 나무를 빗대어 변변치 않은 사람을 일컬어 '모과나무처럼 쓸모없는 사람'이라고 놀리기도 한다.

과일나무 중에서 유일하게 눈 내리는 한겨울에도 노란 열매가 달려있을 정도로 신선도가 오래 유지된다. 나무를 볼 때마다 '나도 이렇게 욕심나는데 주민들은 오죽할까'라는 생각이 들었다.

가을이 깊어가는 어느 날 오후였다. 정원박람회장에서 업무를 보고 있는데 공무원연수원에서 교육을 마치고 돌아오신 면장님이 마을 모과나무 민원이 어떻게 되었는지 궁금하다며 함께 가보자고 했다. 나는 조경팀 이 차장과 함께 차량을 타고 별량면사무소에 들러 면장과 산업팀장을 태우고 개랭이 마을로 향했다.

오후 4시가 조금 넘어 도착한 마을은 평안하고 조용했다. 면장님이 누군가와 통화를 하기에 물어보았더니 마을 이장은 시내에 일보러 나가서 늦게 돌아올 거라며 우리끼리 둘러보고 가라고 했다는 것이다.

마을에 도착한 우리는 모과나무를 보기 위해 우물 샘터를 지나 오르막길을 따라 올라갔다. 그런데 모과나무 아랫집에 다다랐을 무렵, 혼자 사는 할머니는 보이지 않고 다른 할머니 두 명이 몹시 당황해하면서 우리에게 빨리 오라고 손짓을 하는 것이었다. 면장님과 내가 도착하자마자 할머니 한 분이 다급하게 우리를 집 뒤꼍으로 데려갔다. 그곳에 집주인 할머니가 머리에 피를 흘리며 쓰러져 있는 것이 아닌가. 깜짝 놀라 달려가 할머니를 살펴보니 두 손으로 머리를 감싸고 있었는데 손가락 사이로 피가 흘러나오고 있었다. 우선 출혈을 멈추는 게 급선무라고 판단하여 상처를 동여맬 헝겊이나 수건을 찾았다. 급할 때는 개똥도 찾으면 없다더니 마땅한 천 조각이 없었다. 함께 갔던 조경팀 이 차장이 다급한 마음에 입고 있던 하얀 메리야스 속옷을 손으로 쫙쫙 찢어 붕대처럼 만든 다음 상처 부위를 감았다. 머리에 상처가 깊은지 하얀 메리야스 위로 붉은 피가 스멀스멀 올라올 정도였다.

그 사이 산업팀장님이 쑥을 뜯어왔다. 나는 쑥을 찧어서 상처에 바른 후 다시 한번 천으로 상처를 감싸주자 그제야 피가 멈추었다. 해양경찰 군복무 시절, 대구 수성구에서 간호 의무 교육을 받은 것이 생각나서 그대로 적용한 것이었다.

집 뒤꼍에는 약수터 같은 작은 옹달샘이 있어 할머니는 이 물로 세수도 하고 머리도 감았는데 그날따라 다른 할머니들과 함께 손을 씻고 오다가 넘어지면서 머리가 돌에 부딪혔다고 한다. 할머니는 의식은 있었지만 몸을 떨고 있었다. 우리는 방 안에 있던 담요를 꺼내서 덮어드린 후 산업팀장이 할머니를 업고 우리는 옆에서 부축하면서 마을 입구 차량이 있는 곳까지 내려갔다. 나머지 할머니 두 분도 따라나서는 것을 걱정하지 말라고 하면서 집으로 안내해 드렸다. 이 차장이 119 구급대에 전화를 걸어 할머니 상태를 알려주면서 응급차량 지원을 요청했다.

119 구급센터에서는 몇 가지 응급조치 사항을 알려주었고 우리는 지시받은 대로 상처 부위에 충격이 가지 않도록 천천히 이동하면서 안정을 취하도록 조치했다. 시내 소방서에서 마을까지 응급차량이 도착하려면 40분 이상 소요되기 때문에 할머니를 우리 차에 모시고 국도까지 이동해 나갔다. 최대한 시간을 단축하기 위해서였다. 면장님은 차량으로 이동하면서 이장님에게 할머니 가족들과 주민들에게 상황을 알려주도록 요청하였다. 그렇게 마을을 출발한 지 이십여 분만에 국도변에서 시간 맞춰 도착한 119 구급대와 만날 수 있었다.

할머니 건강 상태를 점검하던 간호사님이 우리가 초동 응급 처치를 잘해서 위급한 상태는 아니라고 했다. 그제야 비로소 긴장이 풀리고 안심이 되었다. 할머니를 실은 구급차가 성가롤로 병원으로 향하는 것을 보고 나서 우리는 다시 마을로 돌아왔다. 마을회관 앞에는 할머니 몇 분이 걱정스런 눈빛으로 우리를 기다리고 있었다. 우리는 괜찮으니 걱정하지 마시라고 안심시켜 드렸지만 어르신들은 회관을 떠날 줄 몰랐다.

만약 우리가 모과나무를 보러 가지 않았더라면 할머니는 어떻게 되었을까. 이야기를 들어 보니 천만다행으로 할머니가 머리를 다친 뒤 채 삼분도 안 되어 우리가 도착했다고 한다. 우연도 이런 우연이 없을 정도로 기막힌 타이밍이었다. 모과나무를 옮겨오기 위해 수십 번 마을을 방문하다 보니 이처럼 사람을 살릴 기회를 준 것이 아닐까 생각이 들었다.

며칠 뒤 별량면 사무소에서 연락이 왔다. 모과나무를 보러왔던 공무원들이 할머니를 살렸다고 인근 마을까지 소문이 났다는 것이다. 면장님은 이처럼 분위기 좋을 때 마을을 찾아가 어르신들의 동의를 받아 내자고 제안했다. 저녁 무렵 마을회관에 들어서니 마을 어르신들 대부분이 참석해 우리를 기다리고 있었다. 특히 할머니가 다칠 때 함께 있었던 할머니 두 분은 나를 보더니 반가운 표정을 지으면서 손을 잡아 주셨다. 우리를 대하는 어르신들 분위기가 평소와는 완전히 다르다는 것을 느낄 수 있었다. 다짜고짜 큰 소리를 지르거나 욕하는 사람도 없었다. 다친 할머니는 회복이 잘 되어 며칠 후면 퇴원할 수 있을 거라고 이장님이 먼저 말문을 열었다. 그러면서 마을 주민들이 미리 결정한 사실을 우리에게 알려주겠다고 하는 대목에서는 목소리가 다소 떨렸다.

"오늘 우리 마을 주민들은 모과나무를 박람회장으로 가져가는 데 찬성하기로 했습니다!"

이장님이 마을 사람들에게 동의하는 뜻에서 박수를 치자고 제안하자 한 사람도 빠짐없이 박수로 동의해 주었다. 마을 사람들에게 소중한 나무지만 이 나무 때문에 할머니 목숨을 구하게 되었으니 이제 이 나무를 정원박람회장에 기증해 주겠다고 했다. 그러면서 이장님은 몇 가지 요구 조건을 제시했다. 회관 앞 나무다리가 파손될 우려가 있으니 새로 다리를 놓아 달라는 것과 나무를 가져간 후 농로 길을 새로 포장해 주라고 요구했다. 함께 참석한 면장님이 요구대로 해주겠다고 즉석에서 답변을 하자 모두들 좋아라고 박수를 쳤다.

마침내 그토록 반대하던 주민들의 동의를 받아 낸 것이다. 순간 가슴이 뭉클해지면서 눈물이 났다. 우리는 어르신들 손을 일일이 잡으면서 고맙다는 마음을 전했다. 한 사람 한 사람 모두 따뜻한 마음을 지니신 분들이다. 주민들을 생각해서라도 모과나무를 잘 옮겨가서 박람회장을 더 멋지게 만들어야겠다는 다짐을 하게 되었다.

시작은 순조롭게

겨울이 지나고 다시 봄이 찾아왔다. 개랭이 마을의 봄은 좀 늦은 편이다. 제석산 중턱에 자리 잡고 있기 때문에 같은 별량 지역이라도 바닷가 마을에 비해 진달래꽃이 사나흘 늦게 핀다. 봄이 시작하면 갯가의 버드나무와 양지바른 산 아래 오리목 나무의 잎이 먼저 움터 나온다. 모과나무도 다른 나무보다는 싹이 먼저 돋는 편이다. 봄날의 산야는 하루가 다르게 연초록빛으로 변해 갔다.

우리는 모과나무를 청명 한식날에 옮겨가기로 결정했다. 청명 한식 일에는 막대기를 꽂아도 산다는 말이 있을 정도로 나무를 옮겨 심기 좋기 때문이다. 모과나무를 옮기는 날에 간단하게 고사를 지내면서 어르신들께 막걸리도 대접할 계획이니 주민들도 참석해 달라

목신제(木神祭) 모시는 광경

고 이장님께 부탁해 놓았다.

드디어 청명일(淸明日)이 되었다. 구름 한 점 없는 화창한 날씨가
나무 작업하기 좋았다.

"주민 여러분, 오늘 모과나무를 박람회장으로 가져간다고 합니
다. 음식을 준비했다고 하오니 참석해 주시면 감사하겠습니다!"

이장님의 방송 멘트가 조용한 산골 아침의 정적을 깨트렸다. 연
이어 나온 두 번의 마을 방송 덕분인지 마을 어르신들 몇 분이 벌써
언덕으로 올라와 기다리고 있었다. 우리는 미리 준비한 돼지 머릿고
기와 배추김치로 제사상을 차렸다. 이장님이 먼저 막걸리 한 잔을
따라 올리자 모두 따라서 절을 하기 시작했다. 나는 마음속으로 제
발 무사히 작업을 마칠 수 있도록 도와 달라고 빌었다. 이어서 모과

나무밭 주인과 다른 어르신들이 번갈아 잔을 올리고 준비한 고기와 배추김치를 곁들여 막걸리를 한 잔씩 마셨다.

4월이라고는 하지만 아침 날씨는 제법 쌀쌀했다. 이장님이 퇴주 잔을 건네주면서 막걸리를 권하기에 한 잔 마셨더니 속이 따뜻해진 느낌이 들었다. 나는 고사를 지내고 나서 주민들은 집으로 내려가라고 부탁했다. 혹시 작업장 주변에서 구경하다가 다칠 염려가 있었기 때문이다. 우리 요청에도 불구하고 대나무밭 할아버지와 몇 분 어르신들이 구경한다면서 자리를 지키고 있었다. 나는 어르신들을 작업장에서 다소 떨어진 곳으로 안내한 다음 작업자들을 전부 모이도록 했다. 그러자 조경팀 이 차장이 작업자들에게 안전교육을 시켰고 필요한 장비와 도구를 점검했다.

이제 본격적으로 모과나무 굴취 작업을 시작할 것이다. 오늘 모과나무 굴취 작업을 위해 8NC 굴삭기 1대와 6다블 1대, 그리고 10명의 조경 기술자들이 투입되었다. 백호우(Back Hoe)는 굴삭기의 다른 명칭으로 현장에서는 포클레인이라 불리기도 하는데 보통 바가지의 용량에 따라 02(공투), 06(육다블), 10(텐) 등으로 불리고 있다. 8NC 굴삭기는 텐과 육다블 사이의 중형급으로 텐굴삭기를 개조하여 무거운 나무를 들어올릴 수 있는 기능을 보강해 만든 특수 장비라고 했다. 6다블 굴삭기는 조경 현장에서 가장 흔하게 쓰이는 장비로 고무바퀴가 장착되어 장거리 이동이 편리해 토목건설 현장이나 조경 작업에 많이 활용된다.

예정대로 작업이 진행된다면 오전 중에 굴취 작업을 끝내고 점심 먹고 운반 작업을 시작할 수 있을 것이다. 농로를 통해 운반해 나가면 오후 5시쯤에는 박람회장에 도착할 수 있을 거란 생각이 들었다.

설령 한두 시간 작업이 지체되더라도 저녁 9시까지는 충분히 마칠 수 있을 거라 예상했다.

모과나무는 근원 직경이 1.5m 정도 되니 3m 이상으로 넓게 뿌리 분을 만들어야 하는데 그렇게 되면 나무 무게는 어림잡아도 10톤 이상 될 것 같았다. 나무 무게가 많이 나가는 이유는 뿌리분에 붙어있는 흙의 무게가 절반 이상을 차지하기 때문이다. 나무 자체의 목대는 그렇게 무겁지 않은데 흙이 무겁다는 의미다. 8NC 굴삭기가 무거운 모과나무를 들고 1km나 되는 농로 길로 빠져나가기 위해서는 뿌리 분을 작게 만들어 무게를 줄여야 한다.

큰 나무를 굴취하기 하루나 이틀 전에 나무뿌리 부분에 물을 충분히 뿌려주면 좋다. 나무를 굴취하게 되면 단근작업으로 인해 수분 흡수가 안 되기 때문에 사전에 수분 공급을 해줌으로써 나무 생육환경을 좋게 해주려는 것이다. 경우에 따라서는 나무를 굴취한 후 운반하는 과정이 며칠씩 걸릴 경우 나무가 많이 손상되는데 이를 사전에 예방하는 효과도 있다.

우리는 이틀 전 모과나무에 물을 충분히 뿌려주었다. 굴취 작업은 나무뿌리 크기와 깊이를 예상하여 나무 둘레에 원을 그려주면서 파 내려가라고 했다. 미리 뿌리돌림을 해 두었기 때문에 작업자들은 그 라인을 따라 삽이나 곡괭이로 파 내려갔다. 작업은 최대한 천천히 세심하게 진행해야 뿌리가 손상되지 않는다. 작업을 시작한 지 한 시간쯤 되었을 때 근원경 부위에서 1m 정도 깊이까지 파 내려갈 수 있었다.

그러는 사이 중간중간 돌출된 뿌리를 절단하면서 둥그런 모양을 만들어 나갔다. 우리가 만들 뿌리 모양은 마치 납작한 팽이처럼 윗

부분은 넓고 내려갈수록 좁아지는 형상이다. 그러기 위해서는 잔뿌리가 넓게 퍼져있는 윗부분은 넓게 뜨고 큰 뿌리만 몇 가닥 있는 아랫부분은 폭을 좁게 만들어야 했다. 나무는 잔뿌리를 통해서 물과 영양분을 흡수하기 때문에 최대한 잔뿌리를 다치지 않도록 조심해야 한다. 굵은 뿌리를 절단하고 난 뒤에는 상처 치료제를 발라주었다. 그렇지 않으면 상처를 통해 병균이 침투하여 죽을 염려가 있기 때문이다. 이것을 발라주면 상처가 빨리 아무는 효과도 있다.

　요즘은 조경 작업에 좋은 약제가 많이 나와 있다. 수분 증발을 막아주는 약제에서부터 뿌리발근제, 상처치료제, 각종 영양제와 비료 등이 다양하게 개발되었다. 이처럼 나무에 좋은 제품들이 나오면서 사람들이 직접 해야 하는 행동이 줄어들어 정성이 부족한 것처럼 보여 안타까운 생각이 들기는 하지만 어쨌든 나무를 살리는 데에 도움이 된다면 이들을 잘 활용할 수 있을 것이다.

　오전 굴취 작업을 하고 있는데 시설부장님이 현장을 방문했다. 작업이 어떻게 진행되는지 궁금해서 왔다면서 조경 작업자들을 격려해 주셨다. 박 부장님은 정원박람회장 조성을 총괄하고 있었는데 설계와 기반 시설뿐만 아니라 조경 분야까지 해박한 지식을 가지고 있는 분이셨다. 우리와 함께 한참 동안 굴취 작업을 지켜보던 부장님은 회의가 있어서 중간에 출발하면서 나에게 말씀하셨다. 절대 무리하지 말고 안전사고 없도록 작업을 마무리해 달라는 당부였다.

나무 이동, 준비 완료

모과나무 굴취 작업을 시작한 지 벌써 세 시간째다. 나무 둘레를 둥그렇게 파고 들어가 마치 팽이가 서 있는 것처럼 모양을 하고 있었다. 땅을 파는 작업은 주로 6다블 굴삭기가 맡아서 했으므로 이때까지만 해도 8NC 굴삭기는 주변의 모아둔 흙을 간간이 정리만 할 뿐 마땅한 역할이 없었다. 나무를 따라 파들어 간 땅속에 공간이 생기고 그 안에서 작업자들이 숙련된 솜씨로 녹화마대를 씌우고 반선 (조경용 철사) 엮음 작업을 하고 있었다.

보통 뿌리분 작업은 녹화마대를 두세 겹으로 나무뿌리에 밀착하여 빙 둘러 감은 다음 조경용 철사를 간격을 맞추어 감고 철사와 철사가 만나는 연결지점마다 신우라는 쇠꼬챙이를 이용하여 조여 주는 작업을 하게 된다. 굴취 작업은 보통 서너 명이 한 조가 되어 일을 하는데 서로 호흡이 잘 맞아야 한다. 조경 작업장에서 일을 잘하는 숙련 작업자인지 아닌지는 굴취 작업하는 것을 보면 알 수 있다. 왜냐하면 녹화마대를 씌우고 철사를 묶는 단계가 나무를 옮기는 과정 중에서 가장 기초가 되는 공정이기 때문이다.

조경 작업은 극심한 노동력이 요구되는 고된 작업이다. 힘든 노동에 비해 다른 업종보다 보수가 좋지 않기 때문에 젊은 사람들을 찾기가 어렵다. 그래서 조경 작업장에서 일하는 사람들은 대부분 오십 대 이상으로 나이가 많은 편이다.

굴취 작업이 어느 정도 마무리된 것 같아 오전 작업을 멈추고 조금 일찍 점심을 먹기로 했다. 마을에서 식당까지는 거리가 너무 멀었기 때문에 시내에서 도시락을 배달시켰는데 힘든 작업 뒤에 먹는 점심이라 꿀맛이었다. 작업자들은 서둘러 도시락을 먹고 나무 그늘 아래에 누워 낮잠을 잤다. 이들에게 잠깐 동안의 낮잠은 보약과도 같을 것이다.

조경 작업은 일 자체가 고단하기 때문에 술 생각이 많이 난다. 하지만 근무시간에는 술은 절대 허용하지 않았다. 굴삭기 등 중장비를 이용해서 작업을 하기 때문에 술을 마시면 사고가 날 위험이 높기 때문이다. 그래서 나는 작업 현장에서 일하는 작업자들과 함께 점심도 먹으며 현장을 살폈고, 일이 끝난 저녁에는 함께 막걸리를 먹으며 현장을 지켰다.

점심을 먹고 조 기사님과 함께 농로를 따라 걸어가면서 다시 한 번 운반할 노선을 살펴보았다. 새벽에 육중한 8NC 굴삭기가 당산나

녹화마대 및 조경용 철사 감기

무에서 모과나무까지 이동해 오면서 남긴 체인 바퀴 흔적이 콘크리트 바닥에 선명하게 새겨 있었다. 거무튀튀한 색깔이 나던 콘크리트 위로 하얗게 체인 자국 상처를 남겨 놓은 것이다. 체인 자국으로 봐서 농로 끝 지점에서 불과 10센티 정도의 폭을 남기고 아슬아슬하게 통과했던 것 같았다. 농로의 일부 구간은 벌써 콘크리트 포장이 깨져 균열이 생기고 떨어진 조각들이 솟아올라 있었다. 빈 굴삭기만 통과했는데도 이렇게 포장이 깨지고 훼손이 되는데 10톤이 넘는 나무를 들고 통과하면 어떻게 될지 걱정이 되었다.

우리는 천천히 마을 앞 회관까지 걸어 나갔다. 회관 앞 개울 목재 다리는 며칠 전에 정비를 마쳤다. 다리 아래 받침 부분을 철재로 보강하고 상판은 철판으로 덮어 중장비가 건너 다녀도 견딜 수 있도록 했다. 별량면장님이 주민들과의 약속을 지키기 위해 나무 운반에 맞춰 서둘러 완공해 준 것이다.

오후 1시가 되자 굴취 작업을 다시 시작했다. 모과나무를 정원박람회장으로 운송하는 작업에 있어서 제일 중요한 공정이 시작되는 것이어서 오전에 비해 훨씬 난이도가 어렵고 위험한 작업이 될 것이다. 오전에는 나무가 쓰러지지 않도록 밧줄을 설치하고 뿌리 둘레를 파내려 가면서 돌출되는 뿌리를 자르고 녹화마대와 반생이 묶는 작업을 마쳐 놓은 상태였다.

이제부터는 나무를 땅 위로 들어올리는 공정이다. 나무를 들어올리기 위해서는 뿌리 부분에 슬링바(슬링로프라고도 하며 무거운 것을 들어올리는 데 쓰이는 강선이 심어진 천으로 된 넓은 밧줄)를 잘 걸어야 한다. 슬링바를 잘 메는 것은 상당히 어려운 기술이다. 무게 중심을 어떻게 잡느냐에 따라 나무가 다치지 않고 잘 들어올려지기도 하고 그렇지 않을 경

나무가 넘어가지 않도록 줄을 매고 굴취 작업을 진행하는 광경

우 넘어지면서 나뭇가지가 부러지거나 뿌리분이 깨지는 경우도 있기 때문이다. 로프를 나무뿌리에 적당히 설치하는 것 못지않게 중요한 것이 굴삭기 봉대(Arm)에 거는 방법이다. 나무와 굴삭기 간에 적당한 기울기가 되어야 잘 들어올려질 수 있다. 8NC가 나무뿌리에 설치된 실링로프를 굴삭기 봉대에 걸고 천천히 힘을 가하자 봉대 각도가 추켜올려지면서 모과나무에 힘이 전달되기 시작했다. 심근(深根) 하나 때문에 나무가 완전히 들어올려지지 않자 작업자들이 본인들의 손톱을 이용해 빠른 동작으로 심근을 잘랐다. 마치 탯줄을 자르는 것처럼 조심스럽게 진행되었다. 심근을 자른 부분에 녹화마대와 천 조각을 넣은 후 나뭇가지를 적당한 간격으로 집어넣고 조경용 철사로 꽉 조여 주며 옮길 준비를 진행해 나갔다.

목신(木神)이 노하다

아침에 고사 지내면서 막걸리도 한잔하고 도시락 점심까지 우리와 함께 먹었던 어르신 몇 분은 구경이 재미있는지 여태까지 남아있었다. 평생 이렇게 큰 나무를 옮기는 것을 직접 보지 못했을 뿐만 아니라 그동안 많은 사람이 안 된다고 했는데 어떻게 옮겨가는지 확인해 보고 싶었던 모양이다.

작업자들이 모과나무 근원 부위에 녹화마대와 부직포를 칭칭 감아서 수피를 보호하는 작업을 하고 있었다. 나무가 무겁다 보니 들어올리는 과정에서 껍질이 벗겨질 우려가 있었기 때문이다. 녹화마대는 보통 폭 1m 내외의 식물성 천으로 만들어지는데 주로 나무뿌리나 줄기를 보호하는 데 사용된다. 부직포는 녹화마대보다 두껍고 넓어서 주로 큰 나무줄기를 감는 데에 사용하며 운반 시 다른 물체와의 충격으로부터 나무를 보호하는 데도 중요한 역할을 해준다.

작업자들은 모과나무 원줄기의 로프를 묶는 지점에는 부직포와 볏짚을 함께 넣어 감싸주었다. 볏짚도 완충작용에 많은 도움이 되기 때문이다. 녹화마대와 부직포 감기 작업이 끝나자 이어서 뿌리분 상단 나무줄기 보강작업을 시작했다. 나무의 근원 지점에서 1m 정도 부분에 어른 팔목 굵기의 나무토막 20여 개를 빙 둘러대고 철사로 단단히 동여매는 작업을 했다. 이 부위에 로프를 걸어야 하는데 단단히 보호하지 않으면 들어올릴 때 나무껍질이 벗겨질지도 모르기 때문이다.

이러한 준비 작업은 안전한 운반을 위한 필수적인 과정이다. 근원 부위뿐만 아니라 슬링바를 묶을 주가지에도 부직포를 감았는데 나무의 키가 높았기 때문에 6다블 바가지(Bucket)에 사람이 직접 올라탄 채로 부직포를 감는 모습은 지켜보는 사람들도 아찔할 정도였다.

나무줄기 보호대 설치를 마치고 나서 나무를 구덩이에서 땅 위로 들어올리기로 했다. 이를 위해 나무가 넘어지지 않도록 묶어두었던 밧줄 세 개 중에 두 개를 풀었다. 마지막 하나는 언덕 아랫집 맞은편 방향에 묶어진 것으로 작업 도중 집으로 넘어지는 것을 방지하기 위해 끝까지 묶어둔 것이다. 하지만 이 밧줄도 결국에는 풀어야 나무가 움직일 수 있다. 작업자들은 두 팀으로 나뉘어 조금 전 푼 밧줄을 잡고 지시를 기다리고 있었다.

노련한 오 반장이 로프를 걸기 위해 나무뿌리 목대로 다가갔다. 보통 로프는 뿌리분 목대에 하나를 걸고 지상부 나뭇가지 중간 지점에 고리를 만들어 걸게 되는데 나무 크기나 작업 여건에 따라 각도를 조절할 수 있는 기술이 필요하다. 로프를 걸 준비가 끝나자 8NC 굴삭기는 바가지를 떼어내고 붐(Boom)대와 암(Arm, 팔처럼 오므리고 펼 수 있는 축대)을 쭉 뻗어 모과나무 주 기둥으로 가까이 접근해왔다. 무거운 나무를 들어올리기 위해서는 최대한 나무와 근접해야 유리하기 때문에 8NC는 붐대 가까이로 다가와 바를 걸 수 있도록 준비를 마쳤다. 뿌리분에 걸쳐 있는 슬링바 한 가닥을 굴삭기 축대 끝부분에 달려 있는 고리에 연결했다. 마지막으로 나무 중간부에 걸쳐 있는 슬링바를 굴삭기 고리에 연결하자 8NC가 엔진 마력을 높여 붕대를 들어올리자 모과나무가 움직이기 시작했다. 아직 정식으로 들어올리는 단계가 아니어서 모과나무에 힘이 온전히 가해지지는 않은 상태였다.

그런데 순간 예기치 못한 돌발 상황이 발생했다. 갑자기 땅이 꺼지면서 나무를 들고 있는 8NC가 푹 주저앉으며 멈춰 선 것이다. 나무가 출렁이면서 심하게 흔들거렸고 나는 순간적으로 "위험해요! 피하세요!"라고 고함을 쳤다. 몇 초 동안의 짧은 시간이었지만 온몸에 땀이 배일 정도로 긴박한 순간이었다. 혹시 뿌리분에 걸었던 바가 터져 버리지 않았나 걱정이 되어 실링바 묶음 작업 중이던 오 반장님을 불렀다.

"오 반장님, 괜찮은가요?"

나무 뿌리분에 가려 보이지 않았던 오 반장님이 구덩이에서 고개를 내밀면서 대답했다.

"괜찮습니다!"

오 반장을 비롯해 작업하던 두 명 모두 다친 곳 없이 무사했다. 천만다행으로 굴삭기에 연결된 뿌리 부분의 실링바가 터지지 않고 버티면서 작업하던 사람들이 무사했던 것이다.

안도의 한숨을 내쉬면서 주변을 살펴보니 모과나무를 중심으로 빙 둘러 파 내려가면서 생긴 구덩이 근처의 지반이 굴삭기 무게를 견디지 못하고 무너지면서 30cm 정도 주저앉아 버린 것이었다. 뿌리분에 걸어두었던 실링바와 굴삭기 연결 고리가 무게 하중을 받아 팽팽히 유지되고 있어서 나무가 피해를 받지는 않았지만 자칫했더라면 뿌리분 무게에 밀려 굴삭기가 넘어질 상황이었다.

처음부터 이런 상황을 예상하고 미리 나무 주변 밭 바닥다짐을 충분히 해 놓았고 주변에 평탄 작업까지 마쳤음에도 불구하고 이렇게 지반이 쉽게 침하될 줄은 몰랐다. 사고는 전혀 예기치 않은 상황에서 발생한다는 말이 이런 경우를 두고 하는 말인가 싶었다. 나는

'사람이 다치지 않은 것만 해도 얼마나 다행스런 일인가'라고 스스로 위안하면서 흥분된 마음을 가라앉혔다.

잠시 멈춰있던 8NC가 조심스럽게 슬링바를 모과나무에서 풀어내고 주저앉은 자리에서 뒷걸음쳐 빠져나왔다. 조 기사님은 침착성을 잃지 않고 태연하게 운전을 했다. 이런 위급상황에서도 저렇게 차분한 것을 보면 보통 내공은 아니지 싶었다.

작업 공간이 넓었다면 그리 어려운 작업도 아닌데 한쪽은 절벽이라서 접근이 힘들고 주변보다 높은 지형에서 아래를 보고 슬링바를 메려 하다 보니 한꺼번에 들어올릴 안정 각도가 나오질 않은 것이었다.

보통 작업 현장 같으면 크레인이 나무를 들어올리기 때문에 이정도 나무는 문제가 안 된다. 하지만 이곳은 크레인이 들어올 작업로도 없었을 뿐 아니라 작업할 공간이 없기 때문에 8NC 굴삭기가 모든 일을 도맡아 하고 있는 것이다. 굴삭기와 나무 몸체를 최대한 가깝게 하기 위해서는 주변 흙을 파내어 높이를 더 낮추어야 한다고 생각했다. 조 기사도 내 의견에 동의를 해 주었다.

시간은 벌써 오후 3시를 넘어가고 있었지만 아직까지 나무를 구덩이에서 끄집어내지 못하고 있는 상황이었다. 아침에 작업을 시작하면서 예상했던 시간보다 벌써 세 시간을 초과했기 때문에 다소 늦어질 거라는 생각이 들었다. 문득 순천에서 조경회사를 경영하고 있는 박 선배님이 떠올랐다. 선배는 나를 볼 때마다 이렇게 말했었다.

"이 팀장 자네 큰 나무 많이 옮기면 생명줄 짧아지네. 조심하소!"

정원박람회장 조경팀장이라면 수만 그루의 큰 나무를 옮겨다 심어야 할 테니 그저 건강 생각해서 쉬엄쉬엄하라는 애정 어린 충고로 받아들였다. 그런데 실제로 큰 나무를 옮길 때마다 느끼는 것은 어떤 큰 나무도 예외 없이 어렵다는 것이었다. 나무가 크면 클수록 그 크기만큼의 애간장을 태우고 나서야 움직인다는 것을 터득했기 때문이다.

나무 입장에서 생각해 보면 이해가 어려운 것도 아니다. 몇십 년 아니 몇백 년 동안 정 붙이고 잘 살고 있는데, 어느 날 사람들이 찾아와 다짜고짜 장비를 들이대면서 수족과도 같은 뿌리들을 절단해 내고 밧줄로 몸통을 동여매면서 강제로 뽑아내려 하니 얼마나 두려움을 느끼겠는가.

사람이라도 이런 상황에서 저항을 하지 않을 수 없을 것이다. 조경인들은 큰 나무에게 목신(木神)이 있다고들 한다. 샤머니즘처럼 들리겠지만 예나 지금이나 목신에게 제사를 지내는 풍습은 유사한 듯싶다.

잠시 휴식을 취하고 우리는 다시 나무를 들어올리는 작업을 시작했다. 아무리 목신의 저항이 심하다 할지라도 작업을 멈출 수가 없었기 때문이다. 그동안 많은 어려움을 겪었지만 하나하나 극복해오면서 여기까지 올 수 있었기에 이 정도는 아무것도 아니라고 스스로 위로했다.

이번에는 처음부터 근원 부위에 묶는 슬링바와 지상부 나무줄기에 묶을 바를 함께 연결했다. 한쪽 바는 8NC 연결 고리에 걸고 나머지 바는 6다블이 잡고 있다가 어느 정도 작업 각도가 세워지면 8NC 연결 고리에 바로 끼워 넣기로 했다.

그동안 한마디 말도 없던 조 기사님이 잠깐 보자고 했다. 예상했던 것보다 나무 무게가 많이 나가서 힘들었지만 걱정하지 말라고 하면서 담배를 한 개비 피워 물더니 운전석에 올라갔다. 늘 그렇듯이 표정으로 봐서는 크게 염려하고 있는 것 같지는 않았다.

　아침 일찍부터 시작한 나무 굴취 작업이 처음에는 순탄하게 잘 진행되기에 '작업이 빨리 끝나겠구나!' 하고 기대했는데 웬걸. 생각보다 시간이 훨씬 많이 걸리고 있었다. 점심 먹고 오후 작업을 시작한 이래로 구덩이에서 나무 들어올리는 작업만 벌써 4시간째 하고 있지만 여전히 답보 상태이니 답답할 수밖에 없었다. 어느덧 시간은 오후 5시를 넘어서고 있었다. 자칫 오늘 중으로 작업을 못 끝낼 수도 있을 것 같은 생각이 들었다. 이렇게 작업이 늦어지는 이유는 나무 크기에 비해 들어올리려는 8NC 장비 축대가 너무 짧아 무게 중심을 잡기가 어렵기 때문이었다.

나무에 슬링바를 묶어 들어올리는 작업

몇 번의 시도 끝에 다시 6다블에 슬링바를 연결하고 나자 8NC가 엔진 출력을 최고로 높였다. 드디어 모과나무가 서서히 움직이기 시작했다. 나무가 너무 무거워서 한꺼번에 수직으로 들어올리지 못하고 엉거주춤한 자세로 멈추어 서길 몇 번 반복했다. 그러고 나서 마치 작은 쇠똥벌레가 자기보다 몇 배나 큰 쇠똥을 감아올리기라도 하듯 최대의 출력으로 굉음을 내면서 경사면을 박차고 올라왔다.

그토록 움직이기 싫어하던 나무뿌리가 들려 움직였다. 8NC는 들고 있던 나무를 비탈면 땅 위에 걸쳐 안정시키고 다시 나무 묶은 바를 한 바퀴 휘어감아 길이를 짧게 만든 후 몸쪽으로 바짝 붙였다. 그리고 나무를 당긴 후에 힘차게 들어올리기 시작했다.

공직을 건 미션 수행

마침내 오후 6시가 되어서야 모과나무를 완전히 들어올려 지면 위에 내려놓을 수 있었다. 모과나무는 300년 동안 우뚝 서 있던 자리에서 한 발짝 한 발짝 거의 미끄러지다시피 움직이기 시작했다. 불과 2~3m 정도밖에 안 되는 거리를 움직이는데 무려 9시간이나 걸렸다. 작업자들은 이미 기력이 다 빠져 녹초가 되어 있었다.

모과나무는 더 버티려고 고집부리지 않는 듯 8NC에 몸을 맡기고 새로운 둥지를 찾아 여행을 떠날 준비를 하고 있었다. 첫 번째 관문인 굴취 작업이 끝나고 이제는 두 번째 관문인 좁은 농로를 따라 운반해야 한다.

우리는 잠시 휴식을 취하고 오늘 미션 수행의 성패가 될 농로 운반을 시작했다. 모과나무가 서 있던 언덕을 출발하여 농로 초입에 접어들 때까지는 길이 넓어서 순조롭게 전진해 나갔다. 마치 엄마가 앞에서 아기를 포대기에 안고 천천히 걸어가듯 8NC는 조심조심 운행해 나갔다. 얼마 후 좁은 농로 시작점에 다다르자 이번 모과나무 운반에 있어 가장 위험한 길에 접어들었다는 생각이 들었다. 여태까지 한 번도 경험해 보지 않았던 위험이 기다리고 있는 줄도 모르고 우리는 앞으로 나가고 있었다.

나는 8NC 앞에서 천천히 걸어가면서 손짓으로 안내하는 역할을 담당했다. 운전하는 조 기사님의 모습은 모과나무에 가려 잘 보이지도 않았지만 백미러를 통해 손짓으로 의사소통을 할 수 있었다.

산속 마을이라 해가 떨어지자 금세 어둠이 깔리기 시작했다. 어

좁은 농로길 접어든 나무

둠을 뚫고 10톤이 넘는 나무를 짊어진 8NC가 앞으로 나갈 때마다 육중한 체인 바퀴와 농로의 콘크리트가 부딪치면서 날카로운 소리를 냈다. 마치 금속 찢어지는 소리 같았다. "찌이지찡! 짜깔짜깔!" 굉음과 함께 "탁 탁" 콘크리트가 깨지는 소리가 적막한 산골 마을을 요란하게 뒤흔들고 있었다. 이런 상황인데도 조 기사님은 비좁은 농로 길을 아슬아슬하게 전진해 나갔다. 길이 좀 반듯하다 싶으면 제법 속도까지 낼 정도니 그 대담함이 어디서 나오는 건지 궁금했다. 웬만한 사람은 흉내도 내기 어려울 것 같았다. 저렇게 무거운 나무를 들고 앞이 잘 보이지도 않는 좁은 농로 길에서 겁 없이 운전하는 것을 보면 다음에 진기명기 TV 프로그램에 출연할 수도 있겠다는 생각이 들 정도였다.

이제 조금만 더 전진해 나가면 전봇대가 있고 조금만 더 나아가면 S자 급커브와 급경사지 언덕이 나올 것이다. 이들 구간만 통과하면 오늘 미션은 성공할 것이다.

모과나무를 들고 있는 8NC가 전봇대 있는 곳에서 20m 정도 앞까지 전진해 올 때까지만 해도 큰 문제가 없어 보였다. 그런데 전봇대 있는 곳에 다다랐을 무렵 직감적으로 큰 문제가 있다는 위험을 느꼈다. 전봇대 지점에서 농로 쪽을 바라보니 8NC가 들고 오는 모과나무가 너무 커 보였기 때문이다.

비좁은 농로, 그것도 한쪽 갓길이 10cm 정도 깨져 내려앉은 상태에서 무리하게 운행하다가 나뭇가지 하나라도 전신주에 걸리게 되면 끝장이라는 생각이 들었다. 그렇다고 무너져 내린 농로를 보강할 수도 없는 일이었다. 왜냐하면 4m 이상 수직 절벽이라서 근본적으로 농로 길을 보강하려면 일주일 이상 걸리기 때문이었다. 나는

무게를 견디지 못하고 농로길 깨진 모습

8NC 진행을 멈추게 한 후에 조 기사님에게 다가가서 전봇대 위험 상황을 이야기해 주었다. 그러면서 위험요인을 제거한 다음에 진행하자고 말했더니 그는 단칼에 나의 제안을 무시했다.

조 기사님 역시 나무가 이렇게까지 클 줄은 몰랐다면서 위험 요소는 있지만 조심해서 나가면 괜찮을 거라고 예정대로 진행해 나가자고 말했다. 나는 최대한 조심해 운행하라고 몇 번이나 당부하고는 다시 굴삭기 앞으로 가서 손짓으로 신호를 보냈다. 8NC 조 기사님은 위험지역에 접근하자 어느 때보다 천천히 그리고 조심스럽게 운전해 나갔다. 나뭇가지가 전봇대에 걸리지 않도록 최대한 반대편 언덕 쪽으로 바짝 붙여 진행하고 있었다.

그런데 갑자기 낭떠러지 쪽의 농로 체인 바퀴가 순간적으로 내려

100

앉으면서 기울어지는 것이 아닌가. 동시에 싣고 있던 나무가 심하게 출렁거렸다. 나무 앞에서 안내하던 나는 순간 얼마나 놀랐는지 말이 나오지 않았다.

"아! 아!"

단발의 비명을 지르며 급히 뛰어갔지만 나뭇가지와 굴삭기가 통째로 농로 길을 막고 있어서 뒤쪽의 상황을 제대로 알 수 없는 노릇이었다. 분명한 것은 아직 나무가 언덕 아래로 떨어지지는 않았다는 것이었다. 어떻게 된 일인지 궁금해서 빨리 뒤로 가고 싶었지만 길 한쪽은 낭떠러지이고 다른 쪽은 높은 언덕이었다. 나는 할 수 없이 힘겹게 몸을 낮춰 나뭇가지 사이를 통과하여 굴삭기에 다가갔다. 언제 굴삭기에서 내려왔는지 조 기사님은 담배를 피워 물고 농로 주변을 살피고 있었다.

놀란 마음을 진정시키면서 상황을 점검해 보니 8NC 한쪽 체인이 농로 콘크리트 깨진 부분에 걸려 20cm쯤 내려앉아 있었다. 그나마 반대쪽으로 최대한 붙여서 운전해 왔기 망정이지 하마터면 굴삭기와 함께 나무까지 낭떠러지로 굴러떨어질 뻔한 아슬아슬한 상황이었다.

나는 천만다행이라고 말하면서 오늘은 이대로 철수하고 내일 아침에 와서 작업을 재개하자고 했다. 모두 나의 제안에 동의하면서 철수할 준비를 하고 있는데 갑자기 조 기사님의 다급한 목소리가 들렸다. 농로 깨진 부분이 계속 침하하고 있어서 자칫하면 그대로 장비와 모과나무가 절벽 아래로 떨어질 위험이 있다는 것이었다. 그의 말을 듣고 살펴보니 굴삭기 체인 아래로 무너져 내린 농로 콘크리트가 계속 깨질 것 같다는 느낌이 들었다. 당장 작업을 해서 이 구간을 벗어나지 않으면 밤사이에 모과나무와 굴삭기를 모두 잃을 수도 있다는 조 기사의 말에 나는 어찌할 바를 몰랐다. 이곳을 벗어날 방법이 있는지 그에게 물어보았다. 8NC가 1m 정도 앞으로 움직여야 하는데 나무 무게 때문에 자체적으로는 나갈 수가 없으니 6다블 굴삭기가 앞에서 나무를 들어 줘야 가능하다는 것이었다.

그는 지체할 시간이 없다고 했다. 곧바로 순천 시내에 있는 6다블 굴삭기 한 대를 수배했지만 저녁 8시가 되어 기사를 보내주기가 어렵다고 했다. 수소문 끝에 평소 알고 지내던 6다블 기사와 연락이 되었는데 본인은 못 오고 대신 다른 기사님을 보내겠다고 했다.

우리는 굴삭기가 도착할 동안에 회관에서 저녁 식사를 했다. 식사라고 해봐야 김치에 라면이 전부였지만 배가 몹시 고팠던 터라 맛있게 먹었다. 조경팀 직원들과 오 반장님 그리고 작업자들 모두 아침부터 하루 종일 고생한 사람들인데 겨우 라면 한 그릇으로 때우려니 미안한 마음이 들었다.

우리가 라면으로 저녁을 때운다는 소식을 들었는지 개령마을 부녀회에서 총각김치와 고들빼기김치를 가져다주었다. 마을 특산품인 고들빼기김치는 쌉싸름한 맛이 일품이었다. 라면과 함께 먹는 고들빼기김치가 그렇게 맛있는 줄은 처음 알았다. 그때 먹은 라면 맛을 잊지 못해 지금도 가끔 고들빼기김치에 라면을 먹는 버릇이 생겼을 정도다.

저녁을 먹고 조금 기다리고 있으니 6다블 굴삭기가 도착했다. 중단했던 나무 운반 작업을 위해 농로 길에 접어드니 많은 생각이 떠올랐다.

'이렇게 어두운 저녁에 위험한 작업을 꼭 해야만 할까? 만에 하

나 안전사고라도 발생한다면 현장 책임자인 내가 모든 책임을 져야 하는데 그럴만한 가치가 있는 일일까?'

스스로에게 물어보았다. 책임이 두려워서가 아니라 명분이 약할 것 같다는 생각이 떠나지 않았다. 아무리 좋은 나무라도 사람들의 안전보다 중요하지는 않기 때문이었다. 이런저런 생각에 머리가 지끈거렸다.

시간은 9시를 훌쩍 넘어 마을 주변은 깜깜하게 변했다. 이렇게 어두운데 과연 성공적으로 마칠 수 있을는지 아무리 생각해도 답이 나오질 않았다. 도대체 이 모과나무가 뭐기에 평생 쌓아놓은 공직을 걸어야 한다는 말인가. 정상적인 이성을 가진 사람은 이 상황에서 모과나무를 포기하는 게 맞을 것 같았다. 오전에 부장님께서 안전사고 없도록 조심하라고 신신당부까지 하지 않았던가. 더 이상 위험한 상황은 만들지 않아야 할 것 같았다.

그런데 이상한 것은 생각과는 다르게 내 마음은 나무를 옮기는 쪽을 선택하고 있었다는 것이다. 여기까지 어떻게 왔는데 여기서 포기한단 말인가.

'그래, 절대 포기하지 않아!'

우리들은 한 자리에 모여 작업 상황을 의논했다. 성공적으로 작업을 수행하기 위해서는 6다블 굴삭기가 8NC가 멈춰 서 있는 곳으로 가까이 접근해야 하는데 유일한 접근로인 농로에는 8NC가 들고 있는 모과나무의 줄기와 가지가 앞을 가로막고 있었다. 이 문제를 어떻게 해결할지 주변 여건을 면밀하게 살피던 중 한 가지 방안이 생각났다. 6다블이 모과나무 앞에서 좌측 언덕 쪽으로 비스듬하게 길을 만들면서 올라가 언덕 위에 작업 공간을 만들기로 했다.

6다블은 힘이 약하기 때문에 높은 위치에서 나무를 들어올려야 8NC를 도울 수 있었기 때문이다. 언덕과 8NC가 서 있는 농로까지는 3m 정도 높이 차이가 나는데 그곳에서 6다블 굴삭기가 팔을 최대한 뻗어 8NC가 들고 있는 나무에 묶인 슬링바를 걸어서 들어올리면 나무 무게를 줄이고 전봇대도 피할 수 있을 것 같았다. 그러는 동안 8NC가 최대한 엔진 출력을 높여 1m 정도 앞으로 빠져나가야 한다. 무엇보다도 농로가 가라앉고 있는 수직 절벽으로부터 탈출하는 것이 급선무였고 다음으로 고려해야 할 것이 맞은편에 서 있는 전신주에 나무가 걸리지 않도록 해야 한다.

이론적으로는 단순했지만 이처럼 위험한 작업을 밤중에 해낼 수 있느냐가 관건이었다. 생각해 보면 마치 007시리즈 영화 〈미션 임파서블〉에서나 볼 수 있는 위험한 상황이 실제로 연출되고 있었다. 한 치의 실수만 해도 8NC 굴삭기와 모과나무는 낭떠러지로 떨어질지 모를 절체절명의 순간이 다가오고 있었다. 물론 조 기사님의 안전도 보장할 수 없었다. 불안한 마음에 나는 다시 한번 내일 작업을 하면 어떨지 말을 꺼냈다. 역시 예상대로 조 기사님은 눈 하나 깜빡이지 않고 대꾸했다.

"그냥 진행합시다. 왜 그렇게 마음이 약합니까?"

그의 대답을 듣는 와중에도 온갖 불길한 생각이 머릿속을 떠나지 않았다. '만에 하나 나무를 싣고 있는 굴삭기가 절벽으로 굴러떨어진다면…?' 아! 정말 상상하기도 싫었다. '이러지도 못하고 저러지도 못하는 진퇴양난이라는 말은 이럴 때 쓰는 것이구나!'라는 것을 절감해야만 했다.

나는 한 번 하기로 마음먹으면 뒤돌아보지 않고 실행하는 스타일이었다. 하지만 이번 일은 시시각각으로 마음이 바뀌고 망설여졌다. 생각할수록 자신이 한없이 작아지는 느낌이 들었다. 그런데 다른 사람들의 표정은 달랐다. 나만 걱정하고 힘겨워할 뿐 조경팀 직원들과 반장님을 포함하여 모든 사람은 당연히 작업을 해야 할 것처럼 각자의 역할에 열중하고 있었다. 이런 분위기라면 이제 억지로 작업을 멈추게 할 수도 없을 것 같았다.

얼마쯤 지났을 무렵, 이장님이 손전등 몇 개를 가지고 왔다. 도울 일이 없나 해서 왔다고 하면서 손전등을 켜 주변을 훤하게 비춰 주셨다. 빛이 있으니 훨씬 작업하기 수월했다. 탈출 작전을 성공적으로 마치기 위해서는 무엇보다도 6다블이 언덕 위로 올라가는 것이 급선무였기 때문에 전봇대 맞은편 논 두둑을 허물어 길을 만들었고 나머지 작업자들은 언덕 위에 있는 잡관목을 제거했다.

흙깎기 작업은 급경사지 비탈면을 잘 오르내릴 수 있는 체인형 6다블이 제격인데 저녁 늦게 급하게 요청하다 보니 타이어가 달린 6다블이 오는 바람에 작업 속도가 나질 않았다. 작업 도중에 몇 번이나 미끄러져 제 몸 하나 다루기도 힘들어 보였다.

더군다나 경험이 별로 없는 초보 기사님이어서 작업 속도가 너무 느렸다. 평상시 같으면 답답한 마음에 한마디 할 수도 있겠지만 늦은 밤에 이곳까지 달려와 준 것만도 얼마나 고마운 기사님인가. '오늘은 제대로 되는 일이 하나도 없구나…' 속으로 푸념을 하면서도 이럴 때일수록 내가 정신을 바짝 차려야겠다고 다짐했다. 작업을 시작한 지 두 시간쯤 지나서야 8NC가 멈춰 서 있는 근처 언덕 위에 6다블이 도착했다.

시계를 보니 저녁 11시 30분을 넘어서고 있었다. 본격적인 탈출 작업을 실행하기 전 조 기사님과 함께 깨진 농로 위의 8NC 체인 바퀴가 더 내려앉지는 않았는지 확인해 보았다. 미세하게 가라앉은 것처럼 보이기는 했으나 큰 변동은 없었다. 한편 6다블은 언덕에 올라와 작업 공간을 만들어 나무를 들어올릴 자리를 잡았고 오 반장님은 슬링바를 모과나무에 묶어 6다블 장축(arm)에 연결하였다.

담배 두 대를 연거푸 피우던 조 기사님도 운전석에 올라가 시동을 걸어 엔진 예열을 했다. 순간적으로 엔진 출력을 높이려면 충분한 워밍업이 필요했다.

이제 모든 준비는 끝났다. 가장 긴장되고 위험한 순간이 온 것이다. 분명 이것이 모과나무를 정원박람회장에 옮기기 위한 마지막 시련이 될 것이다.

6다블과 8엔시의 아슬아슬한 야간작업

오늘 미션의 성패는 6다블 굴삭기가 모과나무 무게를 어느 정도 분산시킬 수 있을지가 관건이 될 것이기 때문에 초보 기사님의 역할이 정말 중요하다.

망설이던 나는 긴장된 목소리로 6다블 기사님에게 나무를 들어 올리라고 말했다. 6다블은 주저 없이 축대를 치켜세우면서 나무뿌리 부문에 묶어 둔 슬링바를 들어올리기 시작했다. 처음에는 무거운 나무 무게 때문에 몸통이 잘 들어올려지지가 않는지 슬링바가 터질 듯이 팽팽해졌다. 엔진 출력을 더 높이자 나무 몸통이 몇 번 움직이더니 금세 나무줄기 전체로 힘이 가해지면서 심하게 출렁거렸다. 나무가 움직인다는 것은 6다블이 정상적으로 힘을 쓰고 있다는 징표가 아닌가!

여태 숨죽이며 기다리고 있던 8NC가 이때를 놓치지 않고 순간적으로 엄청난 굉음을 내면서 앞으로 박차고 나아갔다. 정말 순간적으로 이루어진 일이었다. 얼마나 긴장을 했던지 꽉 쥔 주먹을 펴자 손바닥에 밴 땀이 느껴질 정도였다. 모르긴 해도 이 광경을 지켜보던 사람들도 나와 같은 심정이었을 것이다.

마침내 8NC는 위험지역에서 모과나무와 함께 무사히 탈출하는 데 성공했다. 내가 다가가자 조 기사님이 굴삭기 창문을 열고 밝은 표정으로 웃었다. 긴박한 상황에서도 한 치의 주저함이나 흐트러짐도 없이 위기의 순간을 헤쳐 나가는 그의 모습을 보니 대단한 사람이라고 생각되었다.

높은 절벽 위에서 무거운 나무를 들고 한쪽 바퀴가 이미 내려앉아 언제 붕괴될 지 모르는 위태로운 상황에서 굴삭기를 운전하겠다고 앉아 있을 사람이 몇이나 될까. 그것도 칠흑같이 어두운 한밤중에 말이다. 자기의 분신과도 같은 8NC를 믿고 과감하게 위험한 업무를 수행해준 조 기사님이 멋져 보였다. 아울러 비록 경험은 많지 않았지만 늦은 시간까지 최선을 다해 임무를 수행해준 6다블 김 기사님도 대단한 분이라는 생각이 들었다.

위험 상황에서 탈출한 기쁨을 잠시 접어둔 채 우리는 다시 천천히 출발해 나아갔다. 조금 전 수직 절벽 길에서 힘든 일을 겪어서인지 당초 제일 어려울 거라 예상했던 S자 비탈길을 내려올 때에는 별로 겁도 나지 않았다. 조 기사님은 담배 한 대를 입에 물고 운전할 정도로 여유가 있어 보였다. 급경사지 도로 옆 산에서 뻗은 나무가 굴삭기의 시야를 가린다고 하자 오반장 팀이 기계톱으로 장애물을 제거한 것을 빼놓고는 큰 어려움 없이 마을회관까지 나아갈 수 있었다.

마을 입구 광장에는 모과나무를 박람회장까지 싣고 갈 대형 트레일러 한 대와 8NC를 싣고 왔던 중형 트레일러가 대기하고 있었다.

마침내 박람회장으로

마을회관 앞 개천 다리를 통과하는 것도 만만하지 않았다. 어렵게 다리를 건너기는 했는데 이번에도 전봇대가 큰 장애가 되었다. 트레일러에 싣기 위해 나무의 방향을 돌리는데 두 개의 전봇대 간격이 좁아 8NC가 작업할 회전 각도가 나오지 않았다. 이토록 힘들게 하는 것을 보면 모과나무는 아직도 미련이 많이 남아 있나 싶었다. 300년 넘게 자리했던 정든 마을을 떠나려니 자꾸 뒤돌아보게 되고, 괜히 심술이 나서 앙탈을 부리고 있다는 생각이 들었다.

마을 어르신들도 흔쾌히 허락해 주셨으니 편한 마음으로 떠나 주면 좋으련만 무엇이 마음에 걸려 이토록 주저하는지 알 수가 없었다. 생각해 보니 오늘 아침부터 이 시간까지 정말 되는 일이 하나도 없을 정도로 이상한 하루였다. 평소 같으면 그렇게 어렵지도 않을 일이 건건이 막히는 것을 보면 목신의 노여움이 아직 풀리지 않았을지도 모른다.

이럴 때는 정말 조심하는 것 말고는 달리 방법이 없다. 모과나무를 트레일러에 옮겨 싣는 작업은 다음 날 새벽 2시까지 이어졌다. 예상하지 못했던 일들이 자꾸 생기다 보니 작업이 늦어졌다. 모과나무가 아니더라도 원래 대경목 운반 작업을 할 때 제일 어려운 부분이 나무를 트레일러에 싣는 과정이다.

어렵게 상차작업을 마치고 새벽 3시가 넘어서야 마을을 출발할 수 있었다. 그렇게 떠나기 싫어하던 모과나무도 이제 마지막으로 작별 인사를 해야 할 시간이 되었다. 모과나무를 실은 트레일러 차량 한 대와 굴삭기를 실은 차량 한 대 그리고 작업자 차량 등 모두 십여 대가 불빛을 환하게 밝히면서 정원박람회장을 향해 출발했다. 선발대 작업자들이 장애가 되는 나뭇가지들을 제거하고 조경팀 직원들은 긴 대나무로 만든 장대를 이용하여 전신주나 통신선을 들어올리면서 모과나무 가지가 부러지지 않도록 도왔다. 좁은 마을 길을 벗어나자 편도 1차선 국도가 나왔다. 개령마을에서부터 삼십여 분을 달리니 도심지역에 접어들었다.

육교 등 장애물을 통과하고 드디어 모과나무를 실은 트레일러 차량이 정원박람회장 구역으로 들어설 수 있었다. 전날 아침 7시부터 굴취 작업을 시작한 이후 21시간 만에 정원박람회장으로 옮겨올 수 있었다. 모과나무를 처음 만나고 박람회장으로 가져오겠다고 약속한 지 2년 만에 마침내 결실을 맺은 것이어서 감회가 깊었다.

시간을 보니 새벽 4시가 넘었다. 작업자 모두 체력이 고갈되어 쓰러지기 일보 직전이었고 나무를 하차 하는데도 많은 시간이 소요되기 때문에 당장 심을 수도 없었다. 잠깐 눈을 붙이고 아침 9시쯤 정원박람회장 습지센터에 나와 보니 벌써 오 반장님과 조 기사님이 도착해 있었다.

박람회장 서문을 통해 들어오면 한국정원으로 가는 길과 국제습지센터로 가는 갈림길이 나오는데 우리는 그곳에서 제일 잘 보이는 언덕 위에 모과나무를 심었다. 그곳은 정원박람회장에서 사람들의 통행이 가장 많은 곳일 뿐만 아니라 주변 경관이 좋은 곳이다. 제일 좋은 위치에다 모과나무를 심어주겠다고 개랭이 마을 주민들에게 한 약속을 지키기 위해서다.

어렵고 힘든 여정을 마치고 마침내 새로운 보금자리를 잡은 모과나무는 순천만 국가정원을 대표하는 나무로 잘 자라고 있다.

나는 2023 정원박람회를 준비하기 위해 매일 국가정원 서문을 통해 출근하면서 모과나무를 만난다. 그때마다 나는 나무에게 안부를 전한다.

"고맙다, 모과나무야. 우리와 함께 있어 줘서!"

2013. 4. 20 정원박람회 개막 당일 모과나무 광경

2장

600살,
팽나무 할아버지

바위정원의 주인공 팽나무

순천만 국가정원 동문게이트를 통과하면 탁 트인 잔디마당이 시
야에 들어오고 국가정원의 랜드마크라고 할 수 있는 순천만호수가
우리를 반겨준다. 호수 가운데에는 봉화언덕이 있고 주변에는 인제,
해룡, 앵무 등 5개의 봉오리가 솟아 있다. 영국의 가든 디자이너 찰
스 쟁스와 그의 딸 릴리 쟁스가 순천의 봉화산, 박남봉 등 주요 산을
본따서 순천만과 동천을 형상화해 만든 작품들이다.

호수를 따라 오른쪽으로 걸어가면 낙우송 숲길이 이어지고 주변
에는 장미정원과 미로정원 그리고 영국 첼시플라워 가드닝 쇼에서
두 번이나 최우수상을 받았던 황지해 작가의 '갯지렁이 다니는 길'
정원이 있다. 잔디마당에서 호수를 따라 왼쪽 길을 따라가 보면 실

내정원과 어린이 놀이체험장 그리고 꿈틀정원이 있고 조금 더 따라 내려가면 바위정원(Rock Garden)을 만날 수 있다.

이곳 바위정원에 오늘의 주인공, 600살 먹은 팽나무가 살고 있다. 바위정원은 5,000m²의 넓은 면적에 30톤이 넘는 큰 바위에서부터 작은 돌까지 갖가지 형태의 돌을 만날 수 있다. 바위정원은 순천만 국가정원이 자랑하는 국내 유일의 창작 정원이라고 할 수 있다.

세계적으로 저명한 바위정원은 자연 그대로의 천연 바위를 이용하여 인공적으로 디자인해서 만든 정원이다. 대부분의 정원은 나무와 꽃을 소재로 만드는데 바위정원은 말 그대로 바위를 주된 소재로 하기 때문에 자칫 단조로울 수 있다.

바위정원을 조성할 당시 설계 전문가들은 약 50억 정도의 사업비가 들 거라고 추정했지만 실제 조성 비용은 5억 원 정도밖에 되지 않았다. 예상 사업비의 십 분의 일 정도의 작은 예산으로 바위정원을 만들었던 비결은 무엇이었을까? 그것은 정원박람회가 성공하기를 바라는 마음을 모아준 영호남 조경인들이 함께 자원을 재활용하는 등의 노력을 기울였기 때문이다.

바위정원을 만들기 전에 국내외 조성사례를 찾아보았으나 우리 실정에 맞는 정원을 찾기란 쉽지 않았다. 그래서 우리는 순천형 바위정원을 만들기로 했고 주인공으로 팽나무 할아버지를 초빙하기로 했다.

건강과 장수를 뜻하는 십장생 중에서도 돌은 굳은 의지와 견고함을 상징하는 것으로 알려져 있다. 예로부터 우리 조상들은 돌을 이용하여 사냥을 하고, 집을 짓고, 돌담을 쌓기도 하고, 맷돌을 만들어 활용하기도 했다. 모양이 예사롭지 않은 돌은 수집하여 집 안에 전

바위정원의 팽나무 할아버지 © 이용일

시하기도 하였다.

신이 정원에 들어와 바위가 되었다는 서양의 신화와 집 떠난 가족을 기다리다 망부석이 되었다는 우리나라의 전설은 모두 움직이지 않는 바위의 굳은 의지와 견고함을 표현하고 있다. 이처럼 돌과 바위는 우리 인류의 생활에서 떼려야 뗄 수 없는 존재였다.

바위정원은 돌과 바위틈에서 자라는 자생 식물들이 함께 만들어내는 정원인데 2013 순천만국제정원박람회장에서 제일 먼저 완성된 공간이었다. 사실 정원박람회 개최를 1년 앞둔 2012년 봄까지만 해도 박람회장 부지에 고압 송전철탑이 철거되지 않았다. 송전탑 이설 문제가 해결되지 않아 많은 부지가 논이나 공터로 남아 있다 보니 공사 현장을 지켜보던 시민들은 과연 정원박람회를 무사히 개최하게 될지 걱정을 할 수밖에 없었다.

이러한 걱정을 말끔히 해소해 준 것이 바로 바위정원이었다. 바위정원을 본 사람들이 정원박람회를 성공적으로 치를 수 있겠다는 자신감을 갖게 되었다. 이런 의미에서 바위정원은 본격적인 시공을 알리는 출발점이자 시민들에게 정원박람회가 성공할 수 있다는 믿음을 심어준 곳이었다. 그때부터 바위정원은 항상 사람들로 붐볐다.

정원박람회는 세계 5대 연안습지 순천만을 보호하고 생태도시를 완성하겠다는 시민들의 의지에서 출발했지만 그 과정은 결코 순탄하지 않았다. 지방 중소도시에서 국제행사를 치른다는 게 결코 쉬운 일이 아니었다. 그중에서도 제일 어려운 부분이 예산확보 문제였다.

우리는 정부 주무부처인 산림청의 도움을 받아 주박람회장과 수목원, 도시 숲을 만들었고 농림수산식품부의 지원을 받아 약초정원을 조성했다. 환경부에 건의하여 바이오습지 예산을 확보하고 건설

교통부에는 고향의 강 사업을 신청하여 지원받았다. 이처럼 다양한 국비 사업들을 모아 정원박람회장을 조성함으로써 부족한 예산 문제를 극복할 수 있었고 사업 효과도 극대화 할 수 있었다.

이와는 별도로 많은 기관단체의 참여방안을 준비하여 부족한 예산 문제를 극복해 나갔다. 광역 및 기초자치단체정원, 기업정원, 테마정원, 작가정원 등 여러 형태의 정원을 만들었고 각국 대사관과 협조하여 세계정원을 유치하여 볼거리도 풍성하게 할 수 있었다.

바위정원 역시 예산 절감의 본보기라 할 수 있었다. 고속도로 공사 현장에서 발생한 돌을 무상으로 수집해 재활용했고 경남 고성에서 600살 먹은 팽나무를 기증받았다. 팽나무는 바위정원을 찾는 사람들에게 제일 인기가 좋았다. 나이가 몇 살이나 되었는지 어디서 왔는지 궁금해하는 사람들이 많다 보니 해설사를 배치하여 안내를 하고 있는데 각자 팽나무에 대한 해설이 달랐다.

어떤 해설사는 600살 먹었다고 하고 다른 이는 500살 먹었다고 이야기한다. 팽나무 할머니라고 말하는 사람도 있고 팽나무 할아버지라고 해설하는 사람도 있다. 나는 웃으며 조용히 듣고 있을 뿐이다. 왜냐하면 둘 다 틀린 말은 아니었기 때문이었다. 굳이 말한다면 사람처럼 집 나이로 치면 600살이 맞고 주민등록상 나이 즉, 호적으로는 500살이 맞기 때문이다. 또 팽나무는 암수가 같기 때문에 수나무라고 하거나 암나무라고 말해도 이상하지 않다. 그럼에도 불구하고 내가 굳이 '팽나무 할아버지'라고 부르는 이유는 그 생김새가 남성스럽기 때문이다.

팽나무는 남부 해안 지역에 많이 분포되어 있는 나무로서 느티나무, 은행나무와 함께 3대 정자목으로 알려져 있다. 동신목(洞神木)

으로 마을의 공동 제사인 종신제를 모시는 신목으로 여겼을 정도로 귀하게 여겨지는 나무다. 제주도에서는 팽나무를 '폭낭'이라고 부르는데 마을 어귀마다 오래된 폭낭 한 그루쯤은 있을 정도로 흔한 나무다. 폭낭 한 그루가 마을을 대표하는 정원이어서 주민들의 휴식처 역할을 한다. 어떤 지역에서는 배가 접안하는 포구에 많이 심어졌다 해서 포구목(浦口木)으로 부르기도 한다. 일부 지역에서는 박수나무라고 부르기도 하는데 박수무당이라는 말에서 알 수 있듯이 박수는 점을 잘 치는 사람 또는 신령스러운 사람을 뜻한다. 박수무당은 모두 남자들이기 때문에 남자 호칭을 따서 팽나무 할아버지라고 불러준다.

팽나무는 생존력이 매우 강한 나무이다. 섬 지역 바닷가뿐만 아니라 호수 근처에서도 잘 자라고 심지어는 건조한 곳에서도 큰 나무로 성장하는 나무다. 조경에 처음 입문한 후배들에게 팽나무를 심으면 실패하지 않을 거라고 자신 있게 말해줄 정도로 생육활착이 잘 되어 순천만 국가정원에도 많이 심었다.

바위정원에 있는 팽나무 할아버지에게는 특이점이 하나 있는데 법원 입목 등기부에 등재되어 있다는 것이다. 집이나 공장 같은 부동산은 등기부 등본이 있지만 나무는 부동산으로 취급되지 않고 동산으로 취급되는데 어떻게 등기부에 등재될 수 있었을까?

분명한 것은 이 나무는 법원 등기부에 500살 팽나무로 등재되어 있다. 입목 등기 당시 우리는 600살로 알고 있었기 때문에 그대로 등재해 주길 바랐으나 법원 등기 관계자들이 나무 전문가들과 함께 조사해서 인정한 나이가 500살이다. 이런 이유로 우리는 이 팽나무를 집 나이로 600살, 호적 나이로 500살로 인정하고 있다.

사람들은 특이한 나무의 가치를 따질 때 항상 물어보는 말이 있다.

"이 나무는 얼마나 오래 되었나요?"

물론 좋은 나무의 조건을 말할 때 희귀 수종인지 나무 생김새가 분재처럼 곡선미가 있는지, 특이한 꽃과 열매를 맺는지 등 여러 가지 조건이 있을 수 있다. 하지만 이 모든 것들을 다 압도하고도 남는 것이 바로 나이가 아닐까 싶다.

100살만 먹어도 노령목이나 마을 정자목으로 귀하게 대접받는데 자그마치 600살이나 먹었으니 팽나무는 나이 자체만으로도 그 가치가 높게 평가될 수밖에 없었다. 더군다나 이 팽나무의 자태는 분재 못지않은 정형미를 갖고 있어 당당한 기품이 느껴진다. 10m에 육박하는 큰 키에 근원 직경이 1m가 넘는 대경목으로 젊은이 같은 근육질 체력을 보유하고 있었다. 남성미 뽐내는 근육질 피부를 보고 있노라면 젊었을 때 한가락 했을 법 싶다.

팽나무가 국가정원으로 오게 된 사연

법원 등기부에까지 등재된 팽나무가 어떻게 국가정원으로 오게 되었는지 인연을 쫓아가 보면 바위정원이 만들어진 사연까지 알게 된다.

2013 순천만국제정원박람회장 준비가 한창이던 2011년 11월 중순 무렵 경남 고성에서 조경업을 하던 사업가로부터 나무를 기증하겠다는 의사를 전달 받았다. 우리는 기증자를 만나기 위해 고성군

마안면 보존리 마을을 찾아갔다. 공룡박물관이 있는 해안가에서 그리 멀지 않은 곳에 있는 그의 집에는 정원이 예쁘게 꾸며져 있었다. 집에 들어서자 제일 먼저 눈에 들어온 것이 팽나무였다. 겨울철이라 낙엽이 모두 떨어져 웬만히 큰 나무는 크게 보이지 않는데 그 나무는 시선을 압도하고도 남을 만한 특이한 매력을 지니고 있었다.

팽나무 옆에 서 있는 다른 나무 한 그루도 눈에 띄었는데 바로 먼나무였다. 먼나무는 남부 해안가 따뜻한 지역에 자생하는 상록수로 이 나무 이름 때문에 생겨난 재미있는 일이 있었다고 한다.

나무를 구입하려는 한 전라도 사람이 "이 나무는 뭔(무슨) 나무입니까?"라고 나무 주인에게 물었더니 "먼나무입니다"라고 대답을 했다고 한다. "장난하지 말고 진짜 뭔 나무입니까?"라고 다시 물으니 나무 주인이 "진짜 먼나무입니다!"라고 말하자 화를 내면서 가버렸다는 에피소드가 있다.

또 다른 특이점은 그의 집 정원 입구에는 자연석이 상당히 쌓여 있었는데 금세 그 이유를 알 수 있었다. 정원 사이를 거닐 수 있도록 만들어진 산책로는 조경석으로 포장되어 있었고 돌 사이에는 다양한 관목과 야생화가 심어져 있었다. 산책로 바닥에는 돌을 나무판처럼 잘라서 새와 원숭이 등 동물 형상의 모양을 새겨 넣었다. 철도 폐침목을 이용하여 갖가지 모양의 산책로를 만들었는데 구간별로 각기 다른 디자인 작품을 보는 것 같았다.

얼마쯤 시간이 지났을까 도포 자락에 수염이 덥수룩하고 반백의 장발을 한 사람이 나타났다. 나무를 기증해주겠다는 박 대표였다. 반 백발의 긴 머리를 뒤에서 끈으로 묶어 마치 깊은 산에서 도를 닦다가 조금 전에 하산한 도인의 모습처럼 신비감이 느껴졌다. 풍류를

경남 고성 기증자 정원에 있는 팽나무

즐기는 선비 같기도 했다.

실제로 이분과 대화를 해 보니 정치, 경제, 문화, 예술 등 다방면에 걸쳐 해박한 지식을 갖고 있으며 특히 미술과 서예 부분에 상당한 수준의 기량을 지니고 있었다. 고성지역 예술인들 사이에서는 꽤 명망 있는 예술가로 알려져 있다고 했다.

본인의 소개에 따르면 옛것에 대한 남다른 애정을 갖고 있으며 얼(선비정신)을 사랑하고 예술에 대한 열정을 지닌 조경가로서 특히 순천에서 개최되는 2013 순천만국제정원박람회에 깊은 관심을 갖고 있다고 했다.

그는 유럽에서 개최된 정원박람회를 몇 차례 다녀와 봤기 때문에 정원문화에 대해 관심이 많다고 했다. 그래서 꽃과 나무를 직접 키우고 있으며 좋은 나무를 보면 비싼 돈을 들여서라도 구입한다고 자랑했다. 팽나무도 당초 제주도에 있었는데 직접 가서 구입해 왔다면서 많은 나무 중에 제일 소중히 여기는 이 나무가 제대로 활용될 곳을 찾았다고 기뻐했다.

그는 우리를 정원 한쪽에 위치하고 있는 2층 정자의 쉼터로 안내하고 녹차를 대접해 주었다. 이런저런 많은 얘기를 나누면서 순천만국제정원박람회가 열리는 것을 축하하고 조경인의 한사람으로서 정원박람회 성공을 위해 600년 팽나무 1주와 100년 된 먼나무 1주를 무상으로 기증해주겠다고 약속을 했다. 또한 정원박람회가 영호남 동서 화합의 한마당이 될 수 있도록 경상도에 있는 조경인들이 최선을 다해 돕도록 앞장서겠다고 말했다.

고속도로 작업장에서 쏟아진 보물들

고성을 다녀온 이후 한 달쯤 후에 박 대표 일행이 팽나무 기증식을 하기 위해 박람회장을 찾아왔다. 기증협약을 마친 뒤 박 대표님이 팽나무가 심어질 자리가 어디냐고 묻기에 호수정원 근처로 안내해 드렸다. 당시 호수정원은 이제 막 조성 중에 있었고 팽나무가 심어질 곳은 빈터로 남아있었다.

정원 박람회장 전체 부지는 110만㎡ 정도로 넓었기 때문에 전체 부지를 모두 정원으로 만드는 데는 많은 예산이 필요했다. 때문에 일부는 민간 참여정원을 만들 목적으로 빈터로 비워두고 설계를 진행하고 있었다. 기증받은 팽나무가 오면 이 참여정원 부지에 심을 예정이었다.

　박 대표 일행은 정원박람회장 현장을 여기저기 구경하면서 공사 중이던 순천만호수의 봉화언덕에 올라갔다. 때마침 마운딩 바닥 기초를 만들기 위해 쌓아둔 조경석을 보더니 저렇게 좋은 돌을 왜 호수 바닥에 사용하고 있는지 물었다. 나는 웃으면서 "조경석을 많이 모아서 보관해 두었다"고 했더니 당장 그곳에 가 보자고 재촉했다. 박 대표를 모시고 도사동 효천고등학교 옆 공한지로 가서 산더미처럼 쌓아둔 조경석을 보여주었더니 매우 놀라는 표정을 지었다. 조경석을 만져보기도 하고 작은 돌을 집어 깨어보기도 하더니 어떻게 이 귀한 돌을 확보했는지 물어보았다. 나는 그에게 조경석을 수집하게 된 내막을 이야기해 주었다.

　당시 광양에서 목포 구간을 연결하는 고속도로 공사가 진행되고 있었다. 현장에서 호박돌이라고 불리는 조경석이 나온다는 이야기를 듣고 답사하게 되었다. 공사장에는 크고 작은 돌들이 많이 있었는데 하나같이 동그란 모양을 하고 있었다. 마치 호박처럼 동그랗고 납작하게 생겨 호박돌이라고 불렀는데 철분 성분이 많이 함유되어 쇳물과 녹물이 돌에 펴져 알록달록한 문양을 하고 있었다. 돌들을 자세히 살펴보니 오래된 한옥 지붕 위의 기와에서 생겨난 이끼가 꽃잎 모양으로 퍼지듯 호박돌에서도 여러 모양이 새겨져 있었다. 정원을 만들면서 호박돌 사이에 관목을 심거나 야생화를 심으면 운치가 더 살아날 것 같았다.

　이 돌들을 정원박람회장에 활용하기 위해 현장소장과 감리단장에게 호박돌을 기증해 줄 수 있는지 물어보았다. 공문으로 요청하면 적극적으로 검토하겠다는 긍정적인 답변을 받고 나서 며칠 후 조경석을 사용하도록 협조하겠다는 회신을 받을 수 있었다. 이렇게 해서 본격적으로 조경석을 수집할 수 있게 되었다.

돌은 보기보다 무거웠다. 돌을 수집하는 작업에서 가장 어려운 것은 차에 싣고 내리는 상하차 작업이다. 호박돌은 둥글둥글하기 때문에 와이어로프나 밧줄로 묶는 작업이 힘들어 장비로 들어올리는 도중 빠져나와 떨어질 수 있었다. 그래서 큰 돌을 다룰 때는 큰 나무를 다루는 것처럼 조심했다. 돌을 싣고 오면 보관할 넓은 공터가 필요했는데 마땅한 장소가 없었다. 가급적이면 고속도로 현장과 정원박람회장 중간 지점이 좋을 것 같아서 대상지를 물색하고 있었는데 효천고등학교 옆에 넓은 공터가 있었다. 토지 사용 협조가 필요해 학교를 방문했더니 권한을 가진 이사장이 마침 일본 출장 중이라고 했다. 그런데 고맙게도 정원박람회 사정 이야기를 전해 들은 이사장이 예정보다 일찍 귀국해 토지 사용을 승낙해 주었다. 정원박람회 성공을 위해 각계각층의 많은 시민이 발 벗고 도와주셨다.

우리가 운반하여 수집한 전체 호박돌의 양은 2만5천 톤이 넘었다. 몇십 kg 무게의 작은 돌에서부터 삼십 톤이 넘는 큰 돌까지 크기도 다양했다. 넓은 공터가 꽉 찰 정도로 엄청난 양의 조경석을 실어 나르는 데만 몇 달이 걸릴 정도였다.

조경석을 확보하게 된 사연을 듣고 있던 박 대표가 박수를 치면서 정말 대단한 일을 해냈다고 칭찬했다. 그동안 조경 사업을 하면서 비싼 나무도 심어보고 좋은 돌들도 다뤄봤지만 이렇게 크고 좋은 호박돌은 처음 본다고 했다.

만약 이렇게 많은 돌을 구입한다면 수십억 원이 필요할 것이고 설령 돈을 준다 해도 구할 수 없을 거라면서 이 돌을 이용해서 바위

고속도로 현장에서 수집한 호박돌

정원을 만들자고 즉석에서 제안을 했다. 그곳에 600년 팽나무를 심어놓으면 박람회장에서 제일 자랑거리가 될 거라면서 당장 수일 내로 본인이 직접 바위정원 조감도를 그려 오겠다고 흥분을 감추지 않았다. 전혀 생각지도 않았던 일이라 시설부장님을 비롯한 조직위에서는 시간을 두고 생각해 보기로 했지만 박 대표는 하루빨리 바위정원을 착수하자고 강하게 요구했다.

우리는 박 대표의 의견을 내부적으로 검토했고 마침 정원박람회 조직위에서도 록가든(Rock Garden)이 하나 있었으면 좋겠다는 의견이 있었기 때문에 긍정적으로 결정을 하였다. 이렇게 바위정원은 박 대표가 기증한 팽나무와 고속도로에서 굴러온 호박돌이 만나면서 우연히 만들어지게 되었다.

산(山)돌과 호박돌

바위정원에 있는 모든 돌을 고속도로 현장에서 가져온 것은 아니었다. 호박돌 뿐만 아니라 상사호가 있는 승주읍 유평리 시소유(市所有) 임야에서 상당한 양의 산석(山石)을 운반해 와서 함께 만들었다. 산에 있는 돌은 그 생김새나 모양이 호박돌과는 달랐다. 호박돌은 대부분이 흙 속에 묻혀 있다가 세상 밖으로 나왔기 때문에 모양이나 색깔이 유사했다. 물론 햇볕에 얼마나 오랜 시간 노출되었는지에 따라서 또는 빗물이 얼마나 침투되었는지에 따라서 약간씩 달랐다. 바람의 영향을 얼마나 받았느냐에 따라서도 돌의 반짝거리는 정도가 다른 것을 알 수 있었다.

호박돌과는 달리 산에 있는 돌은 대부분 바깥에서 오랜 기간 노출되어 햇볕을 받았고 바람과 빗물을 맞으면서 표면이 변해왔다.

북서쪽에 위치해 햇볕을 적게 받은 돌은 약간 어두운 색이 나고 돌에 긴 이끼의 색깔이 짙었다. 반면에 남향 쪽 햇볕을 많이 받은 지역의 돌은 색이 밝고 돌 사이에 주름이 많았다.

돌 틈에서 자라는 식물의 종류와 모양도 제각기 달랐다. 같은 장소에 있는 한 개의 돌에서도 햇볕이 드는 쪽과 안 드는 곳에 따라 색감이 다름을 알 수 있었다. 이처럼 돌 하나하나마다 색감과 생김새가 달랐기 때문에 보면 볼수록 매력에 빠지는 것이 아닐까 생각이 들었고 왜 사람들이 수석을 모으는지 이해할 수 있었다.

우리는 다양한 종류의 돌들을 바위정원에 연출하고 싶었다. 그중하나가 산(山)돌이었다. 물론 냇가에서 가져온 강(江)돌도 있고 인공적으로 만든 맷돌도 있었다. 승주읍 유평리에 있는 시유림은 상사호에 연접해 있는데 이곳에는 정원박람회장으로 옮겨올 나무들을 선별하여 뿌리돌림 작업을 미리 해 놓고 관리하는 나무은행이 있었다. 나무은행 부지를 조성할 때 많은 돌이 나왔고 자연스럽게 이것들을 바위정원으로 옮겨 활용할 수 있었다. 큰 돌을 수집하게 되면 자연환경을 훼손할 우려가 있었기 때문에 가능하면 산림 훼손이 적도록 작은 돌들을 수집했다. 큰 산 돌을 가져오고 싶은 욕심이 있었지만 시민들에게 식수를 공급해주는 상사호의 자연을 보호하는 게 더 중요했던 것이다. 이처럼 산돌과 호박돌을 함께 배치해서 만든 바위정원은 아기자기한 운치를 느낄 수 있다.

생각해 보면 정원박람회 성공의 일등공신 중 하나가 바로 조경석이 아닐까 싶다. 조경석 대부분은 고속도로 공사장이나 시유림 등 공공 사업장에서 가져온 것들이다. 수석을 전문으로 하는 사람들이 몇 개 기증해 준다고 했지만 요구 사항이 많아서 받아들이지 못한 경우도 있었지만 어쨌든 이 돌들이 없었으면 어떻게 정원박람회장을 만들 수 있었을까 하는 생각마저 든다.

재활용한 2만 5천 톤의 조경석은 바위정원뿐만 아니라 순천만호수, 봉화언덕 등 5개의 언덕을 만들면서 연약 지반을 다지는 데 긴요하게 사용되었다. 또한 호수에서 바이오습지로 연결되는 계류에 석축을 쌓으면서 많은 돌을 사용했다. 이밖에도 철쭉정원과 한국정원에도 많은 양의 조경석이 필요했고 주요 산책로에도 조경석이 쓰였다.

박람회가 끝나고 분석해보니 조경석을 재활용하여 얻은 예산 절감 효과가 25억 원 이상이라고 했다. 원래 박람회조직위의 사무분장에 토석 관련 업무는 토목팀에서 하도록 되어 있었다. 하지만 조경석이란 이유로 조경팀에서 추진하게 되었는데 당시에는 힘들었지만 돌이켜 보면 정말 잘한 일 중의 하나였다고 생각된다.

영호남 화합의 상징 팽나무

2012년 1월 10일 경남 고성에서는 아침 일찍부터 600년 된 팽나무 굴취 작업이 진행되고 있었다. 이 나무는 5년 전에 제주도 서귀포시 해안가에서 경남 고성으로 옮겨왔다고 했다. 배를 타고 바다를 건너와 이제 막 뿌리를 내리고 정착하려고 하는데 다시 이사를 가게 생겼으니 나무로서도 좋아할 리가 없을 것이다.

큰 나무는 부르는 게 값이라는 말이 있다. 가격이 비싼 이유는 굴취와 운반이 어려울 뿐만 아니라 항상 대형 장비가 수반되기 때문이다. 이 나무를 제주도 해안가에서 굴취하여 대형 트럭(트레일러)에 실을 때에 몇백 톤급 대형 크레인이 필요했을 것이고 육지에 도착한 후 하차할 때도 대형 크레인이 동원되었을 것이다. 이 때문에 바다 건너 육지로 가져온 대경목은 훨씬 고가로 거래된다. 고성군 작업자들의 말에 의하면 국내 굴지의 건설회사에서 이 나무를 10억 원에 구입하겠다고 제안했다고 한다. 그런데도 박 대표가 팔지 않고 순천정원박람회에 기증하겠다고 했다면서 통이 큰 사람이라고 치켜세웠다.

아침부터 시작한 작업은 오후 늦게야 상차 작업까지 마칠 수 있었다. 대형 트럭 한 대에는 팽나무가 그리고 또 다른 트럭에는 먼나무 한 주가 나란히 자리를 잡고 출발했다. 조경팀 직원들이 탄 차량

한 대가 앞장서고 작업자들을 실은 차량이 맨 뒤에서 뒤따랐다. 우리는 국도를 달리다가 높이가 낮은 육교나 지하도가 나오면 잠깐 지방도를 이용했다가 다시 국도로 접어드는 방식으로 장애물을 피하며 갔다. 전신주와 통신선이 나뭇가지에 닿으면 긴 장대를 이용하여 전신주 높이를 올려 나무가 다치지 않도록 조심해서 달려나갔다. 속도를 낼 수 없어 천천히 운행하였는데 가끔씩 일반 차량이 뒤따라오면 비켜주어야 했다. 이러다 보니 예상보다 한 시간 이상 지체되었다.

자정에 경상도 땅을 출발한 팽나무는 여명이 밝아오는 새벽이 되어서야 전라도 땅 순천 박람회장에 도착할 수 있었다. 정원박람회장 동문으로 귀한 손님이 들어서자 기다리고 있던 박람회조직위 직원

순천정원박람회장에 도착한 팽나무

들과 현장 근로자들이 박수로 환영했다.

정원박람회장에 팽나무가 심어질 거라 생각하니 밤새 쌓인 피곤함도 말끔히 사라졌다. 영호남 화합의 가교 역할을 할 운명을 타고 났기에 멀리 제주도에서 경상도를 거쳐 전라도 순천정원박람회장까지 긴 여정을 마무리한 것이 아닐까 하는 생각이 들었다.

팽나무를 실은 트럭이 바위정원 근처로 접근했다. 주변에서 일하던 작업자들이 일손을 잠시 멈추고 웅장한 팽나무의 입장을 지켜보았다. 박 대표가 앞장서 걸어가고 크레인과 굴삭기 등 장비와 작업자도 분주하게 움직이며 나무 심을 준비를 했다. 바위정원 제일 높은 언덕에 구덩이를 파 놓았고 주변에는 식혈용 상토와 거름을 준비하여 두었다. 이 거름은 왕겨를 마사토와 부엽토 그리고 유기질 성분이 풍부한 논 겉흙을 섞어서 만든 특별한 퇴비였고 오로지 정원박람회장에서만 사용되었다.

팽나무가 바위정원에 도착한 후 박 대표 일행과 함께 공사 중인 바위정원을 둘러보았는데 박 대표는 자기가 직접 디자인한 대로 정원이 만들어지고 있다면서 흐뭇해했다. 나무 심을 준비가 끝났다고 신호가 와서 우리는 다시 팽나무로 향했다.

일반적으로 나무를 하차하여 식재하는 과정은 굴취하여 상차하는 반대 공정이라고 할 수 있으나 어떻게 보면 하차할 때가 훨씬 신경이 많이 쓰이는 것 같다. 어렵게 굴취해서 여기까지 운반해 온 나무이기 때문에 마지막까지 최선을 다해 다치지 않도록 하고 싶은 마음이 있어서다.

하차 공정에서는 작업자들 역할보다는 중장비 역할이 더 중요하다. 왜냐하면 상차할 때 이미 사람들이 나무를 들어올릴 조경용 실링바를 나무에 걸어놨기 때문에 크레인 고리에 이 바를 연결한 후 들어서 내리면 되기 때문이다. 크레인에 조경용 바를 연결한 후 붕대를 수직으로 뻗어 올리자 팽나무가 트레일러 위에서 움직이기 시작했다. 육중한 나무 무게 만큼이나 소리도 요란했다. 처음에는 완만하게 늘어져 있던 조경용 바가 점점 팽팽해지더니 나무가 들리는 순간 최고의 팽창력을 유지했다. 일단 나무가 공중으로 들어올려져 있으면 안심이 된다. 조경 작업에서 나무를 들어올릴 때 크레인 각도에 따라 들 수 있는 무게가 달라지고 작업 여건도 달라진다. 크레인 각도를 수직으로 할수록 들어올리는 힘은 좋은 반면 움직이는 거리는 짧다.

반면 크레인 각도가 수평에 가까울수록 들어올리는 힘은 약한 대신 나무를 들고 움직이는 유연 거리는 멀어진다. 나무 상하차 작업 여건이 좋지 않을 때는 6더블 굴삭기가 측면에서 지원하기도 한다. 큰 나무는 크레인과 굴삭기가 한 팀으로 일해야 작업 능률이 좋고 안전성도 높일 수 있다. 가끔 들어올린 나무가 공중에서 움직이질 못하거나 방향을 틀지 못하면 작업자들이 나무에 달려가 밀거나 끌어당기는 경우가 있는데 이것은 매우 위험한 행동이다. 이때는 사람 대신 굴삭기가 도와주면 안전하다.

뿌리가 구덩이에 있는 상태에서 나무를 약간 들어올려 방향을 틀어 맞췄다. 나무 무게 때문에 조경용 밧줄이 당겨지면서 빠지직 하고 소리를 냈다. 마치 스프링이 순차적으로 힘을 받아 늘어나면서 탄성이 최고조에 이르면 탱 하고 소리를 내듯이 조경용 밧줄도 나무 무게에 따라 긴장 반응이 다르게 나타났다. 밧줄 긴장이 최고조에 달하면 그제야 밧줄에 매달린 나무가 움직이기 시작한다.

나무가 움직인다는 것은 밧줄이 나무 무게를 온전히 지탱하고 있다는 것을 의미하기 때문에 이때에는 나무 주변에서 멀찌감치 떨어져 있는 게 좋다. 옆에서 구경만 해도 긴장되는데 실제로 나무를 들어올리는 크레인 기사는 온 신경을 집중할 수밖에 없다. 이런 긴장감은 현장에서 큰 나무 작업을 많이 해 본 사람만이 느끼는 스릴이 아닐까 싶다. 나무를 들어올린 채로 돌려서 방향을 맞췄다. 방향을 정확히 잡으려면 한 사람은 가까이에서 또 다른 사람은 멀리서 봐줘야한다.

　　한 번 자리 잡으면 영원히 이 방향을 보고 살아야 할 나무이기에 주변과 잘 어울리도록 방향을 정해줄 필요가 있다. 사람 입장에서도 나무가 아름답게 보이면 좋다. 팽나무가 심어진 곳에서 동쪽을 보면

팽나무 식재광경

멀리 봉화산이 보이고 서쪽을 보면 박남봉이 보였다. 남쪽을 보면 순천만연안습지가 한눈에 내려다보이고 북쪽에는 삼산과 계족산이 있다. 또한 순천만호수 5개의 언덕은 봉화산, 박남봉 등 순천의 정기가 서린 5개의 산을 표현하고 있기 때문에 가까이에서 언제나 산을 볼 수 있는 행운을 얻었다.

모진 풍파를 견뎌 낸 인고의 세월

팽나무를 심고 나자 마음에는 여유가 생겼다. 나무 둘레를 한 바퀴 돌면서 찬찬히 살펴보니 600년이라는 나이에 비해 무척 건강하다는 생각이 들었다. 하지만 지나온 인고의 세월을 숨길 수는 없는 듯 고목의 자태가 느껴졌다.

뿌리 부근 지표면에 송담 줄기가 올라와 나무 몸통을 타고 자라고 있었다. 줄기가 제법 굵은 것으로 봐서 제주도 해안가에 있을 때부터 공생하며 살아왔나 싶다. 외로운 바닷가에서 몇백 년 동안을 살아오면서 친구들이래야 하루에 두 번 들어왔다 나가는 썰물과 밀물, 그리고 갈매기가 전부였을 터인데 그나마 송담 덩굴이 함께 해서 덜 외로웠을지도 모른다.

팽나무 몸에 있는 징표를 보면 얼마나 험난한 인고의 세월을 살아왔을지 짐작이 되었다. 해안가에서 강풍과 맞닥뜨리다 부러진 가지에서 새로운 가지가 솟아난 흔적이 있었고 두 번에 걸쳐 나무를 옮겨오면서 몸통에 입은 상처가 아물어 가는 것이 보였다.

나무는 상처를 입으면 스스로 회복하기 위해 안간힘을 쓴다. 껍질이 벗겨지거나 상처를 입으면 처음 며칠은 수액을 분비하고 이후 상처의 목질부가 하얗게 말라 주변 껍질과 확연히 구분이 된다. 시간이 가면서 점차 건강한 껍질이 상처받은 부위 주변으로 볼록하게 피부처럼 솟아오르면서 상처가 회복되기 시작한다. 상처 부위 멀리서 시작해서 가까이 서서히 아물어 가는 모양이 살찐 전복을 닮아 있기도 하고 마치 모래밭 한가운데 있는 오아시스가 확장되는 느낌이 들기도 했다.

팽나무가 인고의 세월을 살았음을 말해주는 결정적 흔적은 몸통에 생긴 구멍들이다. 언제부터 생겼는지는 몰라도 몸통에 모두 7개의 구멍이 있었는데 상처는 아물지 않고 빈 공간으로 남아 있었다. 나는 구멍 속에 무엇이 들어있나 하고 유심히 살펴본 적이 있었다. 구멍 깊이는 작은 것은 10cm에서 큰 것은 30cm까지 다양했다. 주름진 구멍 속에 곤충이 살고 있는지 아니면 다람쥐나 박쥐같은 짐승들이 집으로 사용하고 있는지 궁금해서 손을 넣어 만져보니 특별히 잡히는 것은 없었다. 대신 습한 감촉이 손바닥에 느껴졌다. 왜 구멍들이 생겼는지 박 대표에게 여쭤보았더니 척박하고 건조한 해안가에서 생존하기 위해 비가 올 때 물을 저장했다가 가뭄과 한해를 이겨내기 위해 오랜 세월 동안 스스로 구멍을 만들고 수분을 공급받아왔던 것으로 추측될 뿐 정확한 이유는 알 수 없다고 했다.

다른 고목들도 몸에 구멍이 나 있는 경우가 많다. 어떤 나무는 딱따구리가 쪼아서 구멍을 만들어 집을 짓기도 하고 또 어떤 나무들은 몸통에서 뻗은 가지가 부러지게 되면 몸통과 접하는 부위가 움푹 파이면서 저절로 구멍이 생기기도 한다.

시골에서 살아본 경험이 있다면 고목에서 딱정벌레 한두 마리쯤은 잡아보았을 것이다. 대부분은 상수리나무나 떡갈나무 구멍에서 살고 있는 녀석들이다. 때로는 새들이 잠시 머물다 가기도 하고 이름 모를 곤충들이 사랑을 나누는 쉼터가 되기도 했을 것이다. 거센 비바람이 몰아칠 때 숲속의 생명체들에게 나무 구멍은 최고 수준의 휴식처이자 보금자리가 분명해 보인다.

팽나무는 나무 구멍에 물을 저장해 두었다가 가뭄이 들거나 건조할 때 이를 활용해 생존했을 것으로 추측된다. 이렇게 나무에 뚫린 구멍으로 모진 세월을 견디고 이겨내며 소중한 역할을 감당했을 것이다. 나무는 이렇게 스스로를 지키고 누군가의 도움으로 인고의 세월을 견뎌낸다.

법원 등기부에 등재된 나이

팽나무가 정원박람회장으로 이사 온 지 몇 달쯤 지났을 무렵 전화 한 통을 받았다. 경남 고성에 살고 있는 박 아무개라고 신분을 밝히면서 국가정원에 있는 팽나무가 본인의 소유라는 것이었다. 빨리 돌려주던지 금전으로 15억 원을 내놓지 않으면 팽나무를 다시 파서 옮겨가겠다고 했다. 전화를 끊고 나서 박 대표에게 어떻게 된 것이냐고 물어보았더니 다음과 같이 이야기해 주었다.

그 사람은 경남 고성에 사는 박 대표 집안의 사촌동생인데 고성경찰서에 박 대표를 사기죄로 고소를 했다는 것이다. 원래는 조경사업을 함께 할 정도로 가까운 사이였는데 채권채무 송사에 휘말리면서 두 사람 관계가 안 좋아졌고, 그 후 팽나무를 본인 소유라고 주장

한다는 것이었다. 박 대표는 전혀 걱정하지 말라고 했지만 신경이 쓰일 수밖에 없었다. 이후로도 박 아무개에게 몇 번 전화가 왔고 고성 경찰서도 정원박람회장으로 팽나무를 가져온 것이 맞는지 확인까지 했다. 박 대표를 믿고 처음에는 별거 아니겠지 생각했는데 여기저기서 전화가 오니 점점 불안해지기 시작했다. 이러다가 자칫 어렵게 기증받은 팽나무를 다시 돌려줘야 할지도 모르는 상황이 발생할 수 있다는 생각이 들었다. 이미 박 대표로부터 기증서를 받아놨기 때문에 법적으로나 행정적으로 문제될 소지는 없었지만 저쪽에서 민사소송을 제기하여 박 대표가 패소라도 한다면 상황은 우리에게 불리해질 수도 있었다.

어떻게 할까 고민하던 중 한 가지 방법이 떠올랐다. 나무 소유권을 법원에 등록하는 것이었다. 산림과에 근무하면서 알게 된 입목등기 행정 절차를 이용하면 될 것 같았다. 입목에 대한 소유권 등기, 즉 입목 소유권 보존등기를 해 놓으면 법적으로 순천시가 소유권을 가지므로 설령 박 대표가 법적 분쟁에서 패소하더라도 팽나무는 안정적으로 바위정원에 남아있게 된다.

곧바로 광주지방법원 순천지원에 등기 신청을 하였다. 법원 등기 관계자들이 현장을 방문해 팽나무를 점검했다. 입목 등기는 특별해서 수목 전문가들이 함께 나무를 점검했다. 수목 이름에서부터 크기와 규격 등 기본조사뿐만 아니라 나무의 생김새, 줄기와 가지의 형태 등 나무 나이를 측정할 수 있는 자료를 전부 수집해 갔다.

나무 나이를 측정하는 방법에는 가장 일반적으로 나이테를 확인하는 방법부터 생장추나 측정기기를 사용하는 방법이 있다. 오래된 고목의 나이를 측정할 때 주로 쓰이는 방법은 흉고 직경의 굵기를 측정하는 방법을 이용한다. 흉고 직경과 나이와의 관계를 타당한 수식의 형태로 표현하여 일정한 흉고 직경 수치를 대입하여 나이를 추정해 내는 방식인데 산림청 임업연구원에서도 사용하는 방법이라고 했다. 이 밖에도 정밀한 나이 측정을 위해 사용하는 방법으로는 디지털 연륜측정법이나 탄소동위원소법 등이 있다. 정원박람회장의 팽나무는 위에서 열거한 몇 가지 방법을 혼용하여 측정했다.

법원 등기소 직원들의 1차 현장점검 후 박 대표가 서명한 팽나무 기탁서 등 서류를 법원에 제출하였고 전문가 자문 의견서도 함께 동봉해 보냈다. 그리고 한 달쯤 후 마침내 입목 등록원부가 도착했다. 법원으로부터 팽나무에 대한 입목권리를 부여받은 것이다.

입목 등기 원부에는 '팽나무 500년생 1주. 소유자 재단법인 2013 순천만국제정원박람회조직위원회. 2012년 6월 1일 제1호.' 이렇게 표기되어 있었다. 제1호라고 하는 것으로 봐서 광주법원 관할 내에서 팽나무가 처음으로 입목등록 된 것으로 짐작되었다.

등기를 신청할 당시 팽나무가 600살 되었다고 주장했는데 그 근거로 제주도 해안에서 나무를 옮겨올 때 주민들로부터 전해 들은 이야기와 나무에 있는 7개의 구멍을 제시했다. 하지만 여러 상황 상 500년생이라고 기재되었다.

비록 법원등기부에 500년생이라고 기재되어 있지만 바위정원에서는 여전히 600살 팽나무로 통하고 있다. 정원박람회장 해설사 중에 고등학교 교장 선생님 출신으로 2013년부터 지금까지 활동하고 있는 사람이 있는데 정원 해설이 있는 날이면 어김없이 바위정원 팽나무 할아버지께 안부 인사를 드린다고 한다.

"팽나무 할아버지, 오늘도 안녕하신가요?"

왜 안부 인사를 여쭙냐고 동료 해설사들이 물었더니 팽나무로부터 좋은 기운을 받기 때문이라고 했다. 해설사가 되기 전에는 건강이 좋지 않았는데 바위정원에서 활동을 한 이후로 앓고 있던 당뇨와 관절염이 좋아져 바위정원을 자주 찾는다고 했다.

우연이었는지는 몰라도 다른 해설사들도 바위정원에 오면 마음이 편안해지고 몸이 가벼워진다고 하면서 이곳을 찾는 사람들이 많아졌다고 한다. 만약 사실이라면 돌과 바위에서 나오는 어떤 생화학 물질들이 인체에 좋은 영향을 미치지 않았을까 짐작해 본다. 그게 아니라면 이곳에 심어진 다양한 야생화와 관목들이 내뿜는 향기가 치유 효과를 발휘했을지도 모를 일이다. 뿐만 아니라 편백나무로 만들어진 산책로와 돌을 깎아 만든 오솔길을 걸을 때에는 전신 마사지 효과가 있지 않을까라는 생각도 든다.

순천형 바위정원의 연출

정원박람회장 조성이 한창이던 2012년 1월, 유난히 추웠던 겨울 날씨에도 불구하고 바위정원으로 이사 온 팽나무는 새로운 환경에 잘 적응하고 있었다. 바위정원을 조성하게 된 직접적인 계기는 팽나무와 호박돌 때문이었지만 사실은 그 이전부터 바위정원에 대한 논의가 있었다. 하지만 정원박람회장 설계 기간 중 독일, 네덜란드 등 해외의 바위정원을 견학하고 관련 정보를 알아보니 대부분의 외국 정원은 자연적으로 형성된 락가든 형태여서 우리 정원에는 적용하기 어려웠다.

전문가들은 바위정원을 연출하려면 다양한 돌과 지피관목류 등의 자원이 필요한데 그것들을 확보하기 어렵고 많은 예산이 필요하다고 했다. 그러던 중 12월 초에 박 대표가 팽나무를 기증한다는 기탁서를 제출하였고 실제 이듬해 1월 초에 팽나무가 박람회장에 심어지면서 본격적으로 바위정원 조성사업을 추진할 수 있었다.

당초 설계에 없던 정원을 갑작스럽게 만들게 되다 보니 당장 사업비 확보가 어려웠다. 그렇지 않아도 주 박람회장을 만들 사업비도 부족한 터라 바위정원을 추가로 만든다는 것은 큰 부담이었다. 결국 조직위원회에서는 설계팀과 조경팀, 전문가들의 의견을 수렴하여 조직위 직영으로 사업을 추진하기로 했다.

공무원 입장에서 도급으로 사업을 추진하면 여러 가지로 편하다. 공개 경쟁을 통해 사업자를 선정하고 감리를 두어 감독하기 때문에 행정적 지원과 관리만 하면 되기 때문이다. 하지만 직영으로 추진하게 되면 하나에서 열까지 모든 것을 공무원이 직접 챙겨서 일해야 한다.

예산을 절감하기 위해 직영방식을 채택했지만 또 다른 이유가 있었다. 설계 공모 등 정상적인 계약 절차를 이행하게 되면 기간이 오래 걸릴 뿐만 아니라 당초 바위정원을 제안했던 박 대표의 시공 참여가 상당히 제약을 받게 된다.

결국 공무원 일처리는 많아지겠지만 직영방식을 통해 예산도 절감하고 수준 높은 작품을 만들기로 했다. 직영으로 사업을 추진하게 되면서 못이나 망치 같은 작업 도구 하나 구입할 때마다 담당 공무원이 직접 구입하고 정산해야 하기 때문에 챙겨야 할 일이 만만치가 않았다. 비록 일은 힘들었지만 직영방식은 조경 사업에서 시도해 볼 수 있는 괜찮은 방법이라는 것을 알게 되었다. 정원을 만들어가는 과정에서 변경사항이 많이 발생하는데 설계변경 절차를 거치지 않고 쉽게 대처할 수 있었기 때문이다.

바위정원을 만들 때 자연석을 조화롭게 배치하고 암석지에서 잘 자라는 고산식물을 돌 사이에 심어 그 돌의 조형미와 식물을 잘 관상할 수 있도록 신경을 썼다. 우리 지역에서 잘 자라는 식물들을 선택하였고 바위의 조형적 미(美)를 부각할 수 있는 표현이 중요하기 때문에 암석을 끼고 자라는 특성을 잘 이용하였다. 또한 암석지뿐만 아니라 초지나 습지, 냇가에서 잘 자라는 종류를 선택하여 돌 사이에 배치하였다. 인공적으로 만든 암석정원에 경사면과 수로 등을 만들어 다양한 식물을 통해 바위정원의 정취를 만끽할 수 있는 환경을 만들려고 노력했다.

바위와 식물을 연계하여 대비 효과를 표현할 수 있는 콘셉트로 장승과 솟대, 그네 등 우리 전통문화가 깃든 향토 소품을 다양하게 배치하여 순천만정원의 독특한 아름다움을 느낄 수 있도록 노력하였다. 장승은 마을의 나쁜 기운이나 병마, 액운, 호환을 막아주는 동시에 마을의 풍농과 화평을 돕고 출타한 가족의 건강과 안녕을 지켜주는 마을 수호신의 역할을 한다는 민간신앙이 있다. 민간신앙을 믿는 것은 아니었지만 600년 된 팽나무를 병해충 등 자연재해로부터 보호하고 바위정원을 찾는 사람들의 안녕을 기원하는 마음으로 7개의 장승을 만들어 설치하였다.

바위정원에는 37개의 솟대가 있다. 순천만을 보존하고 갈대 군락과 습지 생물이 철새들의 좋은 서식처가 되길 바라는 마음에서 순천만의 물결이 연상될 수 있는 맥문동을 군락으로 함께 식재하여 그 의미를 높이도록 하였다.

 바위정원은 크게 팽나무 할아버지가 서 있는 큰 동산과 계류쪽 작은 동산으로 나누는데 작은 동산 폭포 맞은편에는 그네가 설치되어 있다. 관람객들이 그네를 탈 수 있도록 하여 체험 기회를 제공하고 특히 젊은 연인들을 위한 포토존 역할을 할 수 있도록 만들었다. 그네에 부착된 의자를 지탱하는 기둥과 지붕에 태극 문양을 넣어 한국적 색채미를 표현하고자 하였는데 자칫 무속 신앙적 이미지로 보일 수 있겠다 싶어 이런 우려를 해소하기 위해 주변에 철쭉동산을 만들어 부드러운 이미지와 함께 포토존 기능을 더욱 부각시켰다.

 바위정원을 만드는데 중요한 소재는 식물과 나무들이다. 아무리 바위와 돌이 멋지고 산책로가 다양한 패턴으로 꾸며졌다고 해도 정

솟대 설치 광경

원의 품격을 높이는 데는 살아있는 꽃과 나무만한 게 없기 때문이다. 당초 바위정원 조성 당시에는 100종 이상 되는 꽃과 나무를 심었다. 수목 4,000주, 초화류 25,000본의 다양한 식물들을 바위틈에 식재하여 품격을 높일 수 있었다. 이후 철쭉 등 관목을 추가하여 지금은 200종이 넘는 나무와 지피류가 심어져 있다.

큰 나무와 교목성 나무를 심을 때 고려했던 점은 가능하면 수양버들처럼 수형이 자연스런 나무를 도입하되 바위와의 연결성을 높이기 위해 해송 같은 나무는 전정을 통해 토피어리 느낌이 들도록 정형화하였다는 점이다. 관목을 심을 때는 바위정원의 구간별 스토리를 개발하기 위해 눈향과 주목을 많이 사용하여 거북이 형상을 만들거나 공작 단풍나무를 식재하여 공작새 모양의 토피어리를 만들었다.

특히 신경을 썼던 부분은 바위의 노출을 어느 정도로 할 것인가에 따라 수종을 달리하여 바위와 나무와의 분별성과 조화성을 높이도록 했다는 점이다. 예를 들어 바위의 노출을 줄이고 자연 풍경적 이미지를 높이려고 할 때는 비정형적 느낌의 눈향나무를 식재했고 바위 자체의 아름다움을 살리고자 할 때는 관목 대신 키 낮은 초화류를 식재하였다. 대표적인 관목으로는 분재형 철쭉과 꽝꽝나무, 소사나무, 배나무, 피라칸사스, 에메랄드 골드와 석류나무 등을 많이 심었다.

바위정원에 식재된 화초와 지피식물은 봄, 여름, 가을, 겨울 등 사계절 모두 꽃이 피는 화종들을 구역별로 다르게 식재하였다. 진입 부분에는 눈에 잘 띄는 노랑 색채의 꽃을 심어 관람객의 시선을 유도하였고 그네가 설치되어 있는 작은 동산 폭포 주변에는 철쭉을 비롯하여 핑크와 보라색 계통의 색채를 도입하여 연인들이 사랑의 감정을 느낄 수 있도록 배려하였다. 큰 바위 옆 소나무 주변에는 채

도가 높은 빨강색의 뿔남천과 홍수련 등을 식재하여 하부의 어두운 느낌을 보완하도록 하여 전체적으로 안정감을 도모하도록 했다.

바위정원에는 작은 폭포 3개가 있다. 제일 큰 폭포는 작은 동산 큰 소나무 아래서 떨어지는 약 3m 높이의 폭포인데 주변에 다양한 이끼류와 지피류를 볼 수 있다. 아래에는 편백나무로 말목을 박아서 만든 친환경 산책로가 있는데 약 30cm 길이로 편백나무를 자른 후 도로에 설치한 후 그 사이에 마사토를 채워 넣어 운치 있는 우드 산책로를 조성하였다.

두 번째 폭포는 팽나무 옆 오작교 솟대다리 아래에서 1.5m 높이로 물줄기가 떨어지는 곳에 바위로 연못을 만들면서 남근석 닮은 돌 하나를 설치한 곳이다. 이 남근석 돌은 자세히 보아야 알 수 있다. 마치 숨은그림찾기와 같이 여러 개의 바위 사이에 있기 때문에 한눈에 발견하기가 어려운데 이를 알아본 관람객들이 부끄러워하는 모습을 보곤 했다.

나머지 하나는 바위정원에서 계류원으로 연결되는 부분에 있는 작은 폭포인데 돌 사이로 물이 흘러들어가 연못 한가운데에 자전거를 타고 있는 목각 인형 피에로와 만난다.

바위정원에는 다양한 연출 소재가 들어있다. 정원의 품격과 작품성을 높이기 위해 가장 심혈을 기울여 만든 것을 하나 꼽으라고 한다면 디자인 산책로가 아닐까 싶다. 큰 호박돌을 특수 절단기를 이용하여 절반으로 자르고 이것을 이용해 의자를 만들어 산책로 변에 설치하였고 호박돌을 몇 등분으로 잘라 판석으로 만든 다음 거기에다 새와 동물, 꽃 모양의 다양한 문양을 조각하여 새겨 넣었다.

경남 고성에 있는 박 대표의 가정집 정원에서 착안한 것으로 호박돌은 색감이 다채로워 훨씬 운치가 있었다. 큰 돌을 절단하기 위해서는 특수 장비가 있는 공장으로 돌을 운반한 후 절단해야 하기 때문에 번거롭고 비용이 많이 들어갔다. 더군다나 돌에 문양을 조각하는 공정은 고도의 기술을 지닌 석공 기술자들이 할 수 있기 때문에 인건비가 차지하는 비중이 높았다.

바위정원에는 돌 하나에도 30톤이 넘는 큰 돌이 있었기 때문에 이 돌들을 배치하기 위해서는 초대형크레인이 필요했다. 마침 여수 공단에서 작업 중이던 500톤급 크레인을 임차할 수 있었는데 처음에는 도와줄 수 없다고 했다. 대형크레인이 정원박람회장까지 움직이려면 많은 시간과 비용이 든다는 이유였다. 이런 특수 장비들은 돈을 준다고 해도 마음대로 임대할 수 없다는 것을 그때 알게 되었다. 몇 번을 정중히 요청하자 손해를 보기는 하지만 정원박람회 성공을 위해 도와준다고 하면서 딱 이틀 시간을 내주었다.

10톤 이하의 돌들은 작은 장비로도 운반이 가능하기 때문에 대형크레인이 필요한 20톤급 이상의 큰 돌들을 먼저 옮겼다. 정원에 돌을 배치하는 데에만 한 달 이상 시간이 필요했다.

공간의 배치는 박 대표가 맡아서 진행했다. 우리는 가능하면 박 대표가 요구하는 물품과 인력을 최대한 지원해 주었다. 좋은 작품이 나올 거라는 믿음이 있었기 때문이다. 그는 우리를 볼 때마다 순천시 공무원들은 대단하다고 격려해 주었고 식사와 음료수를 사 줄 정도로 인정이 많았다.

가끔 우리 앞에서 농담 삼아 "마, 요즘은 바위정원 만드느라 술 먹을 참도 없습니더!"라고 환하게 웃던 모습이 생생하다. 이분의 타고난 예술가적 기질 덕분에 바위정원에 필요한 디자인설계서를 용역비 들이지 않고 대체하였다. 또한 현장 여건에 맞춰 그때그때 변경해가면서 진행할 수 있었다. 매일 하루에도 몇 번씩 만나서 실행 과정에 대해 토론하고 서로 의견을 나누다 보니 소통이 잘 되었다.

자세히 보아야 보인다

당시 국내 조경공사 시공법과 비교해 볼 때 바위정원을 만든 과정은 상당히 파격적인 변화였다. 유럽의 경우 정원 공사 설계도서는 참고자료일 뿐 절대기준이 아니어서 정원작가 또는 연출가는 정원을 조성하는 과정에서 현장 여건에 맞게 수시로 변경하면서 작업을 진행한다.

반면에 우리나라의 경우는 한번 공사를 발주하면 시공자는 감독 공무원의 실정 보고 승인을 얻은 후 이후에 설계변경을 해야 한다. 설계변경 절차를 거친 다음 공정이 이뤄져야 하기 때문에 시공자의 재량 범위가 한정적일 수밖에 없었다. 심지어는 설계변경 과정이 귀찮고 번거롭기 때문에 비록 설계가 잘못되었어도 그냥 설계대로 진행하는 경우도 있다.

실제로 조경공사를 발주하거나 감독해 보면 설계변경하기가 부담스러울 때가 많았다. 감독 공무원이 좋은 작품을 만들기 위해 소신껏 변경하여 시공하고 싶어도 감사를 받을 때 지적당하는 사례가 빈번하기 때문에 그냥 당초 설계대로 가는 것이 편했다. 아마 공무원 조직이 경직되어 있다는 말을 듣게 되는 것도 이런 제도적 관행 때문이 아닐까 생각이 들었다.

그나마 우리가 바위정원을 통해 유럽식 정원 시공을 할 수 있었던 것은 2011년 독일과 네덜란드를 견학했을 때 듀크 하버 AIPH(국제원예생산자협회) 회장과 당시 독일과 영국에서 활동하고 있었던 고정희 박사와 황지해 작가의 영향이 컸다.

그들의 조언에 따르면 유럽의 경우 공공사업이든 민간사업이든 조경공사를 할 때에는 사업비를 고정하거나 확정하지 않고 시공자가 현장 여건과 상황에 맞춰 유연하게 변경해 가면서 시공하고 있다고 했다. 특히 생물을 다루는 정원 분야는 정원작가나 시공자들에게 많은 재량권을 주어야만 훨씬 생동감 있는 작품이 나온다고 했다. 우리나라도 정원문화가 급속히 확산하고 있는 점을 감안한다면 정원 공사 발주 및 시공 방법을 개선해 나가는 것도 필요하다는 생각이 들었다.

바위정원에는 자세히 살펴야 볼 수 있는 것들이 있다. 디자인 패턴도로 옆에 바위를 깎아 만든 세숫대야가 있고 그 둘레에는 금방이라도 물속으로 뛰어들 것처럼 보이는 개구리 두 마리가 있다. 돌을 깎아 조각해 만든 것들이다. 철분 성분이 많은 호박돌을 깎아 만들어서 색깔이 얼룩져 있지만 영락없이 개구리 형상이다. 생명은 없지만 이들은 여전히 바위정원 팽나무 할아버지의 소중한 친구들이다.

바위정원에 또 다른 비밀이 하나 있다. 정원해설사도 잘 모르는 일이지만 시공 당시 상당히 논란이 되었던 공법이 있었다. 바위정원 정상 부위 언덕에 팽나무 할아버지가 서 있고 그 아래 패턴 산책로 옆으로 실개천이 한 바퀴 돌면서 흐르고 있다. 폭은 50cm 정도의 작은 실개천이지만 바위정원의 생태환경을 유지하는 데에 중요한 역할을 하고 있다. 높은 언덕에 있는 실개천이라 방수를 철저히

돌로 새긴 개구리 두 마리

하지 않으면 물이 새어 나가 담수를 할 수 없다. 보통은 화학약품이 첨가된 방수제를 사용하는데 이곳에는 천연 방수제를 이용했다. 그것은 바로 논바닥에서 긁어모은 진흙 펄(뻘)이었다.

실개천뿐만 아니라 바위정원에 쓰인 모든 재료는 친환경 소재라 해도 지나치지 않겠지만 연못을 만들 때 방수제로 논흙을 사용한다는 말은 처음 들었다. 처음 박 대표가 논에 있는 젖은 흙을 방수재로 사용하자고 했을 때 상당히 놀랐고 시공에 참가한 대부분의 사람이 반대했다. 이것으로 방수하게 되면 흙이 건조하면서 갈라지고 결국 물이 샐 것 같았다.

하지만 성공만 하면 좋을 일 아닌가. 결국 정원박람회장을 조성할 때 논에서 생산된 펄(뻘)을 이용하여 개울 방수재로 사용하였는데

진흙으로 만든 친환경 수로

놀랍게도 효과는 만점이었다. 역시 박 대표의 안목은 보통 사람과는
달랐다.

바위정원에는 얼룩덜룩 호박돌 사이에 다양한 지피 초화류와 관
목들이 있고 팽나무 주변에는 솟대와 장승이 함께 서 있다. 또한 폭
포와 바닥 패턴 조경은 다른 바위정원에서는 볼 수 없는 독특한 볼
거리다.

우리는 바위정원 완공을 기념하고 정원박람회장의 새 식구가 된
팽나무 할아버지를 환영하는 의미로 전지 전정 작업을 해주었는데
사람으로 치면 이발을 해준 것이다. 이발을 마친 팽나무 할아버지가
100년은 더 젊어 보였다. 실제 나이에서 호적상 나이로 잠시 되돌아
간 것뿐인데도 전혀 어색하지 않은 이유는 무엇일까.

3장

막걸리 마시고
헬기 탄 소나무

나무를 왜 헬기로 운반할까

순천만 국가정원에는 헬기를 타고 온 특별한 소나무 한 그루가 있다. 국가정원에 심어진 약 일백만 그루의 나무 중에 제일 먼저 헬기로 운송되어 첫 번째로 심은 나무이기 때문에 '지구정원 1번 나무'라고 부른다. 국가정원 서문으로 입장하여 한국정원으로 가는 길목에서 만날 수 있는데 일명 막걸리 나무라고도 한다. 사람도 아닌 나무가 어떻게 헬기를 타고 오게 되었으며 왜 막걸리를 먹게 되었는지 궁금해하는 사람들이 많다.

박람회장에는 이 소나무 말고도 약 100여 주의 큰 나무들을 산림청 헬기로 운반해 왔다. 한꺼번에 이렇게 많은 나무를 헬기로 운반한 이유는 2013 순천만국제정원박람회를 준비하기 위해서였다. 정원박람회는 정부의 승인을 받은 국제행사였기 때문에 산림청에서 헬기를 지원해 주었다.

대부분의 나무는 차량을 이용해 육상 운반을 했다. 큰 나무를 차량에 싣고 국도나 지방도로를 통해 운반하기 위해서는 전제 조건이 있다. 반드시 차량이 통과할 넓이의 길이어야 하고 나무가 통과할 수 있는 높이의 공간이 있어야 한다.

큰 나무를 운반할 때 왜 적정한 공간이 필요한지 궁금해 할 것이다. 나무를 실은 차량이 터널이나 지하도, 육교 등을 통과하거나 전신주, 통신선, 케이블선 등 도로변에 설치된 장애물을 지날 때 나뭇가지가 걸리면 안 되기 때문이다. 또한 육상으로 운반할 경우 번잡한 도심지를 통과해야 하므로 일반 시민이나 운전자에게 불편을 끼칠 수도 있다.

차량으로 운반하는 큰 나무들은 운송 전에 수관 폭을 줄여 놓아야 한다. 지하도와 육교 등 장애물을 통과할 수 있을 정도의 높이를 맞추기 위해서다. 수관 폭을 줄이기 위해 가지와 줄기를 제거하다 보면 큰 나무 본래의 자연스러운 수형은 온데간데없고 앙상한 뼈대만 남는 경우가 많다. 하지만 차량이 아닌 헬기로 운반한다면 나뭇가지를 자르지 않고도 본래의 수형을 유지한 채 가져올 수 있다. 그래서 정원박람회장에는 헬기로 가져온 나무들이 많은 것이다.

아주 멋진 큰 나무가 산 정상 부근에 있다고 가정해보자. 어떻게 이 나무를 운반해 올 수 있을까. 운반할 길이 잘 뚫려 있다면 차량으로 싣고 오는 게 가장 쉬울 텐데 산 정상에 차량이 다닐 정도의 넓은 길이 있는 곳은 거의 없다. 그렇다고 나무 한 그루 가져오자고 가파른 산을 훼손하면서까지 길을 만들기도 어려운 실정이다. 이처럼

지구정원 소나무

차량으로 운반할 길이 없을 때 선택할 수 있는 유일한 방법은 헬기를 이용해 운반하는 것뿐이다. 헬기로 운반하게 되면 넓은 길도 필요 없고 강이나 호수를 쉽게 건널 수도 있다.

여기까지 이야기하다 보니 조경 작업을 많이 해 보신 분들이 이의를 제기할 성싶다.

"헬기로 운반하더라도 굴삭기 등 장비가 올라갈 길은 있어야 할 것 아닌가요?"

이런 생각을 하는 사람들이 있다면 이분들은 진짜 현장 경험이 많은 분들이다. 헬기로 운반하더라도 나무를 굴취하고 밧줄을 연결해 줄 장비와 인력을 싣고 운반할 최소한의 도로는 있어야 하기 때문이다. 오솔길도 없는 높고 험한 산속의 나무를 헬기로 운반하기 위해서는 결국 인력으로 작업을 할 수밖에 없는데 이러다 보니 아주 큰 나무는 사실상 옮길 수 없는 경우가 많다.

상사호에서 멋진 소나무를 만나다

정원박람회장에 소나무를 기증해 준다는 연락을 받고 어떤 나무인지 확인코자 방문했다. 상사호가 내려다보이는 용암마을의 언덕에 멋진 소나무가 있었다. 산자락 중간에 위치한 마을은 지형이 높아 주변 경관이 좋았다. 상사호 계류가 마을 앞까지 연결되어 배산임수 형상을 하고 있어 묘지들이 많았고 이 소나무도 묘지 옆에서 자라고 있었다.

나무를 살펴보니 수령은 100년쯤 되어 보였고 근원 직경은 60cm

내외, 그리고 나무 높이는 10m 정도로 원추형 모양을 하고 있는 적정한 사이즈였다. 기대 이상으로 좋았다.

사실 남부 해안지역에는 멋진 소나무를 찾기가 쉽지 않다. 근래 지구 온난화와 재선충 피해가 심한 탓도 있겠지만 기본적인 토질 성분이나 기후 여건이 소나무가 자라기에 그리 적합하지 않은 모양이다.

같은 전라도 지역이라도 남원이나 전주는 내륙지역이어서 그런지 아름드리 좋은 소나무가 많기 때문에 이들 지역에서 소나무를 구입해 심는다. 그런데 순천 지역에서도 좋은 소나무를 발견할 때가 가끔 있는데 바로 묘지 부근에서 자라는 소나무들이다. 대부분의 묘지는 양지바른 곳에 위치하고 있어 햇볕이 잘 들고 배수가 원활하기 때문에 수형이 멋진 소나무가 자랄 수 있는 것 같다고 생각한다.

묘지 부근에 있는 소나무는 욕심만 났지 가져올 수가 없었다. 조상님을 모시고 있는 자손들이 나무를 파내는 것을 반대하였기 때문이다. 하지만 고향에서 처음으로 정원박람회가 개최되고 그곳에 심어진다면 얼마나 의미 있는 일이냐고 했더니 자손들은 기증하기로 마음먹었다.

정원박람회장에는 소나무를 많이 심지 않았다. 어쩌면 일부러 소나무를 적게 심으려고 노력했다는 말이 맞을 것이다. 이미 심각해진 지구 온난화 영향 때문에 남부지역에서는 소나무가 생존하기 어렵다는 학자들의 논문이 발표된 바 있었고 소나무 에이즈라 불리는 재선충이 순천은 물론 전국적으로 확산하고 있는 추세였기 때문이다. 또 다른 이유는 비싼 소나무를 구입할 예산이 부족했기 때문이다. 정원박람회장의 나무들은 헌수 운동을 통해 기증받거나 국·

공유림 등지에서 무상으로 확보하고 있었는데 한 그루에 수백만 원 심지어는 수천만 원씩 하는 비싼 소나무를 심을 여유가 없었던 것이다.

조경 전문가로 구성된 박람회 자문위원회에서는 비싼 소나무 대신 우리 지역에서 흔히 볼 수 있는 버드나무, 상수리나무 등 향토 수종을 많이 심으라고 조언해 주었다. 짧은 준비 기간을 감안하여 향토 수종을 심어야 생육 활착이 빠르다는 생각이었다.

사실 소나무는 거의 모든 사람이 좋아하는 나무다. 가끔 정원박람회장을 찾는 사람들이 왜 좋은 소나무를 심지 않느냐고 따지는 경우가 있고 심지어는 시장님이나 조직위원장에게도 민원을 넣은 경우가 있었다. 나는 그분들의 생각이 잘못되었다고 생각하지 않았

상사호에서 만난 소나무

다. 조경을 해 보면 멋진 소나무 몇 그루만 심어도 경관이 눈에 띄게 좋아지는 것을 느낄 때가 많았기 때문이다. 나도 그런 욕심이 없었던 것은 아니었지만 안타깝게도 그럴 형편이 못 되었다.

지금 생각해 보면 나무 심는 일이 참 힘들었다. 노동 자체도 쉬운 일이 아니지만 수종을 선택하고 배식하는 것도 만만하지 않았기 때문이다. 정원 디자이너와 코디네이터 등 전문가도 각자 의견이 달랐고 심지어는 일반인들도 나무에 대한 생각이 달랐다. 십인십색일 정도로 나무에 대한 기호나 취향이 제각각이었고 저마다 좋아하는 나무가 달랐다. 좋아하는 나무가 심어지면 조경팀장 일 잘한다고 하고, 그렇지 않은 나무가 심어지면 나무에 대해 뭘 모른다며 비난하기도 했다. 누군가 중심을 잡고 나무를 심지 않으면 배가 산으로 갈지 모를 일이었기 때문에 누가 뭐라고 해도 흔들리지 않고 소신껏 나무를 심어 나가려고 했다.

나는 상수리나무 등 향토수종 예찬론자였지만 마음 한편에는 정원박람회장에 멋진 소나무 몇 그루쯤은 있어야 된다는 생각을 가지고 있었다. 그때 만난 친구가 바로 지구정원 1번 소나무였다.

소나무를 헬기로 운반합시다

용암마을 소나무를 육상으로 운반하게 되면 가지를 절단하고 가져올 수밖에 없을 것 같아 헬기로 운반하기로 했다. 얼마 후 산림청 산림항공대 직원들과 함께 소나무를 점검하기 위해 용암마을을 방문했다. 이곳을 처음 방문한 항공대원들은 아름다운 상사호 경치에 반했는지 다음에 가족과 함께 다시 방문해보고 싶다고 했다.

나는 그들에게 상사호 자랑을 늘어놓았다. 상사호는 봄이면 호숫가에 벚꽃이 만발하고 여름이면 붉은 배롱나무 꽃이 장관을 이루어 주암호와 송광사까지 연결되는 상사호 일주도로는 연인들의 데이트 코스로 유명하다고 알려주었다. 실제로 많은 연인들이 남도의 풍경을 즐기려고 국가정원과 순천만을 관람한 후 상사호 코스를 통해 선암사와 송광사 그리고 낙안읍성 관광지를 방문한다. 차량 안에서 이런저런 얘길 하다 보니 어느새 용암마을 입구에 도착했다.

일이 잘 풀리려는지 조경 작업팀에서 함께 일하고 있던 백 반장이 용암마을 출신이라고 했다. 반장님 덕분에 마을 입구에서부터 소나무가 있는 언덕까지 안내해 주어서 쉽게 찾아갈 수 있었다. 반장님이 조경팀에서 일하고 있다는 사실을 알고는 마을 사람들이 적극적으로 도와주었다는 이야기를 나중에 들었다.

소나무를 보면서 여성스럽다는 생각이 들었다. 나무 몸통의 피부색깔은 약간 불그스레한 빛을 띠고 있었고 지면에서 4m 정도 올라간 부위에서 사방으로 줄기가 뻗어 있었다. 이들 줄기에서 다시 가지가 여러 개로 나뉘면서 잔가지 끝에는 푸른 소나무 잎이 빛나고 있었다. 우아하고 어쩌면 가냘파 보이기까지 하는 자태가 맘에 들었는지 항공대원들도 멋진 나무라고 감탄했다. 그날은 헬기 시범 운반 계획을 짜려고 사전 답사하는 날이었기 때문에 나무 외형의 멋스러움보다도 헬기 운반이 가능할지가 더 관심사였던 터라 곧바로 헬기 운반 계획에 대한 대화가 이어졌다.

산림항공대 인솔 반장님은 헬기 이착륙장 선정부터 운송에 지장이 되는 장애물 제거까지 준비할 것이 많다고 알려주었다. 이륙지는 헬기가 나무를 싣고 출발하는 곳이고 착륙장은 나무를 내려놓을 장소이기 때문에 헬기 기장님이 가장 신경 쓰는 곳 중의 하나였다. 이 착륙장 못지않게 중요한 것은 헬기로 실어 나를 나무의 크기와 무게를 정하는 것이었다. 너무나 단순한 이야기 같지만 나무가 너무 무거우면 공중으로 운반할 수가 없기 때문이다. 산림항공대 직원들은 지도를 펼쳐놓고 거리와 구간을 측정하고 현장을 보면서 나무를 운반해 올 항공 노선 중간에 철탑이나 송신탑 같은 장애물이 없는지를 꼼꼼히 살펴보았다. 어느 방향에서 돌풍이 부는지, 어디가 안개가 짙게 끼는 지역인지 등 기상 여건도 꼼꼼하게 따져 물었다.

그곳은 상사호와 연접해 있어 안개 끼는 날이 많다고 하면서 주로 오전 시간에 짙은 안개가 많기 때문에 가급적 오후에 운반하자고 의견을 모았다. 여러 가지 상황을 가정하고 문제점을 해결하는 현장 토론이 이어졌는데 산림항공대원들이 특별히 신경 써서 살펴보는 것은 고압 철탑과 송전선로였다. 상사호 주변 산에는 여수 국가산단으로 연결되는 송전탑이 많았다. 송전철탑과 철탑 사이에는 고압선이 흐르는 전선이 있는데 잘 보이지 않기 때문에 헬기 운반 작업 때 아주 위험하다고 했다.

산림항공대 진천관리소장님께서 조심해야 할 것이 또 하나 있다고 말해 주었다. 무거운 나무를 싣고 헬기가 이륙할 때 계곡에서 불어오는 회오리바람이라고 했다. 계곡에서 부는 협풍(峽風)을 조심해야 한다고 하기에 처음에는 무슨 뜻인지도 모르고 넘어갔는데 훗날 헬기 운송을 지켜보면서 직접 경험할 수 있었다.

실제로 주암호가 있는 대광리 마을에서 큰 소나무 1주를 싣고 이륙하던 헬기가 이륙 후 계류에서 불어오는 바람에 나무 무게를 견디지 못하고 나무를 떨어뜨렸고 결국 그 나무는 활용할 수 없게 된 적이 있었다.

헬기 운반은 생각하는 것보다 훨씬 위험한 작업이다. 그래서 사전 현장점검과 준비가 매우 중요한 것이다. 우리는 헬기로 운반할 나무 무게에 대해 토론했다. 산림항공대 기장님들은 이구동성으로 용암 소나무는 크기가 작아서 헬기 운반이 가능할 거라고 이야기했다. S64 헬기 기종으로 운반할 수 있는 무게는 최대 7톤으로 알려져 있지만 딱히 정해진 것은 아니었다. 항공대에서는 이번은 시범 운반이니 무리하지 않고 5톤 정도로 여유 있게 정할 것이라고 했다.

며칠 후 산림청 항공대에서 시범 운송 날짜를 확정해 알려주었다. 2010년 1월 26일부터 27일까지 이틀 동안 하자고 했다. 이번 운반에는 용암마을 소나무 한 그루와 승주 유평 시유림의 소나무 한 그루, 그리고 상수리나무 한 그루 등 모두 세 그루의 나무를 시범적으로 운반하기로 했다. 세 그루의 나무 중에 용암마을의 지구정원 1번 소나무가 이번 행사의 주인공이 될 것임은 두말할 필요가 없었다.

전국최초로 시도하는 큰 나무 운반

큰 나무 시범 운반 계획이 확정되고 나자 수목가식장을 조성했다. 가식장은 말 그대로 나무를 임시로 저장해 두는 곳이다. 장소는 오산마을 앞 논 부지로 1ha 규모로 만들었다. 헬기 시범 운반 뿐만 아니라 행사 이후에도 나무들을 임시로 식재하여 관리하는 나무은행의 역할을 할 수 있도록 넓은 부지를 선택했다. 수목가식장을 준비할 때 가장 신경 써야 할 것은 배수 시설이었다. 정원박람회장 부지는 당초 논으로 사용하였던 점질토 성분의 토질이었기 때문에 배수가 불량했다.

그래서 우리는 당초 지면보다 3m 이상 높이기로 하고 많은 흙을 성토하였다. 배수관로를 설치하여 비가 오면 물이 잘 빠지도록 조치했고 나무를 실은 차량이나 헬기가 내리기 쉽도록 완만한 경사로를 만들어 작업자들이 이동할 수 있도록 만들었다. 지나치다 싶을 정도로 정성을 들여 수목가식장을 만들고 나니 마음이 뿌듯했다. 이 정도 시설을 갖췄으니 나무가 미안해서라도 잘 살 거라는 생각이 들었다.

가식장까지 만들었으니 이제 헬기로 운반할 나무들의 무게를 잴 차례였다. 나무의 무게를 재는 일은 처음이라서 생각보다 준비할 게 많았고 작업이 까다로웠다. 우리는 먼저 운송할 나무 목록과 기준표를 만들어 수고와 직경, 수관폭 등을 한눈에 알아볼 수 있도록 했다. 시범 운반을 통해 정확한 기준을 정해 놓아야 앞으로 많은 나무를 헬기로 옮길 때 효율적으로 나무를 선정할 수 있기 때문이다. 운반할 모든 나무의 무게를 잴 수는 없으니 나무의 규격과 표준에 따라 대상목을 선정하자는 것이다. 이렇게 하면 근경 60cm 이하, 7톤 이내의 큰 나무들을 원래 수형을 유지한 채 헬기로 운반할 수 있을 것이다.

우리는 작업 공정을 예측해 필요한 장비와 비품을 준비했다. 먼저 나무를 공중으로 들어올려야 하기 때문에 크레인 장비가 필요할 것이고 나무와 크레인을 연결해 주는 밧줄이나 조경용 실링바도 없어서는 안 될 것 같았다. 마지막으로 제일 중요한 게 저울인데 이것이 어떻게 생겼는지 본 적이 없었다. 수소문 끝에 수동식과 전자식 저울이 있다는 것을 알게 되어서 둘 다 준비했다.

모든 준비를 마치고 승주 유평에 있는 소나무를 크레인으로 들어 올려 보니 나무가 공중에서 한 바퀴 빙 돌면서 춤을 추었다. 예전 시골에서 벼 수매할 때나 돼지 무게를 달 때 보았던 것처럼 수평이 맞지 않으면 무거운 쪽이 약간 내려앉으며 빙글빙글 도는 것이었다. 주변에 있다가 자칫하면 나뭇가지에 맞을 것 같아 나는 얼른 자리를 피했다. 저울이 안정이 되어서야 무게를 달 수 있었다. 몇 번 해 보니 나무와 크레인에 묶은 바의 위치에 따라 나무의 움직임이 다르다는 것을 알았고 정확한 위치에 바를 묶는 것을 숙지하게 되었다.

나무 무게를 달아보니 헬기 운반 최대치인 7톤이 훌쩍 넘었다. 나무뿌리 부근에 붙어 있는 흙을 최대한 깎아서 무게를 줄여나갔다. 그리고 다시 수차례 측정해 본 결과 6톤으로 무게를 조정할 수 있었다. 6톤이면 헬기 운송이 가능하기 때문에 앞으로 헬기로 옮길 모든 나무는 이 정도 규격과 무게에 맞추면 될 것 같았다.

이렇게 몇 번 반복해서 나무를 측정해 보니 육안으로 나무 크기만 봐도 대충 무게가 얼마나 나갈지 판단하는 능력이 생기게 되었다. 물론 단순 나무 크기뿐만 아니라 뿌리분 작업에 따라서 무게가 달라지기 때문에 분을 어떻게 뜨는지가 매우 중요했다.

헬기 운반을 위한 준비가 마무리 될 무렵 용암마을 소나무를 살피다가 이상한 점을 발견했다. 뿌리 사이에 큰 돌이 하나 박혀 있었는데 돌을 빼지 않고 그대로 녹화마대와 철사로 감아서 마감을 한 것이었다. 왜 돌을 제거하지 않고 그대로 두었는지 작업반장에게 여쭤보았더니 나무 주변 흙이 마사토 성질이라 접착성이 좋지 않아서

나무 무게 측정 광경

그대로 두었다는 것이다. 돌을 빼내면 공간이 생겨 뿌리분을 튼튼하게 조일 수 없을 것 같아 그대로 두고 작업을 했다고 한다. 설명을 들어보니 이해가 되었지만 혹시 돌 무게 때문에 헬기 운반에 지장이 있지나 않을까 신경이 쓰였다.

2010년 1월 26일 마침내 큰 나무 헬기 시범 운반을 하는 날이 밝았다. 전날 오후에 도착한 초대형 헬기 S64는 연료 운반 차량과 함께 순천만 갈대숲 인근에 있는 맑은물관리센터 운동장에 착륙하여 대기하고 있었다. 헬기의 연료는 경유나 휘발유가 아니라 항공기 전용 오일을 사용하기 때문에 대형 유류 차량이 동반하는 경우가 많다. 작업 도중에 기름이 떨어지면 경남 사천 비행장까지 기름을 넣으러 가야 하는데 유류 차량이 있으면 가까이서 공급받을 수 있기 때문이다.

산림항공대에서는 헬기 안전을 위해서 경비원 한 명을 배치해 주길 요구하였다. 가끔 학생들이 호기심으로 헬기에 다가가서 만져 보거나 심지어는 올라타려고 하기 때문에 세심한 주의가 필요하다는 것이다.

헬기 시범 운반 행사장은 오산마을 앞 수목가식장 근처로 정했다. 큰 도로변에서 내려다보면 가식장이 한눈에 들어오기 때문에 방송사에서 촬영하기도 좋다고 했다. 행사 시간이 다가오자 어떻게 알았는지 많은 시민이 모여들었고 산림청 항공대에서도 관계자들이 나와 상황을 지켜보고 있었다.

시장님과 박람회추진단 간부들도 참석하여 일부 방송사와 인터뷰를 진행하고 있었고 조경팀장인 나는 무전기를 이용하여 항공대와 용암마을의 현장팀과 교신을 통해 상황을 점검했다. 용암마을은 조경팀 직원들과 작업자들이 가식해 둔 소나무를 바로 세우고 헬기와 나무 사이를 연결할 조경용 밧줄을 묶어 모든 준비를 완료했다고 연락이 왔다.

나는 산림청 항공대에 헬기 착륙을 준비하라고 알려주었다. 맑은물관리센터에 있는 헬기가 이륙하기 위해서는 20분 이상 엔진을 예열해야 한다. 오전 10시쯤 순천만 상공으로 S64 헬기 한 대가 나타났다. 그동안 수없이 헬기가 나는 것을 보아왔지만 이때처럼 멋져보인 적은 없을 정도로 지켜보던 모든 사람이 함께 박수를 치며 반겼고 금세 성공을 기원하는 분위기가 달아올랐다. 불과 몇십 초 동안의 비행을 보여주던 헬기는 천천히 시야에서 멀어지더니 박남봉능선을 넘어 사라졌다. 한편 용암마을 현장에서는 조금 전에 헬기가 이륙했다는 무전 연락을 받고 준비 작업을 진행하고 있었다.

헬기가 마을로 접근해 공중에서 내려다보면 어렵지 않게 소나무 위치를 알 수 있겠지만 혹시 몰라 작업자 한 명이 긴 장대에 하얀 천을 매달아 흔들었다. 헬기가 나무 위 10m 상공까지 내려와 와이어를 내려보내 주면 지상 작업팀에서는 신속하게 와이어 끝부분에 매달린 고리와 소나무에 묶어둔 조경용 바를 연결시켜야 한다.

만약 헬기가 너무 가까이 내려오면 사람이 서 있을 수 없을 정도로 바람이 거세기 때문에 작업이 불가능할지도 몰랐다. 그렇다고 너무 높은 위치에서 와이어를 내려보내면 바람에 와이어가 흔들려 목표 지점에 정확히 안착하기 어려울 것이다. 그뿐만 아니라 나무를 들어올릴 때 공중에서 나무가 심하게 흔들리고 자칫 가지가 부러질 수 있기 때문에 어느 정도 높이에서 와이어를 내려주고 나무를 들어올리느냐가 매우 중요한 판단 요소가 되었다.

막걸리 마시고 헬기 탄 소나무

행사장 도로변에는 많은 사람이 모여 헬기가 나무를 싣고 오기만을 학수고대하고 있었다. 용암마을로 헬기가 떠난 지 벌써 20분 정도 지났기 때문에 정상적으로 작업이 진행되었다면 지금쯤 소나무를 싣고 나타나야 할 시간이다. 헬기가 마을 상공에 도착했다는 무전을 받은 후에 통신이 두절되는 바람에 이후의 일을 알지 못했다. 나는 현장에서 작업을 총괄하는 오 반장님에게 전화를 했다. 그런데 그의 목소리만 듣고도 뭔가 문제가 있다는 것을 직감할 수 있었다.

오 반장님은 조금 전 상황을 이야기해 주었다. 용암마을 상공에 헬기가 나타났고 잠시 공중을 상회하던 헬기가 천천히 수직으로 내려오면서 와이어 로프를 내려보내 주었다고 한다. 작업자들이 로프 끝에 달린 고리에 소나무와 연결된 실링바를 연결하자 공중에 떠 있던 헬기가 천천히 와이어를 당기면서 나무를 들어올렸는데 이상하게도 소나무가 꿈적도 하지 않더라는 것이다. 헬기가 다시 한번 시도했지만 실패하여 결국 포기하고 승주 유평 작업장으로 날아갔다는 것이었다. 오반장의 이야기를 듣고 나니 상황을 정확히 이해할 수는 있었다. 하지만 왜 나무를 들어올리지 못했는지 아무리 생각해도 이해할 수가 없었다. 무게를 측정하여 5톤 이내로 여유 있게 맞추어 놨고 나무를 완전히 굴취하여 뿌리 절단 작업을 해두었기 때문에 들어올리지 못할 이유가 전혀 없었기 때문이다.

많이 당황스러웠다. 우선 이 행사를 지켜보기 위해 모인 시민들과 방송사 기자들에게는 어떻게 설명해야 하는지, 그리고 나무가 살 수 없을 거라며 정원박람회를 반대하고 있는 사람들이 어떻게 생각할지도 걱정이 되었다. 나는 행사장에 모인 사람들에게 현장 여건 때문에 헬기 운반이 조금 지연된다고 말하고 현장과 다시 연락을 시도했다. 용암마을 현장에 있던 작업자들도 예상하지 못했던 상황이 발생해 많이 놀랐다고 한다. 현장에 있던 조경팀 직원에게 용암마을 소나무 운송은 일단 중단하자고 제안했다.

얼마 후 헬기 기장님과도 통신을 할 수 있었다. 계속 작업을 진행하다가는 자칫 대형 사고로 이어질 수도 있으니 중지하고 대신 승주 유평에서 운반하자고 했다. 헬기가 나무를 신지 않고 행사장에 나타나면 실망하는 사람들이 많으니 헬기로 5분 정도 걸리는 승주 유평 작업장으로 향했다.

행사장에 있던 사람들은 예정 시간을 30분 이상 지나도록 헬기가 나타나지 않자 무슨 일이 있냐고 동요했지만 한 명도 자리를 뜨지 않고 헬기가 나타나기만을 기다리고 있었다. 한편 유평 시유림에 도착한 헬기가 하천 계곡을 따라 천천히 현장으로 진입하면서 공중에서 와이어를 내려보내자 운반할 상수리나무에 와이어 고리를 연결했다. 잠시 후 헬기가 엔진 출력을 높여 날아오르자 늘어져 있던 와이어로프가 팽창하면서 나무가 공중으로 떠올랐다. 계곡을 벗어난 헬기가 상사호 상공으로 올라간 뒤 행사장을 향해 날아갔다.

이 나무는 6톤으로 상사용암 소나무보다 1톤이나 더 무거웠다. 무거운 상수리나무는 거뜬히 들어올리면서 왜 지구정원 1번 소나무는 들어올리지 못하는지 이해할 수 없는 노릇이다. 나는 행사장 사람들에게 헬기가 상수리나무를 싣고 오고 있다고 알려주었다. 사람들은 기뻐하면서 헬기가 나타날 상사호의 산 정상을 뚫어져라 쳐다보았다.

얼마나 지났을까. 희미하게 헬기 하나가 모습을 드러냈다. 큰 상수리나무를 싣고 있었지만 겨울철이라 낙엽이 모두 떨어져 그렇게 커 보이지는 않았다. 멀리서 보니 마치 작은 새가 나뭇가지 하나 들고 날아오는 모습처럼 보이기도 했다. 하지만 점차 행사장 가까이에 접근할수록 나무 형체가 커 보였고 헬기 엔진에서 품어내는 굉음이 주변의 모든 소리를 집어삼킬 것 같았다.

행사장과 수목가식장과의 거리는 70m 정도 되는 거리인데도 헬기 프로펠러에서 만들어낸 강한 바람이 느껴졌다. 사람들은 산림청 초대형 헬기 S64의 위력을 실감하는 듯 숨죽이며 지켜보고 있었다.

수목가식장까지 접근하여 상공에서 멈춘 상태로 와이어를 내리자 공중에 있던 상수리나무가 서서히 지면 가까이 내려왔다. 무거운 뿌리 부분이 땅에 먼저 접착했고 이어서 나뭇가지가 땅바닥으로 덥석 내려앉았다가 반동으로 다시 한번 출렁거리면서 요동쳤다. 기다리던 작업자들이 헬기 와이어와 상수리나무 연결바를 분리하자 헬기는 와이어를 끌어당기면서 천천히 창공을 향해 날아 올라갔다.

이 광경을 지켜보던 사람들이 박수를 쳤고 카메라 기자들은 헬기가 날아가는 곳을 계속해서 촬영하고 있었다. 두 번째 나무를 가져오기 위해 유평으로 헬기를 보내려고 했는데 갑자기 용암마을 현장에서 연락이 왔다. 그쪽으로 헬기를 보내 달라는 것이었다. 소나무가 꿈쩍도 하지 않는다고 해놓고 왜 헬기를 다시 보내 달라고 하는지 의아했다.

현장에 있던 조경팀의 이 차장이 말하기를 헬기가 실패한 이후 소나무에 묶는 조경용 로프의 설치 방법과 위치를 처음과는 다르게 했다는 것이다. 그러면서 조금 전에 용암마을 어르신들이 소나무에 고사를 지내 주었다는 다소 생뚱맞은 얘기를 덧붙였다. 나무에 막걸리도 따라 주었기 때문에 이번에는 가능할 것 같다고 했다. 묘지 주인의 증조부 되시는 고인이 생전에 막걸리를 무척 좋아했으니 떠나기 싫어하는 소나무와 보내기 서운한 망자에게 막걸리 한잔 대접하는 것이 도리라는 마을 어르신들의 제안을 받아들여 고사를 지냈다고 한다.

처음 헬기 운반에 실패하자 마을 어른들은 이구동성으로 고사도 지내지 않고 헬기로 운반하려 했으니 나무가 움직이지 않는다고 야단을 쳤다고 한다. 조경팀에서는 급히 막걸리와 김치 등을 준비해

제상(祭床)을 차렸고 마을을 대표해 소나무 주인이 망자와 나무에게 술을 한잔 올렸다고 했다. 이어서 조경팀 오 반장님과 작업자들이 절을 했으니 이번에는 틀림없이 성공할 거란 이야기였다. 그 말을 듣고 처음에는 웃음이 나왔다.

"이 사람아! 나무에 막걸리 줬다는 말은 처음 듣네. 그리고 막걸리 줬다고 안 움직이던 나무가 어떻게 움직인단 말인가?"

말은 이렇게 했지만 마음속으로는 혹시나 하는 기대감이 생겨나기 시작했다. '그래! 묘지의 망자가 도와준다면 가능할 수도 있지 않은가!' 더군다나 이번에는 나무를 들어올리는 실링바의 위치도 바꿨다고 하니 다시 시도해 볼 필요가 있을 것 같았다. 어차피 오늘 큰 나무 시범 운반의 주인공은 소나무라고 생각했으니 밀져봐야 본전이라는 생각이 들었고 비록 두 번째지만 만약 성공한다면 오늘 행사를 잘 마무리할 수 있을 것 같았다.

나는 승주 유평으로 가던 헬기 기장님과 연락해 항로를 바꿔 용암마을으로 가달라고 부탁했다. 그리고 마음을 졸이며 상사호 쪽의 하늘만 바라보았다. 10여 분쯤 지났을까. 상사호 박난봉 창공에 조그마한 점 하나가 나타났다. 한눈에 봐도 나무를 들고 있는 헬기가 분명했다. 처음 들고 왔던 나무보다 더 커 보였고 소나무 특유의 수형이 선명하게 보였다. 그렇다면 진짜로 막걸리 먹은 소나무가 움직였다는 말인가! 같은 조건이었는데 왜 첫 번째 시도에는 움직이지도 않다가 막걸리를 주고 나니 들어올려졌을까?

현장에 있었던 오 반장님이 말해 준 당시의 상황은 이랬다. 지구정원 1번 소나무가 있던 용암마을 언덕 위로 헬기가 나타났고 소나무 위 10m 지점에서 와이어를 내리기 시작하자 작업자들은 소나무에 묶어두었던 조경용 바를 연결할 준비를 했다고 한다. 사람이 제대로 서 있기조차도 힘든 강한 바람 속에서 헬기와 나무를 연결하는 작업은 지켜보는 사람들마저 긴장하게 만들었다. 헬기에서 내려온 와이어 고리에 조경용 바를 연결하자 아주 천천히 와이어가 당겨져 올라가고 와이어 끝부분에 매달려 있던 소나무에게 힘이 전달되자 나무가 수직으로 세워지면서 땅에서 들릴 듯 말 듯 주저하더니 마침내 나무가 공중으로 떠올랐다고 한다.

혹시나 이번에도 들어올리지 못할까 노심초사 지켜보던 사람들 눈앞에서 신기한 광경이 펼쳐지고 있었다. 막걸리를 먹은 소나무는 몇십 년 동안 함께 있었던 묘지를 떠나는 것이 아쉽기라도 하듯 공중에서 몇 번 빙그레 돌더니 헬기와 함께 공중으로 떠올랐다고 한다.

행사장에 있던 모든 사람의 시선이 다시 헬기로 향했다. 헬기가 가까이 다가오자 원추형의 소나무 형태가 뚜렷했는데 상수리와는 달리 가지에 푸른 잎을 지니고 있어 공중에 떠 있는 자태도 멋져 보였다. 거의 수직에 가깝게 나무가 반듯하게 서 있는 자세로 매달려 있었는데 마치 공중에서 춤을 추듯 미끄러져 내려왔다.

소나무를 실은 헬기가 가식장 바로 위에서 하강하자 세찬 바람과 함께 흙먼지 폭풍이 일었다. 작업자들이 가식장 한가운데서 소나무를 기다리고 있었다. 당초 수목가식장을 만들 때 공중에서 나무가 땅에 내려앉기 좋도록 1m 정도의 높이로 둔덕을 만들어 두었다. 무거운 뿌리 부분이 먼저 내려앉으면 중간 부분에 있는 둔덕이 받침대 역할을 해 나무를 45도 각도로 세울 수 있고 이렇게 되면 나뭇가지가 부러지는 것을 예방할 수 있을 것이란 생각에서였다.

실제 헬기 시범 운송을 해 보니 이 언덕만으로는 나무를 보호할 수 없다는 것을 알게 되었다. 와이어에 매달린 소나무를 천천히 지면으로 내리기 시작하자 바람에 나무가 심하게 흔들렸다. 상수리나무는 잎이 다 떨어져 줄기만 있었기 때문에 바람을 타지 않은 반면 소나무는 잎이 많이 붙어 있어 바람의 영향을 많이 받는 것 같았다. 그러다 보니 헬기와 지면 사이의 높이가 상수리나무 작업할 때보다 높아졌고 와이어에 매달린 소나무를 지면으로 내리는 데에 시간이 꽤 많이 소요되었다. 원추형의 나무라서 가지나 줄기 하나만 다쳐도 조형가치가 떨어지기 때문에 조심스럽게 나무를 내리느라 집중했다.

모두 긴장하면서 이 광경을 지켜보았다. 계획대로라면 무거운 뿌리 부분이 먼저 땅에 닿아야 하는데 강한 바람으로 거의 수평인 상태로 땅에 닿으면서 소나무 가지 하나가 부러지고 말았다. 순간 지켜보던 사람들 사이에 안타까운 탄성이 터져 나왔다. 최고조의 긴장

소나무를 싣고 나타난 S64 헬기

이 이어졌다. 산림항공대 관계자들도 헬기가 있는 곳으로 달려 나갔다. 소나무 뿌리 부분이 가식장 지면에 먼저 착지하자 그 반동으로 줄기와 가지까지 출렁하며 요동을 쳤고 그러는 사이에 작은 가지 하나가 부러졌던 것이다.

비록 짧은 순간이었지만 많은 생각이 스쳐 지나갔다. '가식장에 웅덩이를 넓고 깊게 파놓고 나무를 내렸다면 좋았을 텐데…' 하는 아쉬움이 남았다. 하지만 이 정도만 해도 얼마나 다행인가.

첫 번째 시도에는 성공하지 못했는데 마을 주민들과 작업자들이 막걸리를 부어주니 거짓말처럼 나무가 움직였고 마침내 헬기 운반에 성공하였으니 정말 신통할 일이 아닐 수 없는 일이었다.

그날 산림항공대에서는 승주 유평에 있는 소나무 한 그루를 더 가져오는 것을 끝으로 전국 최초로 거행된 큰 나무 헬기 시범 운반 행사를 마무리 지었다. 안전사고 없이 행사를 마칠 수 있어서 다행이라고 격려하면서 내년 가을에 있을 본격적인 큰 나무 헬기 운반은 좀 더 세밀하게 계획을 짜서 추진하자고 다짐했다.

이번 헬기 시범 운반을 통해 배운 것이 많았다. 그중 하나는 나무를 운반할 때 헬기에서 나오는 강한 바람이 나무에 미치는 영향이 크다는 것을 알게 되었다. 굴취한 나무를 헬기로 이송할 경우 증산량은 바람의 속도에 비례하여 증가하게 되는데 바람의 속도가 10km/hour 증가할 때 나뭇잎 표면의 온도는 0.5도씩 감소하기 때문에 시속 100km 이상 빠른 속도로 비행할 경우 나무의 온도가 떨어지고 공기 마찰로 인해 나뭇잎 표면에 열손실이 발생할 염려가 있다는 것이다. 나무의 수분이 증발하여 자칫 수분 손실 피해가 발생할 수 있으며 헬기가 나무를 싣고 시속 100km 이상 주행할 경우 나뭇잎이 떨어지고 작은 가지가 부러지는 현상이 나타날 수 있기 때문에 큰 나무 헬기 운반 시 비행 속도를 늦출 필요가 있다는 것도 알게 되었다. 피해를 예방하기 위해서는 포장재로 나무를 덮어씌우는 방법과 증산억제제를 살포하여 운반하는 방법도 좋을 것 같았다. 아울러 헬기로 운반한 수목은 육상으로 운반한 수목보다 식재에서부터 급수 관리, 영양 관리 그리고 병충해 관리 등 특별관리가 필요하다는 것을 알게 되었다.

때론 현장 조경 작업자에 답이 있다

시범 운반 행사를 마치고 헬기는 다시 산림항공대로 복귀하였다. 우리 조경팀은 수목가식장으로 운반된 세 그루의 큰 나무를 식재하였다. 비록 임시장소에 심는 가식(假植) 작업이지만 공식적으로 정원박람회장 부지 내에 처음으로 심는 나무들이었기 때문에 관심이 많았다. 특별한 나무들이라 구덩이를 팔 때부터 지주목 설치까지 신경을 썼다. 정원박람회 관계자들도 식재작업을 참관하였는데 특히 양 단장님이 각별한 관심을 보였다.

그분은 실제로 다양한 나무를 심어 관리할 정도로 조경에 관심이 많다 보니 작업반장이라도 된 것처럼 가식작업을 진두지휘했다. 그는 정원박람회 성공을 위해서는 나무를 잘 살려야 한다는 점을 강조하면서 조경팀에 인력과 예산을 적극 지원해 주었다. 조경팀을 구성하고 나서 제일 먼저 추진했던 것이 조경관리원을 신규로 채용하는 것이었다. 조경관리원은 현장에서 작업반장 역할을 하는 사람들로서 정원박람회 준비 기간 동안 우리 조경팀과 함께 일할 사람들이다.

우리는 채용 절차에 따라 순천시 홈페이지를 통해 공개채용 모집 공고를 했는데 접수 마감일까지 지원자는 단 2명에 그쳤다. 그때만 해도 조경관리원이 무슨 일을 하는 줄 몰랐고 정식 공무원으로 채용되는 것도 아니었다. 기간제 근로자 모집 공고였기에 현장 기술자들로부터 관심을 끌지 못했던 것 같았다. 결국 두 명 모집 예정에 두 명이 응시했기 때문에 특별한 결격 사유만 없으면 둘 다 합격시켜도 되는 상황이었다. 둘 다 조경 현장에서 경험이 많았는데 한 사람은 나무 굴취와 식재를 잘한다고 했고 나머지 한 사람은 나무보다는 꽃 가꾸는 데에 일가견이 있어 보였다. 우리는 총무과 인사팀의 협조를 받아 서류 전형을 실시했는데 결격 사유가 없는 것으로 나타났다. 이제 남은 것은 면접과 실기 절차가 있었지만 나머지 시험 절차를 생략하고 바로 합격 조치해도 별문제가 없는 상황이었다.

그런데 양 단장님은 절차가 있으니 예정대로 면접과 실기시험을 치르자고 했다. 결국 우리는 조례동 드라마촬영장이 있는 옛 군부대 자리의 나무은행에서 시험을 보기로 했다. 이곳 나무은행에는 정원박람회장 조성에 필요한 수목을 관리하고 있었기 때문에 실기시험을 치르기 적합한 곳이었다. 이날 시험 면접관으로 양 단장과 산림과장 그리고 총무과 인사팀장 등 세 명이 참석했다.

우리는 먼저 면접시험을 진행했다. 면접관들이 차례로 질문하고 응시자들이 답변하는 형식이었는데 두 사람 모두 차분하게 대답을 잘했다. 이어서 실기시험을 진행했다. 나무 전정 실력을 평가하기 위해서인데 산림과장이 시범을 보여주면서 자세히 설명했다. 응시자 두 명 모두 전정 실력이 좋아 보였는지 양 단장님도 고개를 끄떡이며 지켜보았다. 이 정도 실력이면 조경관리원으로 채용해도 되겠다고 산림과장이 말하자 양 단장이 나무 굴취 능력도 봐야겠다면서 삽을 가져오라고 했다. 우리는 미리 준비해둔 삽 세 자루를 응시자들 앞에 나란히 펼쳐 놓았다.

지정된 나무를 굴취하라고 하자 각자 준비된 나무 앞에서 부지런히 땅을 파 내려갔다. 한참 지켜보던 양 단장님은 갑자기 작업을 멈추라고 했다.

"다들 왜 그렇게 힘을 못 씁니까? 이래가지고 언제 나무를 굴취할 수 있겠소?"

양 단장님은 입고 있던 겉옷을 벗고 소매를 걷어 올리더니 삽 한 자루를 들었다. 나무 앞에서 잠시 멈추더니 삽을 세우고 한쪽 다리를 들어 삽 위에 놓고 우리를 보면서 말했다.

"삽질은 이렇게 하는 거요!"

말이 끝나기가 무섭게 삽 위에 있는 발목에 힘을 주자 순식간에 삽자루가 '뚝'하고 두 동강으로 부러져버렸다. 신중하게 시범작업을 지켜보던 우리는 배꼽을 잡고 웃지 않을 수 없었다. 엉거주춤한 자세로 부러진 삽을 바라보던 양 단장님은 멀쑥한 표정을 지으며 나를 향해 말했다.

"이 팀장! 이 삽 중국산이네, 이 사람아!"

나는 웃음을 참지 못하고 고개만 끄떡이며 대답했다. 양 단장님 힘이 장사라는 말은 들었지만 한 번도 사용하지 않은 새 삽을 단번에 부러뜨릴 정도일 줄은 몰랐다. 아무튼 나무에 대한 애착이 강하신 단장님 덕분에 엄격한 시험절차를 걸쳐 두 명의 조경관리원이 탄생했고 이 분들과 함께 정원박람회장을 잘 만들어갈 수 있었다.

조경팀에는 두 개의 작업반이 있었는데 반별로 6명씩 총 12명의 조경 기술자들이 정원박람회 현장에서 일하게 되었다. 이들은 심을 나무들을 조사하여 미리 뿌리돌림을 하거나 매립형 말뚝지주목을 설치하고 심지어는 지렁이분변토도 만들었다. 그리고 큰 나무들을 박람회장으로 옮겨와 심고 관리했다. 모두 자기 집의 일처럼 열심히 일해 주었다.

오 반장과 김 반장님 그리고 함께 작업했던 사람들의 이름은 황지해 작가가 만든 갯지렁이 다니는 길에 새겨져 있을 정도로 박람회 성공에 기여한 분들이다. 그때 함께 일했던 사람 중 일부는 아직까지도 국가정원에서 일하고 있다. 이 글의 주인공은 당시 조경 작업 현장에서 묵묵히 일해 주었던 분들이라 할 수 있다.

조경이나 정원을 만드는 작가와 작품에 관한 책은 쉽게 접할 수 있지만 실제로 나무를 굴취 하여 운반하고 심는 현장 사람들의 이야기는 만나기 어려웠다. 그래서 나는 나무 심는 작업자들의 이야기를 해 보기로 생각했다. 다른 경험자의 이야기를 전해 듣고 쓰는 것이 아니라 2013 순천만정원박람회장을 만들면서 직접 보고 작업자들과 함께 경험했던 살아있는 이야기를 쓰고 싶었다. 조경 현장에서 디자인과 설계 능력이 뛰어나고 스토리텔링을 잘하는 사람들이 중요하다는 것은 두말할 필요도 없다. 하지만 조경은 살아있는 생물을 이용하여 작품을 만들기 때문에 현장에서 나무를 취급하는 조경 작업자들의 역할도 존중받았으면 하는 바람이다.

나무를 살리려면 흙을 바꿔라

수목가식장 나무 심장 현장에 모인 우리는 헬기를 통해 운반한 나무들을 정성껏 심으면서 어떻게 하면 나무를 잘 살릴 수 있을지에 대해 경험을 나눴다. 나무 심기에 참여한 사람들은 3m 정도 높이로 성토를 하고 주변에 배수로까지 설치하였으니 나무들이 물 피해를 받지 않고 잘 살 거라고 했다. 나무를 심어놓고 바라보니 주변의 낮은 논보다 훨씬 높은 곳이어서 물 빠짐이 잘될 것처럼 보였다. 너무 높여서 심었나 하는 생각이 들 정도였다. 나는 일주일에 한두 번씩 가식장을 찾아 나무들이 잘 사는지 살펴보았다. 눈으로 봐서는 잘 살고 있는 것처럼 보였다.

수목가식장에서 1년 이상 관리되던 나무들은 이듬해 가을 지금의 국가정원 수목원 부지로 제자리를 잡아 옮겨졌다. 헬기로 가져와 가식된 나무 중에 제일 먼저 정원박람회장에 심어진 나무라서 지구정원 1번 나무라고 부르게 된 것인데 순천만이 지구를 대표하는 세계적인 습지라는 의미에서 지구정원으로 부르게 되었고 그 지구정원의 첫 번째 나무가 바로 이 소나무인 것이다.

지구정원 1번 나무는 많은 고난을 겪었다. 처음 헬기 운반에 실패하고 막걸리를 먹고 나서야 두 번째 운반에 성공할 수 있었지만 헬기로 가져와 땅으로 내리면서 가지가 부러질 정도로 충격을 받았다. 그런데 안타깝게도 이 나무의 시련은 여기에 그치지 않았다.

수목가식장에서 이곳 수목원으로 옮겨올 때 있었던 일이다. 겉으로 멀쩡하던 나무는 주변 흙을 파서 굴취해 보니 흙이 촉촉이 젖어 있었고 심지어는 하단부 뿌리 부근에는 물이 고여 있었다. 가식장을 주변 논 높이보다 3m 이상 더 높이 올려서 심었기 때문에 배수 상태가 불량할 것이라고는 전혀 생각하지 못했다. 그런데 실상 나무를 파보니 배수가 불량할 정도가 아니라 물이 흥건히 고여 있을 정도로 나쁜 상태였다.

정원박람회 부지가 동천에 연접해 있어 지하수위가 낮다 보니 조금만 파 내려가면 물이 나올 정도였고 벼농사 짓던 진흙땅이라서 배수가 매우 불량했던 것이다. 나무 심을 장소에 좋은 흙을 높게 쌓아 심으면 될 것으로 판단했으나 마치 스펀지가 주변의 물까지 흡수하여 물기를 잔뜩 머금고 있는 것처럼 촉촉했다.

만약 한 달만 늦게 옮겼다면 이 소나무는 살아남지 못했을 것이다. 일부 뿌리에 곰팡이가 필 정도로 나무 상태가 좋지 않은 것을 볼 수 있었다. 나는 덜컥 겁이 났다. 나름대로 최선을 다해 나무가 살기 좋은 환경을 만들어 주었다고 자부했는데 이 나무를 보니 우리의 생각이 완전히 틀렸다는 것을 알았기 때문이다.

이제 정원박람회장 부지는 이 정도의 노력과 정성만으로는 나무를 살릴 수 없는 진흙 펄 땅이라는 사실을 확인할 수 있었고 이 사실을 부인할 수 없게 되었다. 왜 전문가들이 이곳에는 나무가 살아남을 수 없을 거라고 반대했는지 충분히 이해가 되었다. 그때까지만 해도 반대하는 사람들을 무시하면서 보란 듯이 나무를 잘 살려낼 수 있을 거라 확신하고 있었다. 하지만 이제 받아들이기 힘들어도 내가 틀렸다는 점 또한 인정해야 했다.

나무를 살릴 수 없다는 절망감이 몰려왔다. 하지만 늦었다고 생각할 때가 어쩌면 가장 빠르다는 말처럼 다행히 아직 시간이 남아 있으니 문제점을 개선하면 될 거라는 희망의 끈을 놓지 않았다.

주변보다 3m 이상 높이 흙을 쌓아 만든 가식장

그 일을 겪으면서 나에게는 나쁜 습관이 하나 생겨났다. 나무가 조금만 이상해도 뿌리 주변을 직접 파서 확인하는 버릇이 생긴 것이다. 나무는 물이 부족하거나 물이 너무 많을 때 나타나는 피해 증상이 거의 유사했다. 어떤 사람들은 단박에 알 수 있다고 하던데 내 경험으로는 몇 번을 봐도 잘 모를 정도로 구분이 어려웠다. 그래서 의심스럽다고 생각하면 땅속을 파 보고 눈으로 확인한 후에 처방을 했다. 그동안 많은 전문가가 가식장에 있던 소나무 상태를 살펴보았지만 어느 누구도 나무가 이 정도로 심각한 과습 피해를 받았는지 알아보는 사람이 없었던 것은 그만큼 땅속 사정을 알기가 어렵기 때문일 것이다.

나무를 많이 심어보니 수분이 부족한 것보다는 수분이 너무 많은 것이 오히려 해롭다는 것을 알게 되었다. 정원박람회장 부지 중에는 성토 높이가 3m도 안 되게 설계된 지역이 많았다. 거의 대부분의 부지가 물 빠짐이 좋지 않은 논이었기 때문에 전문가들의 우려가 현실화되는 것만 같았다.

이런 곳에 나무를 심으면 십중팔구 살지 못하고 죽을 것이다. 나무를 살릴 특단의 방법은 무엇일까. 여러 가지 생각을 해 보았지만 유일한 방법은 흙을 바꾸는 것 말고는 방법이 없었다. 나무가 사는 데 절대적으로 중요한 것이 땅이라고 알려준 나무. 그리고 토양 문제를 근본적으로 해결하지 않고는 박람회장의 나무들은 살릴 수 없을 거라고 일깨워준 나무가 바로 지구정원 1번 소나무였으니 참 고마운 나무이기도 하다.

몸이 썩어 문드러지는 고통을 온몸으로 감수하면서 토양의 중요성을 일깨워주었으니 어찌 미안하고 안쓰럽지 않을 수 있겠는가.

'그렇다! 문제는 흙이다.'

토양과 배수 문제를 해결하지 않고는 정원박람회는 절대로 성공할 수 없다는 결론에 이르게 되었다. 문제점을 발견하고 정확한 진단과 처방이 내려졌으니 이제부터는 실행할 차례였지만 토양의 배수 문제를 해결하기 위해서는 조직위 토목팀의 절대적인 협조가 필요했다. 나는 그들에게 정원박람회장 부지를 배수가 잘 되도록 다시 디자인하자고 제안했다.

그런데 물 빠짐이 나쁜 지역은 돌이나 자갈을 넣어 배수가 용이하도록 한 다음 성토용 흙을 넣자고 했더니 비용이 너무 많이 든다며 어려움을 표시했다. 토목팀장님에게 여러 차례 요구했지만 받아들여지지 않았고 고성이 오갈 정도로 언쟁을 벌이기도 했다. 정원조성부에 함께 소속되어 사무실도 같이 사용하는 조경팀과 토목팀이 화합이 안 된다는 소문이 날 정도였다. 조경팀에서는 절대 양보할 수 없는 문제였기 때문에 내가 총대를 메고 악역을 자처했다.

"일반 토목 현장처럼 흙을 성토하고 매립해서는 나무가 살 수 없습니다. 흙을 바꿔야 합니다. 나무가 살지 못하면 박람회도 성공하지 못합니다!"

몇 번을 소리 높여 말했지만 토목팀장은 요지부동이었다. 당시 토목팀장은 성격이 강직하고 소신이 뚜렷한 분으로 공직사회에서 능력을 인정받고 있었다. 그는 정원박람회장 부지 전체 설계와 조성을 책임지고 있었기 때문에 조경팀의 요구를 다 들어줄 수 없다고 했지만 나 역시 양보하지 않고 끈질기게 흙을 바꾸자고 요구했다.

그러던 어느 날이었다. 나는 토양 문제에 대해 담판을 칠 요량으로 토목팀장님을 정원박람회장으로 불러냈다.

"나무가 살기 위해서는 반드시 배수가 잘 되도록 토양 배치를 해야 합니다."

그러면서 지구정원 1번 소나무 이야기를 해주었다. 가식장에 흙을 높여 심었지만 배수가 불량해서 거의 죽어간다고 말했더니 팀장님의 눈빛이 달라졌다. 왜냐하면 가식장을 만들 때 그도 함께 있었기 때문이다. 계속된 요청에 토목팀장님은 노력해 보자고 말했지만 속 시원한 답변은 하지 않았다. 그도 많은 고민을 했을 것이다. 정원박람회장 사업비가 한정되어 있기 때문에 별도의 추가 사업을 하기가 어려운 실정이라는 것을 나도 알고 있었다.

그날 이후 조성 부장님 주재로 몇 차례 회의가 열렸고 마침내 토목팀의 협조를 이끌어 내는 데 성공했다. 정원박람회장 전체 부지 중 큰 나무들이 심어질 지역에 대해 배수 관로를 설치하고 배수를 원활하게 하기 위해 성토구역 하단부에 자갈과 모래가 섞인 준설토를 넣기로 했다. 건설과에서 동천 상류 하천을 준설하면서 발생한 자갈과 토사를 활용하면 비용을 줄일 수 있을 거라고 생각했다. 이들 준설토양만으로는 양이 부족해서 서면 구상지구 하천에서도 자갈을 추가로 가져와 배수토로 활용했다. 정원박람회장 부지는 주변 동천이나 해룡천과 수위가 같거나 일부 지역은 낮았기 때문에 이들보다 부지를 높이기 위해서는 많은 양의 흙이 필요했다.

당초 성토용으로 사용할 흙은 신대지구 택지개발 현장과 인근 공공사업장에서 가져오기로 설계에 반영됐는데 신대지구의 흙은 배수 상태가 좋지 않았다. 가식장에 헬기로 운반한 나무를 심기 위해 가식장을 만들면서 사용한 흙이 신대에서 들어온 것이었는데 배수가 불량해 나무가 피해를 입었기 때문이다. 나는 박람회장으로 들어오는 흙은 반드시 배수가 잘되는 것을 받아야 된다고 토목 감리단장에게 요구하였고 자체적인 실험을 실시했다.

신대지구 등 다른 토취장에서 들어온 토양을 분석한 결과 배수가 잘 되지 않는 점질토양이 많았다. 국립농업과학원의 토양분석 결과와 정원박람회 자문위원인 토양전문가의 자문을 토대로 배수가 불량한 토양 반입을 중단토록 하고 대신 박람회장에서 가까운 도사동 지역에 새로운 토취장을 개발하여 흙을 반입하게 되었다.

이후 토목팀의 적극적인 협조로 박람회장 전체 부지에 대한 토양 배수계획이 진행되었고 큰 나무가 심어질 부지는 특별 대책을 세워 배수가 잘되는 자갈과 모래가 섞인 준설토를 먼저 넣고 마사토 성분의 흙을 식혈토로 활용하게 되었다.

정원박람회장 수목원에 지구정원 1번 소나무를 심고난 후 한참 지난 어느 날이었다. 나무를 보러 갔더니 쇠파이프가 나무줄기를 받치고 있었고 영양제 수액이 담긴 비닐봉지가 몇 개 걸려 있었다. 헬기로 가져올 때 받은 충격뿐만 아니라 배수가 불량한 토양에서 1년 이상 가식되어 있어서인지 수목원으로 옮겨 온 이후에도 나무의 건강 상태가 좋지 않았다. 처음에는 한쪽 가지의 잎이 누렇게 변하면서 수간에서 송진이 나오더니 시간이 가면서 나무 전체로 번져갔다. 이 때문에 몇 차례 외과 수술을 받았고 뿌리 부분의 흙을 교체하는 흙 치환 시술까지 받았지만 회복하는 데에 시간이 오래 걸렸다. 죽은 나무도 살릴 수 있다고 자랑하는 나무병원 원장들도 다녀갔지만 별 소용은 없었다. 나무의 건강을 회복하기 위해 겨울철 월동 피복

토양 배수 상태 전문가 자문

국립농업과학원 토양 시료채취 광경

은 말할 것도 없이 영양제 주입과 외과수술 그리고 병해충 방제 등 모든 수단을 동원했다.

겨울 어느 날 습지센터에서 숙직 근무를 하면서 새벽 일찍 수목원으로 갔다. 찬 서리가 내릴 정도로 쌀쌀한 날씨였는데 소나무 근처를 서성이는 사람이 한 명 있었다. 이른 새벽 시간이라 어두웠기 때문에 귀신을 본 것이 아닌지 무서운 생각이 들었지만 가까이 다가가서 살펴보니 어디서 많이 본 듯한 사람 같았다.

"거기 누구요?" 하고 물었더니 깜짝 놀라면서 뒤를 돌아보는 사람이 있었다. 정원박람회장 수목원 부지를 담당하는 시공회사의 김 차장이었다. 이 시간에 웬일이냐고 물어보니 나무가 걱정되어 왔다는 것이다. 날씨가 추워진다고 해서 비닐이나 부직포로 소나무 뿌리

부분을 덮어주기 위해 왔는데 나를 만날 줄은 몰랐다고 했다. 공무원도 아니면서 이렇게 이른 시간에 나무가 걱정이 되어 현장을 점검한 김 차장님이 몹시 고마웠다.

정원박람회장 조성사업에는 두 개의 건설회사가 참여했는데 박람회장 동문지구의 세계정원 조성공사와 서문지구의 수목원 조성공사로 나누어 발주하였고 공개입찰을 통해 업체를 선정했다. 각 회사마다 토목, 건축, 조경 등 전문팀이 구성되었고 토목 등 일부 분야는 지역 업체가 하도급을 받아 시공을 했는데 특히 조경 분야에 참여한 업체들이 많은 어려움을 겪었다고 들었다.

정원박람회장 조성공사는 잦은 설계변경과 철저한 시공을 요구했기 때문에 원도급사는 물론 하도급사들도 힘들었던 것이 사실이다. 조경공사가 토목보다 사업성이 좋다는 말이 있는데 그 이유는 재료비의 대부분이 나무이기 때문이다. 그런데 박람회장에 심은 나무들은 대부분 기증해 주었거나 시에서 자체적으로 확보해 두었던 나무들이었기 때문에 시공사가 직접 구입해 공급할 나무는 얼마 되지 않았다. 그러다 보니 시공사 입장에서는 사업성이 없었던 모양이다.

나를 만날 때마다 시공비를 올려 달라고 요구했지만 예산이 부족했기 때문에 이들의 요구를 들어줄 수가 없었다. 솔직히 인간적으로 미안할 때도 있었다. 어려운 시공 여건임에도 불구하고 정원박람회 성공을 위해 회사 대표부터 현장 대리까지 열심히 일해준 것을 잘 알고 있었기 때문이다. 그래도 이들은 전국에서 처음으로 개최되는 정원박람회장 시공에 동참한다는 자부심으로 현장을 지켰다. 박람회를 치르면서 김 차장 같은 사람들이 많았던 이유이기도 했을 것이다.

4장

아낌없이 주는
포플러나무

사슴뿔을 닮은 포플러나무를 만나다

정원박람회장이 조성되기 이전 오산마을 논밭에는 갖가지 채소와 나물이 자라고 있었다. 마을 뒤에는 해룡산이 있고 바로 옆에는 동천이 흐른다. 동천에서 물을 공급 받을 수 있기 때문에 계절 따라 채소를 가꾸기에 좋은 곳이었다. 오랜 세월 강이 범람하면서 모래가 퇴적된 땅이라 기름지고 물 빠짐이 좋아 채소가 잘 자랐다. 강가 지역이라 지대가 낮다 보니 우기에 비가 많이 오면 침수되는 경우가 있었지만 비가 그치고 한나절 정도 지나면 언제 물이 찼나 할 정도로 금세 빠져나갔다.

사계절 채소 농사를 지을 수 있어서 봄에는 미나리와 머위, 달래, 곰취, 씀바귀뿐만 아니라 봄 콩을 수확하고 여름에는 상추, 쑥

순천만 국가정원의 포플러나무

갓, 파, 마늘, 호박 등 다양한 종류의 채소와 나물을 시장에 내다 팔 수 있었다. 가을에는 배추와 무, 당근, 토란, 고들빼기 등을 수확했고 겨울에도 배추, 시금치, 갓 등을 길렀다. 일반 노지에서는 겨울철 재배가 어렵기 때문에 좋은 가격을 받을 수 있었다. 이곳 채소가 유명하게 된 것은 마을에서 걸어서 10분 거리에 전통시장인 아랫장이 있고 인근의 역전시장도 매일 아침 열리기 때문이다.

사시사철 채소를 길러 언제라도 마음만 먹으면 팔 수 있기 때문에 마을 사람들에게 오산 들녘은 소중한 자산이었다. 오산 들녘 대부분은 채소밭이지만 지대가 낮은 곳은 벼농사를 짓기에도 좋았다.

채소밭과 벼농사를 짓는 중간 경계 지점에 작은 섬처럼 언덕이 하나 솟아 있었다. 이 작은 섬에 포플러나무 한 그루가 살고 있었다. 주변에는 키 작은 대나무와 가시덤불이 있어서 멀리서 보면 키 큰 나무가 한 그루 서 있는 것처럼 보였지만 가까이 가서 보면 흡사 큰 뿔을 가진 사슴 한 마리가 누워있는 모습을 하고 있었다. 마치 수컷 붉은사슴(Red Deer)의 뿔처럼 생겼는데 몸통에서 줄기가 퍼져 자란 형상이었다.

보는 방향에 따라 배부른 사슴 한 마리가 푹신한 초지에 배를 깔고 누워서 머리를 지긋이 치켜세우고 오산마을을 응시하고 있는 모습 같기도 했다. 이 나무를 보고 있으면 클로드 모네가 그린 「석양의 포플러나무」가 연상되는데 동천과 오산마을의 아름다운 풍경이 한 폭의 풍경화보다 멋지다는 생각이 들었다. 그렇게 멋진 포플러나무를 만난 것이다.

마을 사람들은 이 포플러나무가 50년 되었다고 했다. 내가 보기에 몸통은 50년 정도 되어 보였지만 지면에 누워 있는 몸통에서 4

오산 마을 들녘의 포플러나무

개로 갈라져 나온 줄기는 삼사십 년 정도 되지 않았을까 싶었다. 한 몸이지만 몸통과 줄기가 제각기 구분되어 있는 특이한 나무였다.

사람들은 나무를 보면 나이를 궁금해 하는데 보통은 나무의 외관을 쭉 훑어본 다음에 나름대로 나이를 추정해 본다. 몸통의 굵기와 높이 그리고 수피에 얼마나 주름살이 생겼는지에 따라 나이가 달라 보이지만 이것만으로 정확히 알기는 쉽지 않다. 포플러나무처럼 빨리 자라는 속성수도 있고 동백처럼 오랜 세월이 지나도 느림보 성장을 보이는 나무도 있기 때문이다.

사람들은 왜 나무의 나이에 관심이 많을까? 그것은 나이가 함축하고 있는 의미가 크기 때문일 것이다. 몇백 년 된 고목일수록 전설이 얽혀 있거나 사람처럼 애환을 가지고 있다. 사람들은 나무를 통해 숨겨진 이야기를 듣고 싶을 것이다. 이 포플러나무만 하더라도 오산마을 사람들과 50여 년을 살아오지 않았던가. 이 나무는 그들의 삶을 속속들이 알고 있을 것이다. 매일같이 오산 들녘에서 주민들을 만나기 때문에 누가 배추 농사를 잘 짓는지, 뉘 집 아들이 좋은 대학을 갔는지 등 온갖 소식을 바람결에 얻어듣고 노인네의 한숨 소리로 공감했을 것이다.

나무를 자세히 들여다보면 참 희한하게 생겼다. 지면에 누워 있는 몸통에서 4개의 기둥이 뿔처럼 솟아 있고 각 기둥 줄기의 높이는 5m가 넘는다. 몸통은 흙에 묻혀있는 곳보다 밖으로 노출되어 있는 부분이 더 많았는데 무슨 이유인지 몸통 일부가 썩어서 큰 구멍이 나 있었다. 구멍은 그 안에서 들짐승들이 살았을 정도로 크고 깊어서 머리를 넣어 살펴볼 수 있으나 끝이 잘 보이지도 않을 정도로 길고 구불구불했다. 그런데 속이 썩어 문드러진 나무속 구멍과는 달리 몸통 바깥 살갗에는 조그만 줄기들이 마치 송알송알 맺힌 땀방울처럼 돋아 있었다. 이것을 맹아(萌芽)라고 부르기도 하는데 한군데에서 뭉쳐서 나오는 게 특이했다.

나무 몸통과 흙이 맞닿아 있는 지면을 자세히 들여다보니 제법 굵고 실한 뿌리들이 길게 자라나서 땅속으로 여러 갈래 들어가 있었다. 마치 큰 뱀들이 서로 엉켜서 꿈틀거리고 있는 모양을 하고 있었는데 이렇게 큰 나무를 지탱하고 있는 원동력은 뿌리에 있다는 것을 보여주는 것 같았다.

그 평온하던 오산마을에 언제부턴가 마을 앞뜰에 정원박람회장이 들어선다는 이상한 소문이 돌기 시작했다. 박람회장이 들어서면 이곳 논밭에 자라고 있는 채소며 나물들 그리고 나무들도 모두 사라지기 때문에 걱정하는 주민들이 많았다. 주민 중에 나이가 지긋하신 어르신들은 지금처럼 채소 농사를 지으면서 살기를 원했으나 젊은 자녀들은 이번 기회에 부모님이 힘든 농사일을 하지 않기를 바라는 사람도 있었다. 사슴뿔 닮은 포플러나무는 자기 운명이 어떻게 변하게 될지 전혀 눈치도 채지 못한 채 바람 부는 들판 한가운데서 여전히 마을을 내려다보며 서 있었다.

새해가 되자 소문대로 시에서는 2013 정원박람회를 개최할 거라고 발표했다. 세계5대 연안습지 순천만을 도심 팽창으로부터 항구적으로 보존하기 위해 풍덕동과 오천동 일원 110만㎡ 면적에 정원을 조성하여 박람회를 치르겠다는 내용이었다. 오산마을은 오천지구에 포함되기 때문에 마을 사람들은 박람회장이 들어선다는 것을 기정사실처럼 받아들이는 분위기였다. 이장을 비롯한 마을 사람들이 비상대책위원회를 만들어 반대 목소리를 높이고 있었지만 일부 땅을 소유하고 있는 사람들은 채소밭을 얼마에 보상받을 수 있을지 그리고 앞으로 마을이 어떻게 변하게 될지 궁금하다면서 박람회 사무실로 찾아오기도 했다.

오산 들녘의 사슴뿔 닮은 포플러나무는 무슨 생각을 하고 있었을까. 겨울밤이 되면 비둘기와 멧새들이 대나무밭으로 날아든다. 새들은 마을로 날아들기 전 중간 기착지인 포플러나무에 잠깐 머문다. 그런데 이상하게도 새들은 포플러나무에 집을 짓지 않았다. 나무가 약해서 바람이 세게 불면 가지가 쉽게 부러진다는 것을 알고 있는지 아니면 곧 이사를 가야 된다는 것을 눈치 챘는지 모를 일이다.

나는 어릴 적 시골에 살면서 포플러나무를 흔하게 보았다. 70년 대 후반까지 많이 심었던 나무여서 베이비붐 세대들에게 친근하고 정감이 있다. 야산은 물론 신작로와 공한지, 심지어는 집안 담장 옆에서도 볼 수 있을 정도로 흔했다. 하지만 나무 재질이 좋지 않아 경제성이 떨어진다는 이유로 80년대 이후 사람들로부터 외면당하기 시작했다.

우리 고향에서는 포플러나무를 배궁나무라고 불렀는데 왜 그렇게 불렀는지는 정확히 알지 못하고 추정할 뿐이다. 포플러나무는 재질이 무르고 약해 병충해에 걸리기 쉽다. 그러다 보니 몸통 여기저기에 동공이 생겨 딱정벌레들이 그 속에서 번식하고 살아가기 좋다. 아마도 나무에 흉터와 구멍이 잘 생긴다고 해서 배궁(疕宮) 나무라고 했을 것 같다. 하얀 곰을 닮아서 백웅(白熊) 나무라고 했다는 말도 있는데 그렇게 보니 포플러나무가 곰처럼 미련해 보이기는 하다. 포플러나무는 유연성이 부족해 뻣뻣하다 보니 웬만한 강풍에도 가지와 줄기가 쉽게 부러지기도 한다.

포플러나무는 종류가 다양하고 불리는 이름도 많다. 지역에 따라 미루나무, 사시나무, 백양나무 등으로 불린다. 생김새도 매우 유사하다. 미루나무는 버드나무과에 속하는 낙엽 활엽 교목으로 미국에서 들어온 버드나무라고 해서 미류(美柳)나무라 붙여진 이름이다.

'미루나무 꼭대기에 조각구름이 걸려 있네.'

동요 노랫말에도 나올 정도로 우리에게 친근한 나무다. 실제 다 자란 포플러나무는 조각구름이 걸릴 정도로 높았다. 이태리 포플러나무는 미루나무와 양버들의 교잡종으로 보통 우리가 포플러나무라고 부르는 것이 바로 이 나무다. 어릴 때 기억을 되살려 보면 자라는 속도가 무척 빠른 속성수로 심은 지 몇 년 지나지 않아 금세 큰 나무로 자란다. 그러나 목질이 연하고 쉽게 부러지기 때문에 주로 나무젓가락이나 성냥개비를 만들었다. 나무젓가락 수요가 많았을 때는 활용도가 좋았지만 지금은 중국에서 수입해 오는 바람에 거의 심지 않는 나무가 되어버렸다.

초등학교 다닐 때 신작로에는 포플러나무가 가로수로 심어져 있었다. 여름철 갑작스럽게 소낙비가 내릴 때가 있는데 포장이 안 된 시골의 신작로는 움푹 파인 곳이 많아 비만 오면 금세 물웅덩이로 변했다. 군내 버스가 쏜살같이 달리면서 웅덩이에 고인 흙탕물을 튀기면 우리는 재빨리 포플러나무 몸통 뒤로 숨곤 했다. 신작로의 포플러나무는 그때도 지금처럼 빙그레 웃고 있었을 것이다.

포플러나무 주변에서 뜻밖의 횡재를

정원박람회 준비를 위해 생태수도사업소라는 행정 조직이 생겼다. 나는 이곳으로 발령받아 박람회장 조경 업무와 부지 보상업무를 담당했는데 백 팀장님과 박모 형님 그리고 내가 한 팀이 되어 부지런히 토지 매입 업무를 진행하고 있었다. 정원박람회장에 편입되는 전체 부지 중에 수목원지구는 25ha정도 되었는데 이중 산림면적 10ha은 산림청에서 산림서비스림 매수사업으로 매입한 후 순천시에 무상으로 지원해주는 사업이었다. 시에서는 산림을 매입하지 않고도 넓은 면적을 박람회장으로 활용할 수 있기 때문에 예산을 아낄 수 있는 중요한 일이었다.

오산마을 뒷산은 시내에서 가까워 접근하기 쉽고 양지바른 곳이었다. 이런 이유로 분묘가 많아 마치 공동묘지 같기도 했다. 어림잡아 400기 정도 되었는데 연고자들 대부분은 순천시에 살고 있었다. 당시 그곳의 토지 실거래 가격은 평당 5만 원 이상으로 비교적 높은 편이었지만 산림청에서 매수해 줄 수 있는 감정평가액은 공시지가의 1.5배 수준인 1만 원 정도였다. 이러다 보니 산을 팔려고 하는 사람들이 없었다. 시내에서 가까워 성묘하기 편리한 곳이었기 때문에 저렴한 가격에 땅을 팔고 묘를 이장해 갈 자손들이 없었던 것이다. 이런 상황을 고려해보면 당시 우리 팀이 추진했던 업무가 얼마나 어려웠는지 짐작할 수 있을 것이다.

거의 매일 반대하는 산주들을 찾아뵙고 설득했지만 이들의 마음을 움직이기에는 역부족이었다. 마을 주민들은 오랫동안 농사짓던 전답이 하루아침에 박람회장 부지로 편입되고 조상님들을 모셔놓은 뒷산마저 빼앗기게 됐다면서 화가 많이 나 있었다. 다행히 우리 팀에서 일하던 박모 형님의 처갓집이 오산마을이었다. 그는 주민들과 친분이 두터워 평소에는 형님 동생 하는 정도로 사이좋게 지냈는데 보상업무를 맡으면서 주민들의 태도가 달라지기 시작했다. 우리가 마을을 방문하면 마주치지 않으려고 일부러 피하거나 인사를 받지 않는 어르신들도 있었다.

하루는 청미래아파트 뒤쪽 공동묘지의 분묘를 조사하면서 이장 공고 안내문을 붙이고 있었는데 마을 어르신 한 분이 다가와 흥분된 목소리로 말했다.

"문전옥답도 내놓으라고 하더니 이제 공동묘지에 있는 묘까지 파내라고 하느냐!"

우리는 어르신을 진정시키면서 묘지 이장 비용은 전액 보상해 줄 거라고 설명해 드렸지만 막무가내였다. 그나마 이분처럼 연고자가 있으면 사업 취지를 설명하고 양해를 구할 텐데 전체 묘지 중에 약 100기 정도는 무연고였기 때문에 이장 업무가 쉽지 않았다. 우리는 일정 기간 동안 공고를 하고 그 기간 내 연고자가 나타나지 않으면 이장을 대행해 주는 방법으로 진행해 나갔다. 공동묘지는 박람회장 편입 부지였지만 개인 소유의 임야였기 때문에 임야매수는 물론 분묘 이장까지 함께 추진하다 보니 토지소유자들과 분묘 기지권자들을 동시에 만족시키기가 어려웠다.

분묘 이장 업무를 하다 보니 우리의 장묘 문화가 많이 바뀐 것을 알 수 있었다. 화장 후 납골당을 조성하여 조상을 모셔놓은 곳이 많았고 잔디밭에도 평장으로 조성해 놓은 곳도 있었다. 특이하게도 문중에서 조성한 호화 분묘들은 협조를 잘 안 해 주는 반면 소박하게 조상을 모셔오던 개인들은 박람회가 성공해야 한다면서 동의를 해 주었다.

돈 많고 빽 있는 단체나 문중에서는 온갖 핑계를 동원하여 분묘 이장에 비협조적이었다. 결국 이들 문중 묘들은 그대로 존치해 둘 수밖에 없었는데 나는 정원박람회장 경계 울타리를 만들면서 탱자나무와 대나무를 심었다. 왜 문중묘 근처에 하필 이런 종류의 나무들을 심느냐고 따지는 분도 있었지만 생태적으로 울타리를 만들었는데 무슨 문제가 있느냐고 얼버무려 버렸다. 박람회장 부지 중에 한국정원이 들어설 계곡은 양지바른 곳이어서 묘지가 특히 많았다. 어떤 묘는 후손들의 발길이 끊어진 지 오래되어 묘 한가운데에 큰 나무가 자라고 있었고 어떤 묘는 평지처럼 보여 조사에서도 빠지는 경우가 있었다. 이러다 보니 조사 목록에 없었는데 나중에 정원조성 공사 중에 발견된 경우도 있었다. 그렇게 발견된 묘는 대부분 후손이 없었기 때문에 절차를 거쳐 다른 곳으로 이장하였다. 이러다 보니 비라도 오는 날에는 관 속에서 귀신이 뛰쳐나오는 악몽을 꾸고 깜짝 놀라기도 했다.

어느 여름날 비가 억수로 쏟아지는 저녁이었다. 묘의 소유자 한 분이 조례동 뉴코아 부근에 살고 있어 그 사람을 만나고 돌아오는 길에 교통사고가 나고 말았다. 상대방 차가 우리를 보지 못하고 들이받는 바람에 차 한쪽 문짝이 찌그러지고 뒤 범퍼가 깨질 정도로 충격을 받았다. 당시 차 안에는 나와 백 팀장, 그리고 박 모 형님이 함께 있었는데 우리는 업무가 바빠서 병원에 갈 생각도 못하고 가해자 연락처만 받고 사무실로 돌아왔다. 저녁을 먹고 사무실에서 서류정리를 하는데 뒷머리가 아프고 온몸에 통증을 느껴졌다. 증상은 약간 달랐지만 다른 두 명도 몸이 안 좋다고 했다. 옆에서 지켜보던 정 과장님이 왜 그렇게 다 죽어 가느냐고 물어 와서 교통사고가 있었다고 했더니 깜짝 놀라며 당장 병원에 가서 진찰을 받으라고 재촉했다.

우리는 인근 병원에 가서 기본 검진만 받고 돌아왔다. 보험회사 직원은 우리에게 입원을 하라고 권했다. 우리 쪽 과실이 없으니 일주일 정도 입원 치료를 잘 받으라고 했지만 많은 업무 때문에 입원할 엄두가 나질 않았다. 며칠 동안 아픈 몸을 이끌고 보상업무를 하다 보니 다시 정상 컨디션으로 돌아왔다. 이로부터 보름 정도 되었을 무렵 보험사에서 합의를 하자고 연락이 왔다.

개인당 삼십만 원씩 주겠다는 제안에 이게 웬 횡재냐고 하면서 바로 합의를 해 주었는데 옆에 있던 동료들이 우리를 보면서 참 순진하다고 놀려댔다. 생각지도 않게 생긴 돈으로 팀 회식은 잘했지만 비만 오면 어깨가 아프고 쑤시는 것이 그때 교통사고 후유증이 아닐까 싶다. 당시에는 몸이 아파도 제대로 쉴 수도 없을 만큼 바빴기 때문에 토요일과 일요일에도 현장으로 출근했다.

묘 이장을 대행해 주는 업체가 있었지만 이장 공고문에 연락처를 남겨둔 사람들이 있기 때문에 동의서를 받고 절차를 이행하려면 민원인이 일 보기 편한 주말에 만나야 했다. 주말에 오산마을 뒷산에서 묘 이장 일을 하고 있으면 박모 형님의 형수님이 도시락을 가져다주었다. 잔디밭에 앉아 막걸리 한잔에 먹는 도시락은 그야말로 꿀맛 같았는데 형수님은 오산마을에 친정 부모님이 살아계셨고 일가 친척도 많아서 우리보다 더 적극적으로 토지 보상 처리를 해주었다.

여름 농사가 끝나고 늦가을로 접어드는 오산 들녘은 풍요로워 보였다. 싱그러운 채소가 밭을 가득 메우고 있었고 주변 공터에는 야생화가 만발했다. 큰 도로인 남승룡로 옆에는 넓은 공한지가 있었는데 오래전부터 이곳에 유통센터가 들어올 거라는 소문이 있었지만 그때까지 빈 땅으로 남아있었다. 박람회 준비 차원에서 지난해부터 이 공터에 국화를 심어 가꾸어 왔는데 가을이 되자 노란 국화가 만개했다.

국화밭 속에 사슴뿔 닮은 포플러나무가 살짝 모습을 드러내 놓고 있었다. 예쁜 국화꽃과 멋진 포플러나무는 사진 찍기 좋은 곳이었다. 오산마을에서 약간 떨어진 주변 논에는 비닐하우스를 설치하고 토마토를 재배하거나 채소를 가꾸는 사람들이 많았다. 드물게 조경수를 재배하는 사람들도 있었지만 이들은 이곳이 박람회장으로 변하게 될 거란 걸 알고 있었다.

우리는 국화밭을 갈아엎어 없애는 것이 아까워 이용할 사람들을 찾고 있었는데 마침 인근 군부대에서 조경용으로 심는다고 가져갔고 일부는 마을 주민들이 가정에 심으면 된다며 좋아하며 가져갔다. 우리는 국화를 처리하고 나서 땅 고르는 작업을 시작했다. 땅이 고르지 못해 평탄화 작업이 필요했기 때문이다. 국화밭 인근에 사슴뿔 닮은 포플러나무가 서 있었기 때문에 포플러나무 이주 대책도 세워야 했다. 우리는 당분간 포플러나무를 그대로 남겨두기로 하고 땅을 고르는 작업을 시작했는데 뜻밖의 놀라운 사실을 발견했다.

어느 날 포플러나무 근처 논두렁을 정리하면서 약 1m 정도 논을 파고 들어가니 아주 고운 모래가 묻혀있었다. 처음에는 이 모래의 가치를 잘 알지 못해 토목 전문가들에게 보여주었더니 조경용으로 아주 좋은 것이라고 했다. 이게 웬 횡재냐 하고 매장된 모래 탐사를 실시하였다. 조사를 해 보니 포플러나무 주변에서만 수만 톤의 모래를 채취할 수 있다는 것이었다. 우리는 혹시 염분 성분이 있을지도 모른다는 생각에 몇 군데에서 시료를 채취하여 토양분석을 의뢰하였다. 다행히 나무식재에 적합하다는 시험 결과를 받아서 이것을 적극적으로 활용하게 되었다.

특히 정원박람회장 동문 지역 도시 숲에는 넓은 잔디광장이 만들어졌는데 양잔디 식혈토로 이 모래를 활용할 수 있었다. 서양 잔디는 한국 잔디에 비해 생육조건이 매우 까다롭기 때문에 반드시 20cm 이상 두께로 모래를 깔아야 한다. 모래는 박람회장 부지 중에서 특히 서문 수목원지구 논에서 많이 채취되었다. 채취한 모래를 수목원 도감원 부지에 산더미처럼 쌓아두고 활용하게 되었는데 땅속에서 나온 모래 덕분에 수억 원의 예산 절감 효과를 볼 수 있었다.

그런데 모래 때문에 뜻밖의 사건이 발생했다. 하루는 순천 주재 모 기자 한 명이 박람회 사무실을 방문해 누군가 모래를 빼돌렸다며 취재를 해야겠다고 말했다. 토목팀을 포함해 모두 처음 듣는 이야기였기 때문에 당황스러웠다. 조사를 해본 결과 하도급업체 직원이 원도급사로부터 월급을 받지 못하게 되자 모래 일부를 본인 소유의 집 마당에 보관하고 있었던 것이다. 다행히 빼돌린 양이 얼마 되지 않았고 본인이 잘못을 인정했기 때문에 모래를 원래 보관 장소로 옮기도록 조치하고 그동안 받지 못하던 임금을 지급하는 선에서 해결되었다. 이후 작업장 자재관리와 안전사고 예방 교육을 한층 강화하게 되었고 임금 체불이 없도록 노무 관리에도 신경을 쓰는 계기가 되었다.

나는 문득 오산마을 앞 포플러나무도 배수가 잘되는 모래 토양에서 자라고 있어 건강한 나무가 된 것이 아닐까 하는 생각이 들었다.

풍전등화인 포플러나무의 운명

2013 순천만국제정원박람회는 정부로부터 국제행사 승인을 받았고 국제원예자협회(AIPH)에서도 2013년 4월 20일 순천에서 정원박람회를 개최한다고 최종 승인을 해주었다. 얼마 후 듀크하버 회장 등 국제원예자협회 관계자들이 순천을 방문하여 시민들의 뜨거운 환영을 받았고 개최 분위기는 한층 고조되어 갔다.

이런 분위기 때문에 정원박람회장 토지 보상도 탄력을 받아 오산마을 농토와 산림매수 작업도 순조롭게 진행되어 갔다. 본격적인 박람회장 조성을 위해 설계팀이 현장에 상주하면서 토지 구획을 확정하고 시설물 배치 디자인을 시작했다. 현상공모를 통해 박람회장 마스터플랜 디자인이 확정되자 시민들은 금방이라도 박람회장이 조성될 것처럼 좋아했다.

이와 함께 국제습지센터에 대한 마스터플랜도 수립되었다. 국제습지센터는 박람회장에서 규모가 제일 큰 건축물로서 수목원지구에 들어설 예정이었다. 순천만습지에 있던 비지터센터를 박람회장으로 옮겨 새롭게 건축하는 것으로 규모 면에서나 친환경적인 면에서 당시로서는 획기적인 건축 디자인이라고 했다. 태양열과 지열을 이용하여 자체 전력을 확보할 수 있었고 남승룡 대로에서 보면 건축물이 아니라 마치 잔디밭처럼 친환경적으로 보이도록 디자인되었다. WWT습지 정면에서 보면 우아하고 세련된 모던 건축물의 특징을 살려 람사르습지단체 등 국제적인 습지 관련 연구와 각종 국내외 행사 등을 개최하게 될 것이다.

그런데 문제가 생겼다. 이 건축물이 들어설 장소가 하필이면 사슴뿔 닮은 포플러나무가 서 있던 곳이라는 것이었다. 건축 디자인과 설계 도서를 받고 나서 우리 조경팀과 건축팀 그리고 설계팀이 함께 모여 국제습지센터를 어떻게 만들 것인지에 대해 수차례 토론을 했다. 대부분은 포플러나무를 살리기 위해 건축물 위치를 바꾸자고 제안했다.

특히 건축팀에서 일하고 있던 박 차석님이 포플러나무를 좋아했고 그 가치를 높게 평가했다. 어떻게 보면 건축팀 입장에서는 나무 한 그루 때문에 건축공사가 지연되면 안 된다고 해야 될 텐데 오히려 우리 조경팀보다 더 적극적으로 이 나무를 활용하자고 주장한 것이다. 그런데 사람들이 많이 찾는 국제습지센터 로비 근처에 살아있는 모습 그대로 살려서 전시 연출하는 자연주의 건축물을 짓기로 하고 설계를 검토하던 중 심각한 문제점이 있다는 것을 알게 되었다.

건축물의 바닥 높이가 나무 지면보다 3m 더 높아짐에 따라 나무

포플러나무를 살리기 위해 토의하는 광경

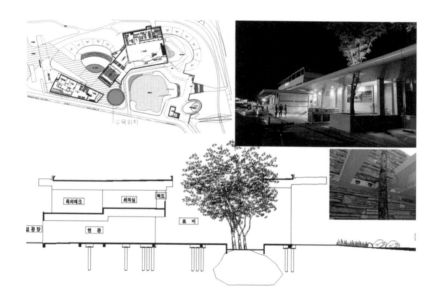

나무를 살리기 위해 설계에 반영한 조감도

가 물속에 잠기게 된다는 것이었다. 그렇게 되면 지하수위가 높아져 결국 나무가 살 수 없을 것이었다. 나무 높이를 그 자리에서 3m 들어올려서라도 나무를 살리자는 사람도 있었으나 추가 비용이 너무 많이 들고 건축물 모양이 이상하게 변해버린다는 의견이 많았다. 그리고 실내에서 포플러나무 꽃가루가 날리게 되면 방문객들이 알레르기 반응을 일으킬 수 있다는 우려도 있었다.

무엇보다도 실내 공간에서 이처럼 큰 나무를 살릴 수 있는지가 문제였다. 전문가들의 견해도 분분했으며 국내에서는 건물 내에 살아있는 나무로 연출한 사례가 없다는 것이 가장 큰 어려움이었다. 포플러나무는 몸통이 바닥에 누워 있는 상태에서 4개의 줄기가 올라와 있었기 때문에 그 상태에서 3m 이상 들어올리면 건축물 실내 공간을 너무 많이 차지할 거라는 의견도 있었다.

우리는 어떻게 해서라도 포플러나무를 살리려고 노력했지만 현실적으로 불가능하다는 결론에 다다르고 있었다. 좀 더 시간을 갖고 좋은 방안을 찾아보자고 했지만 가을이 가고 겨울이 올 때까지 별다른 묘안을 찾을 수 없었다. 내가 할 수 있는 거라고는 겨울 동안 포플러나무가 건강하게 잘 자라도록 좋은 영양제와 퇴비를 준 것이 전부였다. 그리고 틈나는 대로 포플러나무를 찾아가 살펴보았다.

가끔 오산마을 들녘에서 일하고 있던 어르신들을 만나면 나에게 앞으로 포플러나무가 어떻게 되는지 물어보고는 하셨다. 포플러나무가 계속 살아서 마을을 지켜주길 바라는 눈치였다. 해가 바뀌고 봄이 되자 날씨가 따뜻해지면서 박람회장 조성사업은 속도를 내기 시작했다. 이제 포플러나무 주변까지 토목공사가 진행되어 모래가 나온 연약지반에는 토양을 강화하기 위해 전봇대 같은 콘크리트 파

일을 땅속에 박는 항타(杭打) 작업이 진행되고 있었다.

오산마을 주민대책위에서는 공사 때문에 요란한 진동과 소음이 발생한다면서 집단민원을 제기했다. 진동과 소음으로 집과 창고 등 건축물이 갈라지고 가축들이 놀라서 새끼를 낳지 못하고 죽었다며 당장 공사를 중단하라고 요구했다. 강변도로에서 진입하는 오산마을 입구에는 염소를 키우는 집이 있었는데 개도 몇 마리 있었다. 겉으로 봐서는 동물들이 멀쩡해 보였는데 주인 말로는 먹이를 안 먹고 젖이 나오지 않아 새끼들이 죽어간다는 것이었다.

주민들은 집 앞에 있던 문전옥답이 박람회장 부지에 편입되고 조상들 묘지들까지 이장을 해야 할 실정이라 조그만 핑곗거리만 있어도 집단으로 민원을 제기하곤 했다. 시에서는 한편으로는 주민들의 요구사항을 들어주고 다른 한편으로는 보상업무를 꾸준하게 진행하고 있었다. 그러는 동안 부지 조성공사는 빠르게 진행되어 그동안 포플러나무와 함께 살았던 대나무들도 모두 뽑히고 그 자리는 벌건 흙을 드러내고 있었다.

이제 오산 들녘에 남아있는 나무는 사슴뿔 닮은 포플러나무가 유일했고 사방 어디에서 봐도 포플러나무 모습이 선명히 드러났다. 포플러나무를 어떻게 처리해야 할지 결정은 되지 않았지만 시간이 흐를수록 이 나무의 운명은 불길한 방향으로 흘러가고 있었다. 우리가 지켜주려고 그토록 노력했지만 결국 베어져 없어져야 할 처지에 놓이게 된 것이다. 포플러나무도 이런 상황을 알고 있을까.

나는 이 녀석을 볼 때마다 어떻게든 죽이지 않고 다른 데로 옮겨서 살리고 싶었다. 생명에 대한 애착도 있지만 이처럼 멋진 나무를 구하기도 쉽지 않았기 때문이었다.

포플러나무 주변까지 공사용 파일이 박혀있는 모습

아낌없이 주는 나무

우리는 고민 끝에 건물 내에 포플러나무를 심는 것은 불가능하다
고 최종 결론을 내렸다. 이제 나무를 살리는 유일한 방법은 다른 곳
으로 옮기는 것뿐이다. 이 녀석을 정원박람회장의 동문 쪽으로 옮기
기로 하였지만 나무가 너무 커서 옮길 수 있을지 장담할 수는 없었
다. 사슴뿔처럼 가지와 줄기는 기다랗게 뻗어 있었고 몸통과 뿌리
부분은 썩어 동공이 생겨 있기 때문에 나무를 굴취해서 운반하기는
쉽지 않을 것 같았다. 설상가상으로 뿌리 부분이 길게 누워 있고 줄
기 4개가 제각기 많은 가지를 달고 있어 뿌리 분을 만들기가 어려울
것이었다.

보통 나무를 굴취할 때 근원 직경의 두세 배 정도 여유 있게 캐야 하는데 이 나무는 근원 직경이 얼마인지 알 수 없을 정도로 불규칙하게 생겼다. 만약 이 나무를 옮겨야 한다면 어쩔 수 없이 줄기를 자르고 뿌리분에 흙을 붙이지 못한 채 옮길 수밖에 없을 것 같았다. 그런 조건에서 과연 나무가 살 수 있을지는 아무도 장담할 수 없었다.

한 달쯤 고민하고 있을 때 큰 나무를 옮겨본 경험이 많은 형님 한 분이 포플러나무를 구경한다고 찾아왔다. 그는 나무를 한번 쭉 훑어보더니 이렇게 말했다.

"이대로는 못 옮기네. 줄기를 다 잘라야 돼. 그리고 뿌리분이 커서 정상적인 분 모양을 만들긴 어렵겠네!"

그런데 형님은 다행히 이 나무는 잘 사는 나무이기 때문에 그렇게 옮겨도 살 수 있을 거라고 했다. 우리는 믿음이 가는 그 형님에게 포플러나무 굴취와 운반을 맡겨 작업을 진행하기로 했다. 나는 이 나무를 옮겨다가 박람회장 도시 숲에 심고 싶었다. 도시 숲 입구에 큰 팽나무와 느티나무를 포플러나무와 함께 심으면 멋진 숲을 빨리 만들 수 있을 거란 생각이 들었기 때문이다.

그런데 어느 날 박람회장 조경 활동가로 참여하고 있는 정 코디 님이 포플러나무에 대한 소문을 들었다면서 구경 좀 시켜달라고 했다. 그를 데리고 가서 포플러나무를 보여주었더니 사슴뿔처럼 재밌게 생겼다면서 어린이 놀이기구로 활용하자고 말했다. 나무껍질을 벗기고 니스 칠을 하면 아이들이 신나게 올라타고 미끄러져 내려와 무척 좋아할 거라면서 귀한 물건을 만났다고 좋아라 했다. 그동안 골칫거리로만 여겨졌던 나무를 어린이 놀이시설로 활용하자는 정 코디님의 제안에 많은 사람이 찬성을 했다. 이제 이 나무는 꼼짝없이 잘려져서 뿌리째 뽑히고 껍질이 벗겨져 죽을 운명에 처하게 된 것이다.

나는 궁리 끝에 일단 이 나무를 굴취해서 정상적으로 옮길 수 있으면 박람회장 도시 숲에 심고 만약 굴취하여 운송하던 중에 나무가 손상을 입거나 부러져 모양이 이상하게 되면 그때는 포플러나무 껍질을 벗겨 어린이 놀이시설로 활용하자고 했다. 일단 나무를 살리는 것이 급선무였기 때문이다. 평소에 나무 사랑이 각별하신 최 본부장이 내 의견에 동의를 해 주었고 정 코디도 그렇게 하자고 이해해 주었다.

순천만 와온의 석양이 붉게 물들어가는 11월의 어느 저녁, 드디어 포플러나무를 옮기는 첫 작업이 시작되었다. 오후 일찍, 가지와 줄기를 자르기로 했는데 톱질을 담당한 작업자들이 다른 현장에서 늦게까지 일을 하는 바람에 늦은 오후에야 작업을 시작할 수 있었다. 나는 작업장 한쪽에서 나무줄기를 자르는 모습을 바라보니 마치 녹용을 얻기 위해 엘크(elk) 사슴의 뿔을 자르는 것 같다는 생각이 들었다. 작업자들은 조심해서 톱질을 해 나갔다. 그런데 나뭇가지를 한 개 자르던 중 사다리에 올라 작업하던 인부 한 명이 갑자기 어지럼증을 호소하면서 사다리에서 내려왔다. 머리가 어지럽고 아프다며 땅에 주저앉은 것이다.

그렇지 않아도 이미 날이 어두워 작업이 위험하다 생각하고 있었는데 작업자가 아프다고 하니 중단하고 철수하기로 했다. 조금 전까지 멀쩡하던 사람이 갑자기 아픈 이유를 알 수는 없었지만 어쩌면 단 하루라도 더 온전한 모습을 지니고 싶었던 포플러나무의 마음이 전달되었는지 모를 일이다. 작업자들이 철수한 차가운 늦가을

순천만석양 노을 속 포플러나무 가지 자르는 모습

저녁, 나는 혼자 남아 포플러나무를 바라보았다. 싸늘한 갯바람이 몇 개 남지 않은 가지와 줄기 사이를 휩쓸며 윙윙 소리를 내고 지나 갔다. 멀리 순천만 용산 위에서 별똥별이 떨어지는지 유성처럼 환한 빛들이 내려오고 있었다.

그날 밤은 포플러나무에게 사슴뿔을 닮은 모습을 간직한 마지 막 날이 되었다. 이 녀석은 당당하게 사슴뿔처럼 높다란 줄기를 뻗 어 오산마을과 동천 너머까지 바라보았을 것이다. 처음에는 조그만 씨앗에서 싹이 하나 돋아나고 줄기와 가지가 새로 생기면서 하늘을 향해 점점 키가 커가고 세월이 가면서 하늘의 별이라도 따고 싶어 서 더 높이 높이 올라갔을 것이다.

포플러나무는 오산마을 사람들과 함께 살아오면서 아이들에게

앙상하게 뼈대만 남은 포플러나무

인기가 많았을 것 같다. 아이들을 자기 등에 태우고 놀면서 별똥별이 떨어지는 것도 구경하고 보름날 저녁 횃불놀이 하던 아이들이 던진 깡통에 맞아 하마터면 몸에 불이 붙을 뻔한 아찔한 일도 겪지 않았을까? 그렇게 당당하던 포플러나무 모습을 다시 볼 수 있을까?

다음 날 아침 일찍부터 작업자들이 가지 자르는 작업을 시작했다. 어젯밤과는 다르게 누구 한 명 몸이 아프다는 사람도 없어서 작업이 순조롭게 진행되었다. 줄기 하나씩 자를 때마다 포플러나무의 모습이 변해갔다. 마지막 줄기를 기계톱으로 자르자 이제 뼈대만 앙상하게 드러나 있었다.

긴 사슴뿔을 닮았던 당당한 포플러나무의 모습은 사라지고 형체 불명의 나무 몸통으로 변해있었다. 짠하고 불쌍한 마음이 들었다.

어렸을 때 이웃 마을 사슴 농장에서 뿔을 자르는 것을 본 적이 있다. 엘크 사슴이었는데 황소만큼이나 커 보였다. 뿔이 잘리기 전에는 건강하게 잘 뛰어다녔는데 뿔을 잘리고 나자 육중한 몸을 이기지 못하고 힘없이 바닥에 드러누워 버렸다. 아마 마취약 성분이 든 주사를 맞아서 힘을 쓰지 못해서 그랬을 것이다.

그런데 사람들은 뿔이 잘린 부분에서 붉은 피가 솟구치자 바로 그 피를 받아 마셨다. 불과 조금 전까지도 사랑스럽게 어루만져 주던 사슴의 뿔을 자르고 그것도 모자라 피까지 마시는 사람들은 보면서 잔인하다는 생각이 들었다. 포플러나무 모습이 마치 뿔 잘린 엘크처럼 힘겨워 보이고 애처로웠다. 자기 몸의 수족들을 자르는 사람들을 포플러나무는 어떻게 생각할까. 십중팔구 원망하거나 서운하게 생각할지도 모른다. 하지만 우리는 포플러나무를 살리기 위해 가지를 잘라내고 있는 것이니, 그 사실을 언젠가라도 알게 되면 오히려 고마워하지 않을까.

가지 절단이 끝나자 기다리고 있던 굴삭기가 나무 주변의 흙을 파내기 시작했다. 땅속에 있는 포플러나무를 들어올리기 위해 나무와 일정하게 거리를 두고 뿌리둘레를 따라 파 내려가는데 잔뿌리가 다치지 않도록 조심조심 흙을 걷어내었다. 예상대로 모래가 섞인 땅이라 잘 파졌다. 포플러나무가 논 한가운데에서도 잘 자랄 수 있었던 이유는 물이 차올라도 금세 빠지기 때문에 뿌리가 썩지 않고 잔뿌리를 많이 발생시켜 줄기와 가지가 크고 높게 자랄 수 있었을 것이었다.

일반적으로 천근성 나무는 뿌리가 얕아서 강한 바람에 견디지 못한다고 알려져 있다. 포플러나무는 대표적인 천근성 나무라고 배웠지만 사실 현장을 살펴보면 꼭 그렇지만은 않은 것 같다. 키가 높이 자라는 포플러나무는 바람에 넘어지지 않으려고 스스로 뿌리를 깊고 넓게, 그리고 사방 멀리까지 뻗어나갔을 것이다. 계속해서 주변 흙을 파보니 나무 한 그루가 살 정도의 여유 공간에만 바싹 마른 흙이 있었고 나머지 흙들은 물기를 머금어 촉촉했다.

참 신기한 일이다. 이런 곳에서 이렇게 큰 나무가 자랄 수 있다니! 사람과 마찬가지로 대부분의 나무는 물이 없으면 살지 못한다. 하지만 물이 너무 많이 있어도 나무에게 해롭다. 습지 한가운데서 살아가는 낙우송이나 버드나무를 볼 때마다 어떻게 물속에서 살아갈 수 있을까 신기했다. 이런 종류의 호습성 나무들은 물을 좋아해서 물속에서도 일정 기간 살아갈 수 있다. 하지만 아무리 호습성 나무라도 나무 높이의 절반 정도 물이 잠긴 상태에서는 오래 버티기 힘들다.

버드나무도 물에 잠긴 상태에서는 두 달을 살지 못한다. 지난해 여름 선암사를 가기 위해 상사댐을 지나던 중 하류 습지대에 있는 큰 버드나무들을 보았다. 이들은 앙상하게 마른 가지를 드러낸 채 죽어 있었다. 수자원공사의 조경팀장으로 일하는 형님에게 물어봤더니 여름 장마철에 물이 나무 높이 절반까지 차올랐고 두 달 정도 지나자 결국 죽어버렸다고 알려주었다.

포플러나무는 생명력이 강해서 척박한 곳에서도 잘 자란다. 물론 어느 정도 습한 지역에서도 살아갈 수는 있지만 사실 논 한가운데서 자리 잡고 살기란 쉽지 않을 텐데 포플러나무 주위의 땅을 파보니 그 이유를 알 수 있었다.

포플러나무 굴취 작업이 어느 정도 마무리 되어갔다. 일반 나무처럼 동그랗게 분을 떠서 녹화마대를 두르고 철사를 감아 뿌리분을 만들어야 하는데 아쉽게도 그렇게 할 수가 없었다. 나무뿌리가 너무 커서 옮길 수 없을 뿐만 아니라 허리처럼 휜 뿌리 연결 부분이 약해 부러질 염려가 있었기 때문이다. 할 수 없이 뿌리에 흙을 붙이지 못한 채 끄집어 올렸다. 크레인이 나무를 들어 트레일러 차량에 올려놓은 후 우리는 포플러나무의 모습을 찬찬히 살펴보았다. 몰골이 말이 아니었다. 몸통에서 가지와 줄기가 잘려 나가고 대부분의 큰 뿌리도 잘린 상태로 누워 있는 모습은 예전의 사슴뿔 닮은 늠름한 모습을 찾아볼 수가 없었다. 간신히 목숨 줄만 붙어있다는 생각이 들 정도였다.

포플러나무를 실은 차량은 오후 늦게야 박람회장 도시 숲에 도착했다. 원래 살던 곳에서 여기까지 오려면 동천만 건너면 될 정도로 지근거리였지만 그에게는 난생처음 겪어보는 머나먼 여행길이었을 것이다. 우리는 심을만한 장소에 나무를 내려놓고 해산했다. 다음 날 도시 숲에 포플러나무를 심으려고 땅을 파고 있었는데 토목팀 김 주무관이 숨을 헐떡거리면서 달려와 그곳에 나무를 심으면 안 된다고 말했다. 내일부터 시작해 약 한 달 정도 도시 숲 지역을 더 높이기 위한 성토작업이 진행된다는 것이다.

작업이 끝나는 다음 달에나 나무 심기가 가능하다는 말을 들으니 당장 이 포플러나무를 어디에 심어야 할지 고민되었다. 마땅한 장소를 찾지 못하던 중 일본정원 뒤 한방약초 숲 공간이 넓다는 것을 알고 그곳으로 나무를 가져다 임시로 심었다. 나무 몸통이 지면 위에 길게 누워 있는 형상이다 보니 지주목을 설치하지 않아도 될 정도로 안정감이 있었다.

다른 나무에 비해 크게 정성을 들이지 않고 심은 것 같아 미안한 생각이 들었지만 다음 달에 도시 숲으로 옮길 예정이니 그때까지는 살 수 있을 것으로 판단했다. 그런데 포플러나무를 임시로 심어 놓은 다음 날부터 박람회장 곳곳에서 진행 중이던 조경공사를 점검하다 보니 그 존재를 까맣게 잊어버리고 말았다.

몇 달이나 지났을까? 갑자기 포플러나무가 생각났다. 그동안 한 방약초 숲에 임시로 가식해 두고는 까맣게 잊고 있었던 것이 생각났다. 가식된 상태로 거의 방치하다시피 했는데 살아있을지 걱정이 되었다. 미안한 마음에 빠른 걸음으로 포플러나무가 심어진 곳으로 갔다. 겨울철이라 나뭇잎이 없어 생육 활착 상태를 정확히 진단할 수는 없었지만 오랜 경험상으로 볼 때 건강 상태는 좋아 보였다. 작업자들이 물을 주어서 땅이 메마르지도 않았고 나무가 벌써 자리를 잡았는지 뿌리 부분이 안정되어 보였다. 겨우 활착되어 안정을 찾아 가고 있는 것 같아 내년 봄까지 좀 더 기다렸다가 잔뿌리가 많이 발달하면 옮기는 것이 낫겠다고 판단되어 그 자리에 두기로 했다.

어느덧 긴 겨울이 지나고 박람회장에 다시 봄이 찾아왔다. 모든 생명이 꿈틀거리는 봄이 되자 사슴뿔을 닮은 포플러나무에도 새싹이 돋아났다. 몸통과 가지 줄기에서 건강한 싹이 올라오는 것을 보면 나무 생육상태가 매우 좋다는 것을 알 수 있었다. 이곳 토양이나 환경이 포플러나무에게 잘 맞았나 보다. 원래는 도시 숲으로 옮겨 심으려 했으나 그냥 이곳에 두는 것이 나을 것 같았다. 이것도 운명이라면 운명일 것이다. 보통의 포플러나무보다는 끈질긴 생명력을 지녔다.

오산마을 들녘에서 자라던 시골 촌뜨기가 국제습지센터 건축물

안에서 폼나게 살아갈 행운도 잠시 얻었다. 하지만 그것도 잠시, 수족을 다 잃고 구사일생으로 살아나서 도시 숲으로 옮겨졌으나 기구한 운명인지 다시 한방약초원으로 쫓겨났다. 그나마 잠시만 있을 거라고 임시로 옮겨졌는데 이곳이 그에게는 영원한 보금자리가 된 것이다.

 여름이 되자 포플러나무는 완전히 건강을 되찾았다. 이제 다시 예전의 사슴뿔 닮은 당당한 나무가 되어가고 있었다. 어느 날 유치원 아이들이 박람회장 조성 현장을 견학하러 왔는데 사내아이 서너 명이 포플러나무 등에 올라타서 놀고 있었다. 아이들이 올라타고 놀기에 딱 맞게 몸통이 드러누워 있어 이보다 좋은 놀이터가 없었다.

《아낌없이 주는 나무》라는 동화를 보면 한 소년에게 무조건적인 사랑을 주는 나무가 있다. 나무가 베어지고 빈 그루터기만 남은 상태에서도 기꺼이 의자가 되어 주었듯이 어쩌면 아낌없이 주는 나무 포플러나무도 마찬가지 아닐까?

이후 국가정원에 나무 놀이터가 있다는 입소문이 나게 되어 많은 유치원 아이들이 포플러나무에 놀러 와 사진도 찍고 신나게 놀았다. 사슴뿔 닮은 포플러나무는 오늘도 아낌없이 주는 놀이터로 변신하여 순천만 국가정원을 빛내고 있다.

5장

행운을 선물한
은행나무 이야기

벼락 두 번 맞은 행운목

우리는 흔히 운이 좋은 사람을 일컬어 "행운이 있다"라고 말한다. 벨기에 극작가 모리스 마테를링크가 쓴 소설 《파랑새》(The Blue Bird)는 행운과 행복은 언제나 우리 가까이에 있음에도 그것을 알지 못하고 방황하다가 뜻밖의 일 때문에 우리의 일상이 가장 소중한 행운임을 깨닫는다는 내용이다.

우리가 만나게 될 뜻밖의 행운의 주인공은 사람이 아니라 은행나무다. 은행나무는 행자목(杏子木)으로 불리는데 잎의 모양이 오리발을 닮았다고 하여 압각수(鴨脚樹)라고도 한다. 영어식 표현으로는 징코트리(Ginkgo Tree)라고도 하는데 은행나무 열매로 만든 징코민이라는 약품이 혈액순환과 뇌 기능 개선에 좋다고 알려져 있을 정도로 쓰임이 좋은 나무다.

은행나무는 키가 30m 이상 거목으로 성장하며 천 년 이상 살 수 있는 장수목(長壽木)으로 고찰 주변이나 마을의 당산나무로 심어진 것이 많다. 흔히 벼락 맞은 나무는 행운이 있다고 알려져 있다. 벼락 맞은 대추나무로 도장을 만들면 장수재복(長壽財福)이 온다고 알려져 있고, 벼락 맞은 감태나무로 만든 지팡이를 사용하면 만수무강에 좋다고 해서 노인들에게 선물하는 사람들이 많다. 이밖에도 벼락 맞은 모과나무, 벼락 맞은 미루나무 등이 있는데 벼락 한 번 맞은 나무는 그 자체로서 솔깃한 얘깃거리가 된다.

이처럼 나무는 벼락을 맞고 살아나면 가치가 높아지는 데에 반해 사람은 벼락을 맞으면 치명적이다. 가끔 뉴스에 벼락 맞은 사람이 소개되는데 십중팔구 살아남지 못한다. 우리가 무심히 "에이, 벼락 맞아 죽을 인간아!"라고 말하는데 아무리 마음에 들지 않는 사람이 있더라도 함부로 사용해서는 안 될 말이다. 해마다 벼락을 맞아서 죽은 사람이 상당하다는데 죽더라도 제발 벼락을 맞아 죽고 싶지는 않다. 벼락을 맞기라도 한다면 너무 억울할 것 같다.

나무도 가지와 줄기 일부분에 벼락을 맞으면 살 수 있지만 몸통을 관통해서 맞으면 회복할 수 없기 때문에 벼락을 맞고 생존한 나무의 희소성이 높아지는 것이다. 사람도 그렇지만 나무들도 평생 살면서 벼락 한 번 맞게 될 확률은 극히 적을 것이다.

그런데 순천만 국가정원 나무도감원에는 벼락을 한 번도 아니고 두 번씩이나 맞은 나무가 있다. 두 번이나 죽을 고비를 넘긴 주인공 즉 행운목(幸運木)인 은행나무 이야기이다. 신기한 것은 이 행운목이 한 그루처럼 보이지만 사실은 각기 다른 암수 세 나무가 한 몸처럼 붙어서 살아가고 있다는 것이다. 어렸을 때에 아주 작은 나무들을 한곳에 모아 심었는데 운 좋게 모두가 살아서 한 몸이 되었다고 한다. 자라면서 근원부의 수간이 완전하게 붙어서 한 그루처럼 보인다. 마치 한 몸처럼 살아가는 세 사람의 이야기 같다.

순천만 국가정원을 찾는 사람들은 이 은행나무가 행운을 가져다준다고 믿고 있다. 많은 수험생과 학부모, 신장개업한 사장님들 그리고 심지어는 연인들조차도 이 행운목을 보러 오는데 나무 앞에서 소원을 빌기도 하고 어떤 사람들은 나무를 안고 어루만지기도 한다. 세상의 모든 근심을 모두 먹어버린 것처럼 벼락을 두 번이나 맞아도 세상일에 초연해하는 나무라서 그런지 뿜어져 나오는 에너지가 보통이 아니라는 것이다.

지금도 국가정원에서 근무하고 있는 오병호 정원관리사의 말에 따르면 2014년 가을 어느 날 서울 사는 50대 중반의 남자가 벼락 맞은 은행나무를 찾아왔다고 한다. 그의 딸이 뇌질환을 심하게 앓고 있는데 전국에 있는 벼락 맞은 은행나무를 찾아다니며 열매와 줄기를 구해 먹이고 있다는 것이다. 순천만 국가정원에 있는 은행나무는 한 번도 아니고 두 번씩이나 벼락을 맞았으니 효과가 좋을 것이라 믿고 왔다고 했다. 딱한 사정을 전해들은 정원사가 벼락 맞은 부위의 은행나무 줄기를 잘라 주었고 그 후 딸의 건강이 많이 호전되었다는 반가운 소식을 전해 들었다고 한다.

이처럼 은행나무를 보고 나서 좋은 일을 경험했다고 효험을 이야기하는 사람들이 많아지면서 도대체 순천만 국가정원의 행운목이 어떤 나무인지 더 궁금해한다.

이 나무를 굴취하여 이곳으로 가져올 때부터 왠지 범상치 않은

벼락 두 번 맞은 은행나무

기품이 느껴졌다. 벼락을 두 번이나 맞았다면 나무가 살아온 과정이 그리 순탄하지 않았을 것이고 세 그루가 한 몸처럼 살고 있는 모습을 보면서 샤머니즘에 나오는 목신(木神)의 신령스러움 같은 느낌도 받았다. 그래서 나 또한 남들이 보지 않을 때 몰래 소원을 빌어보기도 했고 두 팔로 안아준 적도 있다. 어쩌면 행운목 덕분에 내가 지금 이 글을 쓰고 있는지도 모른다.

처음부터 이 행운목이 국가정원에서 나고 자란 것은 아니었다. 탄생의 터를 잡은 곳은 순천시 용수동 맑은 물이 흘러나오는 옥천 변 어느 가정집의 담벼락이었다. 행운목이 자라던 담벼락 바로 옆에는 향동주민센터와 공마당이 있고 주변에는 유서 깊은 순천향교와 옥천서원, 임청대가 자리 잡고 있었다. 옥천변에는 수백 년 된 느티나무 한 그루가 마을 수호신처럼 당산나무 역할을 하고 있다. 마을 뒤에는 박난봉이라 불리는 높은 산이 사계절 깨끗하고 맑은 물이 흐르는 옥천을 내려다보고 있어서 주변 풍경이 고풍스럽고 아름답다.

순천 박씨의 시조이자 견훤의 사위였던 박영규가 태조 왕건을 도와 고려 창업에 공을 세우면서 개국공신은 물론 좌승(左丞)에 올라 이후 승주군(昇州君)에 봉해졌는데 그의 후손 중의 한 명이 박난봉이었다. 박난봉은 그의 이름을 따서 지어진 산 이름인데 도심에서 가까워 등산객이 즐겨 찾고 있다.

평온하던 이 마을에 언제부터 도시개발, 도시재생 열풍이 불면서 낡고 오래된 집들을 헐고 현대식으로 재건축하는 사업이 번져나갔다. 은행나무가 있던 집은 큰 도로에 접해 있어서 개발한다면 부동산 가치가 높아질 유리한 여건을 가지고 있었다. 이런 이유인지는 몰라도 이 집은 30년 사이에 주인이 세 명이나 바뀌었다고 한다. 그만큼 부동산 개발 가치가 높았기 때문에 수요자가 많았다고 볼 수 있지만 그 속사정을 정확히 아는 이는 함께 살고 있는 은행나무 말고는 없었다.

처음 주인이 땅을 개발하려고 은행에서 대출을 받아 건축업자와 계약까지 마친 상태였는데 그날 밤 비바람이 몰아치면서 천둥 번개가 치더니 집 담장의 은행나무에 벼락이 내리쳤다고 한다. 벼락을 맞은 은행나무의 오른쪽 가지 한쪽이 부러졌으나 다행히 다친 사람은 없었다.

그런데 벼락을 맞은 며칠 후 서울에 살고 있던 집주인 큰아들이 교통사고가 나서 위중하다는 연락을 받았다고 한다. 맑은 하늘에 날벼락도 유분수라더니 집 주인 경우를 두고 하는 말이었나 싶을 정도로 안 좋은 일이 연이어 일어났다고 한다. 은행나무가 벼락을 맞지 않나 건강하던 아들이 갑자기 교통사고로 다치질 않나 아무래도 집을 허물고 재건축을 한다고 하니 집을 지키는 성주신(成主神)이 크게 노했나 싶은 생각이 들었다. 다행히 아들은 생명에 지장이 없었지만 집을 허물고 새로 짓기에는 큰 부담이 되었다. 친척들은 물론 함께 살던 주변 사람들마저 집은 함부로 짓는 게 아니라면서 좀 더 지켜보자고 했고 이후 차일피일 미루다가 결국 포기했다고 한다.

만약 그날 밤 벼락이 치지 않았다면 집은 재건축되었고 이 은행나무는 베어져 없어질 운명이었을 것이다. 벼락을 맞고 살아난 것도 다행이지만 벼락 때문에 이 집에 계속 살 수가 있었으니 정말 운이 좋은 나무였나 보다. 하지만 행운이 언제까지 지속될지는 아무도 모를 일이다.

이후 10년 쯤 세월이 흐른 뒤 담장에 기대어 살던 은행나무는 훨씬 키도 커지고 몸통도 비대해지면서 나무와 붙어있던 담장에 금이 가고 도로변으로 잔해물이 떨어져 지나던 사람들이 집주인에게 불만을 제기할 정도가 되었다. 그러던 사이에 집주인도 바뀌었다고 한다. 이전 집주인은 아들이 교통사고 후유증으로 서울에서 오랜 기간 병원에 있어야 했기 때문에 간병 때문에 결국 집을 팔고 서울로 이사를 갔다.

새로운 집 주인은 60대 중반으로 교직에서 퇴직한 후에 가정집 정원을 꾸며보고 싶어서 대지가 넓은 집을 물색하던 중 이 집이 마음에 들어 구입하게 되었다고 한다. 이 집은 담장만 허물면 집 앞 공간이 넓어져서 훌륭한 정원을 만들기에 안성맞춤이었기 때문이다. 기존의 가옥은 철거하지 않는 대신 내부만 현대식으로 수리해서 사용하면 되는데 마당에 예쁜 정원을 만들기 위해서는 도로변 담장을 허물고 통행로를 새로 만들어야 한다는 것이었다.

문제는 바로 은행나무였다. 집주인 내외는 은행나무를 좋아했기 때문에 그대로 놔두고 싶었으나 하필이면 통로 입구에 있어서 베어내든지 옮겨야만 했기 때문이다. 비용이 많이 들더라도 옮기고 싶었지만 몸집이 너무 커서 가지를 자르고 옮겨야 된다는 전문가의 조언이 있었고 생김새가 예전처럼 아름답지 않을 거라는 말도 부담이 되었다.

결국 안타깝지만 은행나무를 제거하기로 마음을 먹었다. 주택 정원을 조성하지 않더라도 이미 담장이 허물어질 만큼 커져 버린 나무가 마을 사람들에게 민원이 되고 있어서 계속 존치시킬 수 없는 형편이었기 때문이다.

막상 베어 없애려 하니 안타까운 마음에 마당의 정원조성을 늦추려고 다시 한 해를 보냈는데 그러는 동안 나무 주인은 은행나무가 특별하다는 것을 알게 되었다. 처음에는 눈치채지 못하다가 여름에 열매가 열리는 것을 살펴보니 어떤 나무는 열매가 열리고 어떤 나무는 열매가 전혀 열리지 않은 것이었다. 아무래도 이상하다 생각이 되어 이를 확인하기 위해 땅을 파서 확인해보았지만 이미 근원 부위에서 한 몸처럼 붙어버려 정확히 알 수 없었다.

개인적으로 알고 지내던 순천대 조경학과 교수에게 나무를 보여주었더니 암수가 각기 다른 세 그루의 나무가 한 몸처럼 자라고 있다고 알려주었다. 특이한 나무라는 것을 알게 된 집주인은 어떻게 해서든 나무를 살리려고 노력했지만 뾰족한 해결방안 없이 1년의 시간이 더 흘러갔다. 그러는 사이 도로변 담장이 일부 무너져 내리면서 위험을 느낀 주민들의 민원이 잦아졌다. 결국 이듬해 봄에 나무를 베어내고 열린 정원을 만들기로 결심했다. 그러나 봄이 되었지만 쉽사리 나무를 베지 못하고 또다시 가을로 접어들었다.

그러던 2010년 9월 어느 날, 제7호 태풍 곤파스가 남해안으로 상륙하면서 강풍과 함께 많은 비를 뿌렸다. 그리고 그날 밤 천둥 번개와 함께 번쩍이는 섬광이 시내를 가로질러 옥천변에 다다르더니 벼락 한 방이 은행나무에 꽂혔다. 두 번째로 벼락을 맞은 것이었다. 천만다행으로 이번에도 벼락을 비켜 맞아서 작은 가지 하나만 부러졌을 뿐 은행나무는 건재해 있었다.

다음날 마을 사람들이 벼락 맞은 은행나무 집으로 모여들어 왜 은행나무만 없애려고 하면 벼락이 치는 것인지 알 수가 없다고 수군거렸다. 이러다 마을에 우환이 닥치는 것이 아닌지 걱정이 된다면서 무슨 대책을 세워야 된다고 주장하는 사람도 있었다. 그런데 이들 중에 향동 바르게살기위원회에서 활동하고 있던 위원이 한 분 있었는데 그분이 뜻밖의 제안을 했다고 한다.

이 은행나무를 정원박람회장에 기증을 하자는 것이었다. 나무를 베려고 할 때마다 두 번씩이나 벼락을 맞고도 이렇게 살아나는 것을 보면 이 나무가 여기에 있을 운명이 아니라는 것이었다. 뭔가 좋은 용도로 쓰이려고 이런 일이 일어나는 것이라면서 동장님께 빨리 이 나무를 기증하자고 했다. 집주인 입장에서는 반대할 이유가 없었다. 오히려 그렇게 된다면 환영할 일이었다.

이로부터 얼마 후 향동장으로부터 연락이 왔고 우리 조경팀에서 현장 답사를 했다. 주민들 이야기를 들어보니 사연이 담긴 나무라 가치가 있다고 판단되어 가져오기로 했다. 은행나무 굴취 작업을 하는 동안 마을 사람들이 와서 작업을 지켜보았다. 혹시 작업 중에 무슨 변고가 생기지는 않을까 걱정하는 모습들이었다. 벼락을 두 번이나 맞고도 살아난 나무이기 때문에 나무를 건드리면 해코지라도 하지 않을까 염려가 되었던 것이다. 하지만 다행히도 아무 일 없이 굴취 작업을 마칠 수 있었다.

이 은행나무는 정원박람회장으로 초청받아 가기 때문에 서운할 일이 없을 것 같았다. 벼락을 맞을 때마다 베어질 위태로운 상황이었으나 이제는 안전하게 새로운 보금자리를 찾아 떠나게 되니 나무도 좋고 집주인도 한시름 놓게 되었다면서 오히려 우리에게 고마워했을 것 같다.

2010년 6월 20일, 은행나무를 수목원의 나무도감원에 심고 나서 '벼락 맞은 행운목'이라고 이름을 붙여주었다.

은행나무 굴취로 드러난 암수 다른 세 그루

정원박람회장 조성 준비로 바쁜 어느 날 순천대학교 산림자원학과 교수님 한 분으로부터 전화를 받았다.

"이 팀장, 좋은 은행나무가 한 그루 있는데 가져가서 박람회장에 심게나!"

순천 석현동에 있는 일반 가옥을 허물고 새로 건물을 지을 예정이라는데 그 집에 은행나무 한 그루가 서 있다는 것이었다. 주인에게 말해서 박람회장에 기증하기로 했으니 시간 나는 대로 빨리 옮겨가라는 것이었다. 나는 그렇게 하겠다고 약속해 놓고 다른 일에 치여 그만 깜빡 잊고 말았다. 일주일 쯤 지났을 무렵 갑자기 교수님이 말한 은행나무가 떠올랐다. 토요일이라 일찍 퇴근하면서 은행나무가 어떻게 생겼는지 궁금해 퇴근하는 길에 좀 봐야겠다는 생각이 들었다.

지금은 문화건강센터가 들어서 있는 부근인데 골목을 지나서 은행나무가 있다는 집으로 들어서니 사람들이 건축 작업을 준비하고 있었고 엔진 톱 소리가 요란하게 들렸다. 차를 주차하고 달려가 보니 작업자 한 분이 기계톱을 은행나무에 대고 막 베려는 순간이었다. 내가 "잠깐만요 기다리세요!"라고 외치면서 달려가자 그제야 작업자가 뒤돌아보며 기계톱을 정지하고 나를 쳐다보았다.

조금 있으니 건축주가 전화기를 들고 나타나기에 박람회장에서 일하는 조경팀장이라고 나를 소개한 후 자초지종을 말씀드렸다. 그랬더니 나무를 소개해준 교수님과 통화를 하고 나서는 왜 이렇게 늦게 왔냐면서 나무를 기증하려고 건축 일까지 미루다가 할 수 없

5분 전 은행나무

이 오늘 나무를 베고 작업을 시작하려고 했다는 것이다.

나는 퇴근하던 발길을 되돌려 사무실로 가서 작업복으로 갈아입은 후 조경 작업 팀원들과 함께 나무를 굴취해서 박람회장으로 옮길 수 있었다. 이날은 2011년 4월 15일로 5분만 늦었으면 아까운 은행나무 한 그루를 잃을 뻔한 날이다. 어쩌면 은행나무 한 주 잃은 게 문제가 아니라 정원박람회 성공을 기원하면서 나무를 기증해 준 시민들의 마음에 상처를 줬을지도 모른다. 이후 나는 아무리 바빠도 나무를 기증해주겠다고 하면 지체 없이 현장으로 달려갔고 기증자에게 진심으로 고맙다는 마음을 전해드렸다.

이처럼 박람회장의 많은 나무 중에 은행나무는 특별했다. 은행나무는 겉보기에는 활엽수 같지만 사실은 침엽수종이다. 그리고 암수가 구별되는 자웅이주 나무이다. 열매를 보면 쉽게 구별할 수 있는데 전문가들은 생김새만 봐도 대충 알 수 있다. 암 나무는 수관폭이 넓고 펑퍼짐한데 반해 수나무는 수직성으로 수관이 예리한 모양을 띄고 있다. 하지만 나무가 아주 어릴 때는 외형만으로는 구별이 힘들다.

만약 쉽게 구별할 수 있다면 요즘 사회적으로 큰 이슈가 되고 있는 은행나무 가로수 길에 암나무는 심지 않았을 것이다. 사실 은행나무는 열매가 떨어지는 것 말고는 공해와 병충해에 강하고 이산화탄소 등 대기오염물질을 잘 흡수하기 때문에 도심 숲을 조성하는데 좋은 나무이다.

하지만 가로수로 심어진 은행나무 열매에서 심한 악취가 나고 도로변에 나뒹구는 열매는 미관을 찌푸리게 하기 때문에 요즘에는 가로수로서 인기가 없는 편이다. 굳이 심는다면 열매가 열리지 않는 수나무만 골라서 심고 있다.

예전에는 가로수에서 은행 열매가 떨어지면 누가 먼저랄 것도 없이 서로 주워가려고 했지만 요즘은 그냥 놓아두어도 잘 가져가질 않는다. 내가 공원녹지 부서에 근무할 때는 은행 열매를 주워 껍질을 벗긴 후 잘 말린 다음 노인정이나 경로당 어른들께 선물했더니 좋아하셨는데 아마 지금은 그런 과정이 번거롭고 힘들다고 느끼는 것 같다.

은행나무는 천 년을 살 정도로 장수한다고 알려져 있다. 실제로 경기도 양평의 용문사 은행나무와 충북 영동의 영국사 은행나무는 천 년 이상 된 고목들이다. 전국적으로 유명한 사찰에 가면 오래되고 웅장한 크기의 은행나무 한 그루쯤은 만날 정도로 흔한 나무이지만 그렇다고 아무데서나 거목으로 자라지 않는다. 비옥한 땅, 특히 하천변이나 계곡의 배수가 잘되고 양지바른 곳에서 잘 자란다.

필자는 산에 많은 나무를 심어봤지만 은행나무를 일반 산지에 심어서 성공한 사례는 찾아볼 수 없었다. 우리나라 임지는 토심이 깊지 않고 비옥도가 낮아서 은행나무가 자라기에는 적지(適地)가 아니기 때문이다.

2013 정원박람회를 준비하면서 많은 은행나무를 이식해 와서 심었다. 그때 심은 나무들이 지금도 국가정원 동문 해룡천변에 은행나무 길로 남아있다. 도로 확장공사 구간 내의 가로수를 이식해왔거나 공공사업장 등지에서 가져와서 심은 것들이다.

은행나무는 이식 자체는 어렵지 않으나 이식 후 활착하는데 상당한 시간이 필요하다. 특히 강하게 전정을 하고 심은 나무일수록 시간이 오래 걸린다. 보통 나무들은 이삼 년 정도면 새 가지가 돋아나고 지엽이 발달하지만 은행나무는 오 년 정도 있어야 비로소 생육 활착이 좋아진다. 오래 사는 만큼 천천히 적응해가는 나무들이다.

하긴 은행나무는 싹이 튼 후 20년 이상이 지나야 열매를 맺기 시작하는데 씨를 심어 손자를 볼 나이에서야 열매를 얻을 수 있다 하여 공손수(公孫樹)라 불릴 정도이니 성품이 느긋하고 기다릴 줄 아는 품성을 지녔나 보다. 목재에서 열매까지 심지어는 잎이나 줄기까지도 버릴 게 없어 우리 인간에게 쓰임새가 많은 나무이다. 각기 나름 대로의 사연과 의미를 담고 있어서 특별히 어떤 나무가 귀하거나 천한 나무는 없다. 모두가 행운목들이다. 이들 나무가 없었다면 오늘날의 대한민국 제1호 국가정원도 없었을 것이다.

6장

국가정원의
연리목

안타까운 형제목

국가정원 도시 숲 파란 서양 잔디밭에는 키 큰 팽나무와 키 작은 때죽나무가 서로 의지하며 살아가고 있다. 당초 이들은 순천시 서면 구상리의 도유림에서 살고 있었는데 박람회장 조성을 위해 2011년 9월에 옮겨온 것들이다. 지금은 팽나무와 때죽나무가 한 몸에 자라고 있지만 원래 팽나무, 때죽나무, 산벚나무가 함께 있던 삼 형제 연리목이었다. 이들이 있었던 서면 용개산은 편백과 삼나무 숲이 조성되어 있었고 주변에는 다양한 수종의 활잡목이 있었다.

순천시에서는 이곳에다 기적의 숲을 만들기 위해 편백숲을 확대하면서 경제적 가치가 없는 활잡목을 벌목할 계획이었다. 정원박람회조직위원회에서는 이들 나무를 박람회장으로 옮겨와 재활용하기 위해 가져올 나무에 박람회 표식지를 붙여 뿌리돌림 등 준비 작업을 진행했다. 이렇게 해서 옮겨온 나무들이 박람회장 곳곳에 식재되어 있는데 특히 도시 숲에 심어진 큰 팽나무들은 대부분 이곳에서 가져다 심은 것들이다.

이들 큰 나무들을 운반하기 위해서는 구상마을을 통과해야 하는데 청년회 일부 회원들이 환경피해가 우려된다며 수목 반출을 막았다. 우리는 청년회 요구대로 마을 주민 2명을 고용해 환경 보호를 하도록 협조하였고 주민들의 농로 이용에 불편이 없도록 구상마을 대신 판교마을을 거쳐 운반해 왔다.

안타까운 형제 연리목은 환경지킴이 한 분이 알려주었는데 신기하게도 산벚나무 몸통에는 벌들이 집을 짓고 살고 있었다. 박람회장으로 옮겨온 이후에도 한동안 벌들이 나무와 함께 살다가 2012년 9월 태풍 볼라벤의 영향으로 그만 산벚나무가 부러지는 바람에 벌들도 집을 잃었고 팽나무와 때죽나무만 남게 된 것이다.

산벚나무는 팽나와 때죽나무에 비해 목질이 단단하지 않고 연하기 때문에 바람에 부러지기 쉽다. 벚나무는 다른 나무들에 비해 봄철 짧은 기간 동안 화려한 꽃을 피운다. 일본인들은 아침햇살에 본연의 빛을 발하는 산벚꽃의 아름다움을 일본 무사도 정신에 빗대어 말할 정도로 짧은 기간 강렬하게 꽃을 피우고 사그라져 버린다. 실제로 벚나무를 심고 관리해 보면 다른 나무에 비해 일찍 노쇠하고 병해충에 잘 걸린다.

물가에서 잘 자라는 때죽나무는 열매를 찧어 물에 풀면 물고기가 떠올라올 정도로 독성이 있는 향토 수종이다. 서양 잔디는 생육 특성상 한국 잔디에 비해 관수를 자주 해 주어야 하는데 하필 안타까

안타까운 형제목

운 삼 형제는 서양 잔디밭에 심어져 과습 피해를 받았다. 그러다 보니 물에 강한 때죽나무와 팽나무는 생존했지만 산벚나무는 수세가 약해지면서 먼저 세상을 떠났고 두 형제가 외롭게 도시 숲을 지키고 있는 것이다.

만병통치 연리목

고욤나무와 말채나무는 왠지 낯설게 느껴지는 이름이다. 나무에 대한 지식이 웬만큼 많은 사람도 실제로 이들 나무를 보기란 쉽지 않다. 왜냐하면 이들은 대부분 자연 숲속에서 자라기 때문에 일반인 눈에는 잘 발견되지 않는다. 고욤나무는 감나무의 조상이라고 알려져 있는데 어린 접목 감나무 대부분은 이 나무를 이용해 접을 붙인다. 그럼에도 불구하고 감나무 같은 느낌이 들지 않는다. 그나마 가을이 되면 검노란 작은 감 열매가 열리는데 이것을 고욤 또는 소시(小柿)라고 한다.

말채나무는 봄에 한창 물이 오를 때 가느다랗고 낭창낭창한 가지가 말채찍으로 안성맞춤이어서 말채나무라 불린다. 이 나무를 달여서 마시면 살이 빠지고 가벼워져서 신선과 같이 된다고 하여 신선목(神仙木)이라고도 한다. 키가 10m 이상 훌쩍 큰 말채나무는 대개 산속 계곡 부위 경사면에서 발견되는데 조경적 가치는 있어 보이지 않는다.

하지만 공원이나 정원에서 흔히 볼 수 있는 키 작은 말채나무는 인기가 많다. 하얗게 꽃이 피는 말채는 겨울이 되면 줄기가 붉은색

만병통치 연리목

으로 변한다. 신기하게도 겉은 붉지만 속은 하얗기 때문에 홍서목(紅瑞木)이라고 불린다. 수피가 노랗게 변하기도 하고 붉은색으로도 변하기 때문에 조경적 가치가 높다.

순천만 국가정원 독일정원 입구에는 말채나무와 고욤나무가 함께 붙어 자라고 있다. 잘 어울릴 것 같지 않은 이질적인 수종이 함께 살아가는 것은 그들이 서로 자신이 가진 약효 성분을 주고받기 때문이라는 생각이 든다. 동의보감이나 고 의학서에 따르면 고욤나무는 허약체질 개선에 도움이 되며 뱀이나 벌레에 물린데 좋고, 동상이나 화상을 입은 상처에도 효과가 있다고 알려져 있다. 이뿐만이 아니라 고혈압과 중풍, 변비 예방 등에도 효과가 있을 정도로 만병통치약이다.

말채나무는 해열과 이뇨 작용에 효과가 있어 다이어트 보조제로 활용되고 있으며, 대소변을 용이하게 하고 눈이 밝아지며 귀가 잘 들리고 여성 폐경에 좋을 뿐만 아니라 산모에게 젖이 잘 나오게 한다는 약성을 지니고 있다고 한다. 그래서인지 말채나무와 함께 살아가는 고욤나무는 살이 빠져 날씬하게 키만 멀대처럼 자라고 있다. 반면에 보약 같은 약성을 지닌 고욤나무 덕분에 말채나무는 아주 건강하게 잘 자라고 있다.

많은 종류의 연리목이 있지만 고욤나무와 말채나무처럼 약성을 지닌 나무들이 서로의 상처를 치료하면서 공유하고 있는 예는 찾기 어렵다. 이들 연리목은 산철쭉 단지로 유명한 송광면 고동산에서 가져와 옮겨 심은 나무들이다. 고동산은 국유림이 많아 산림청 순천관리소에서 체계적으로 산림을 잘 관리하고 있다. 작업로를 개설하면서 훼손할 나무와 자연 상태의 밀생된 나무 일부를 박람회장으로 옮겨갈 수 있도록 배려해 주신 덕분에 연리목을 만날 수 있었다. 그러고 보면 박람회장의 나무들은 순천의 동서남북 전역에서 찾아온 귀한 손님들이다.

다정한 남매목

팽나무와 느티나무로 이루어진 연리목은 비교적 흔하게 볼 수 있다. 이들 나무는 대표적인 낙엽 활엽 교목으로 생장 조건이 비슷해서 숲속 자연 상태에서도 함께 모여 산다. 배수가 잘되는 토양과 햇볕을 좋아해서 큰 나무로 성장하고 수명이 길다는 공통점이 있지만 팽나무가 더 생존력이 강하다고 볼 수 있다. 물론 물기가 많은 불리한 토양 여건에서는 팽나무가 유리하지만 일단 뿌리가 안정적으로 활착된 느티나무의 폭풍 같은 생장력도 만만치 않다. 이런 특징을 지닌 두 나무가 뿌리를 맞대고 살아간다면 누구에게 더 유리할까?

사람들 눈에는 보이지 않지만 숲에서는 나무들의 치열한 생존경쟁 싸움이 일어나고 있다. 아침에 해가 뜰 때부터 저녁 일몰 때까지 햇볕을 더 많이 받기 위해 모든 신경을 집중해서 해를 따라 움직인다. 그들에게 햇볕은 생존 에너지다. 나무는 광합성 작용을 통해 엽록체에서 빛에너지를 이용하여 물과 이산화탄소를 재료로 포도당과 산소를 만들어 살아간다.

만약 치열한 경쟁에서 뒤쳐지면 살아남을 수 없기 때문에 우선은 키가 커야 한다. 밀생된 숲에서는 대부분의 나무가 늘씬하고 키가 크다. 몸통이 굵게 자라는 재적 성장은 다른 나무들 보다 우위에 있

다정한 남매목

을 때 가능하다.

박람회장에 남매목을 심고 10여 년을 살펴보니 오빠인 팽나무가 여동생인 느티나무보다 몸통이 굵고 키가 더 컸다. 팽나무의 세력이 강하지만 겉보기에는 서로 아껴주는 남매처럼 평화롭다. 서로를 존중해주면서 하는 선의의 경쟁은 모두에게 이롭다. 평화는 사람들에게만 필요한 것이 아니라 자연 상태에서도 필요한가 보다.

7장

88고속도로에서 오신 나무들

88고속도로의 아름드리나무를 만나다

순천만 국가정원에는 메타세쿼이아 길이 있다. 아름드리나무들이 두 줄로 도열해 있고 길 한가운데에 하트 모양의 붉은 조형물이 있어서 청춘 남녀들이 사진 찍기 좋아하는 장소로 알려져 있다.

이곳에 있는 나무들은 88고속도로 공사장에서 가져온 것들이다. 88고속도로는 광주시에서 대구시 달성군 옥포면에 이르는 길이 181.9km의 도로이며 1981년에 착공하여 1984년에 개통되었다. 영호남 화합을 통해 88올림픽의 성공적 개최를 염원하는 의미로 만들어진 이 고속도로는 왕복 2차선으로 급커브와 급경사 구간이 많았다. 특히 중앙분리대가 설치되어 있지 않아 운전하기에 매우 위험했다. 한국도로공사에서는 이런 문제점을 개선하기 위해 2010년부터

2015년까지 왕복 4차선으로 확장공사를 진행하고 있었다.

2010년 2월 어느 날 박람회조직위 국장님 한 분이 88고속도로가 확장되면 그곳 나무들을 박람회장에서 활용할 수 있도록 도로공사와 협의하면 좋겠다고 말했다. 우리는 확장구간에 무슨 나무가 있는지 그리고 그 나무를 정원박람회장에 실제로 활용할 수 있는지를 점검하기 위해 공사 현장을 찾아갔다.

처음으로 88고속도로 현장을 방문하던 날, 가는 날이 장날이라고 눈이 많이 내려 설경이 장관이었다. 우리는 순천에서 완주간 고속도로를 타고 가다가 남원 분기점에서 88고속도로로 접어들었다. 88고속도로에 진입하자마자 이 도로가 고속도로인지 싶을 정도로 도로 여건이 좋지 않았다. 마치 일반적인 지방도로 같은 느낌이 들었다.

확장공사가 구간별 부분적으로 이루어지고 있었는데 세상이 온통 눈으로 덮여있어서 어디가 도로이고 어디가 공사 구간인지 알 수 없었다. 설상가상으로 급커브와 오르막길이 많아서 천천히 운행할 수밖에 없었는데 뒤따르던 차들은 답답했는지 위험을 무릅쓰고 앞지르기를 하는 광경을 심심찮게 목격할 수 있었다.

우리는 고속도로 담양 구간에서부터 함양 구간 사이의 도로변 나무들을 점검했다. 도로 확장의 대부분은 기존 도로의 한 차선을 유지한 채 추가로 한 차선을 확장하는 구간이 많았다. 급커브 길은 아예 직선으로 만드는 공사가 진행되고 있었다. 나무를 이용하더라도 전체 구간의 나무를 일시에 활용할 수는 없을 것 같았고 공사 구간별로 진행 상황에 따라 탄력적으로 가져다 심어야 할 것 같았다.

주로 많이 심어진 나무는 목백합과 당단풍 그리고 회화나무와 느티나무, 메타세쿼이아가 있었다. 도로가 반듯하고 평탄한 구간에는 메타와 회화, 목백합이 있었는데 이 구간은 굴취 작업이 쉬울 것 같았다. 다른 종류의 나무들은 대부분 커브길이나 급경사지의 사면에 식재되어 있어 이들을 어떻게 굴취하여 운반할지 걱정은 되었다. 하지만 이런 좋은 나무들을 확보할 수 있겠다는 자체만으로도 기분이 좋았다.

우리가 가져올 나무들은 고속도로 조성 당시 식재되어 30년이 지났기 때문에 가슴높이 지름(흉고 직경)이 30cm가 넘는 상당히 큰 나무들이었다. 이 정도 크기의 나무들을 구입하려면 가격도 비쌀 뿐만 아니라 대량으로 확보하기도 불가능했다. 일반적으로 조경수 재배 농가에서 30년 동안 나무를 키우고 가꾸기란 쉽지 않기 때문이다. 매년 풀베기 등 관리를 해 주어야 하는데 소득은 없고 비용만 계속 발생하기 때문에 대부분의 농가에서는 가슴높이 직경 10cm에서 20cm 정도일 때 나무를 판매한다. 대부분의 조경 사업장에서 식재되는 교목의 규격이 이 정도이기 때문에 수요가 많을 수밖에 없다.

산림지역에도 자생하는 큰 나무들이 있지만 햇볕을 고루 받지 못하고 밀생되어 경쟁하기 때문에 비록 30년 이상 오래 되었을지라도 수형이 좋지 않아 조경수로 활용할 수 없다. 이런 이유 때문에 나는 88고속도로 나무들이 욕심났다.

나무들을 종류별로 자세히 살펴보니 백합나무는 주변 농가에서 그늘이 생긴다고 민원을 넣어서인지 강하게 전정이 되어 있었고 급커브 경사면의 느티나무는 흉고 직경이 50cm에 육박할 정도로 커

박람회장으로 옮겨올 나무 표식 작업

보였다. 이들 나무는 최고조의 성장기에 접어들어 주체할 수 없는 건강미를 뽐내고 있었다. 저런 느티나무들을 박람회장에 옮겨다 놓으면 녹음 우거진 숲길을 금방이라도 만들 수 있을 것 같았다.

함양 구간의 한 초등학교 부근에 줄 맞춰져서 심어진 메타세쿼이아는 보기만 해도 시원스럽게 쭉 뻗어 있었다. 이 나무들을 가져다 심으면 담양군에 있는 메타세쿼이아 길과 같은 산책로를 만들 수 있을 것 같았다. 회화나무는 도로 전 구간에 고루 분포되어 있었는데 수형도 양호하고 크기도 적당해서 박람회장 내에 있는 구릉지에 심으면 잘 어울릴 것 같았다. 특히 이 나무는 정원박람회 조경연출 디자이너로 참여하고 있는 황지해 작가가 좋아하는 나무여서 활용도가 높아 보였다.

이후에도 수차례 도로공사 사무실과 현장을 방문하여 나무 상태와 도로 여건을 점검하고 활용방안을 논의했다. 한국도로공사 호남본부에서는 순천에서 개최되는 정원박람회가 꼭 성공했으면 좋겠다며 적극 지원해 주기로 약속했다.

위험 속에서도 안전하게 나무를 옮기다

처음에는 도로공사에서 확장구간에 있는 나무들을 자체적으로 활용할 계획이었다고 한다. 그런데 순천만국제정원박람회장에서 이 나무들이 필요하다고 요청하자 계획을 바꿔 무상 기증하기로 한 것이다. 88고속도로는 영호남의 상징인 광주와 대구를 연결하는 화합의 도로이니 이곳 나무를 재활용하여 정원박람회장을 조성한다면 매우 큰 의미가 있을 것이라고 했다.

　나무를 무상으로 준다고 하니 고마운 마음이 들면서도 한편으로는 왜 이렇게 좋은 나무를 재활용하지 않고 기증해 준다고 할까 내심 궁금했다. 고속도로를 확장하면 반드시 나무를 심어 조경을 할 것인데 같은 공사장의 나무를 심으면 예산도 아끼고 작업도 효율적일거란 생각이 들었기 때문이다. 나의 이러한 궁금증은 시간이 한참 지나 실제로 나무를 굴취하여 운반하게 되면서 풀리게 되었다.

　첫 번째 이유는 위험한 도로 여건 때문이었다. 차들이 과속으로 쌩쌩 달리는 왕복 2차선 도로는 사람이 걸어 다니면 겁이 날 정도로 노견 폭이 좁았다. 편도 1차선의 비좁은 공간에서 큰 나무를 굴취하는 것은 생각보다 훨씬 위험한 작업이었다. 갓길이나 노견이 없었기 때문에 차량을 전면 통제하지 않고는 대형굴삭기 등 장비 진출입이 어려운 지역이 많았다. 결국 좋은 나무들을 이용하려면 위험을 무릅쓸 수밖에 없었다.

　두 번째 이유는 전문작업단이 구성되지 않았기 때문이다. 우리 박람회 조경팀이라면 이런 위험한 여건에서도 큰 나무들을 굴취 운반해 본 경험이 많고 책임감이 강했지만 일반 조경회사에서는 엄두를 내기 어려웠을 것이다.

　세 번째 이유는 고속도로 확장공사가 구간별로 언제 시작할지, 언제 끝날지를 모른다는 것이었다. 공사 발주는 했지만 당시에는 전국적으로 4대강 사업에 많은 예산이 투입되는 바람에 도로 확장공사는 지체되고 있었다.

　처음 88고속도로를 갔을 때 일부 구간은 공사가 진행 중에 있어서 큰 나무 뿌리돌림 작업을 해야 할지가 망설여졌다. 왜냐하면 뿌리돌림을 하고 나서 효과를 보려면 6개월은 지나야 하는데 나무를 가져올 수 있는 시간적 여유가 있을지 장담할 수 없었다.

이런 실정임에도 불구하고 우리는 가져올 나무들을 대상으로 뿌리돌림을 착실히 진행했다. 다행스럽게도 우리 예상대로 공사가 지연되어 뿌리돌림 효과를 낼 정도의 시간을 벌 수 있었다. 공사가 재개되면 언제 나무를 뽑아야 될지도 모르는 상황에서 뿌리돌림 작업을 한다는 것은 어리석고 무모한 일이라고 말하는 사람이 있을지 모르겠다. 하지만 가능성을 보고 준비하지 않았다면 건강한 나무를 가져올 기회를 갖지 못했을 것이다.

처음 88고속도로 나무들을 보고 모두 가져오고 싶은 욕심에 박람회 로고가 새겨진 빨간 표식 끈으로 나무를 묶을 때만 해도 이들을

88고속도로 작업 현장 지도

가져오는 것이 그렇게 어려울 줄은 몰랐다. 하지만 막상 작업을 해 보니 생각과는 다르게 장애 요인이 한두 가지가 아니었다.

먼저 굴취와 운반 작업을 하면서 교통사고 예방을 위해 준비해야 할 것이 많았다. 고속도로공사의 승인을 받아야 했고 고속도로 순찰대의 협조가 절대적으로 필요했다.

두 번째로는 교통제한 계획서를 작성해야 하는데 고속도로에 운행 중인 차량을 통제해야 하기 때문에 차단 구간을 구체적으로 표기하여 일정별 계획을 한 시간 단위로 쪼개 자세하게 세워야 했다.

세 번째로는 통행금지제한 협의서라는 것을 작성해야 하는데 한국도로공사 남원관리소장과 경찰청 산하 고속도로순찰대 제5지구대, 제9지구대에 공문을 보내 협의를 마쳐야 했다.

네 번째로 승인을 받아야 하는 것은 안전관리 계획서로서 88고속도로에서 나무를 굴취하여 운반하기 위한 가장 중요한 과정이었다. 안전관리계획서에는 안전원의 근무수칙과 함께 안전장구 설치에 대한 계획을 세우고 실행하는 내용이 포함되는데 여기에는 신호수의 복장과 역할뿐만 아니라 조경 작업자들의 복장, 준수사항, 안전표시간판 설치 위치와 개수 등을 구체적으로 명시하고 그 사항을 현장에서 점검받아야 했다.

우리는 승인받은 대로 안전수칙을 준수하면서 조심해서 작업을 진행해 나갔다. 좀 과장해서 말하면 한 명 작업할 때 세 명은 차량 통제와 수신호에 투입하느라 작업이 느리게 진행되었다. 가능하면 고속도로 노견에서 진입하지 않고 도로연접 농지를 이용해 법면에 있는 나무로 접근해서 작업했다. 당연히 농지소유자의 무상사용 협의를 받아야 했고 나무를 가져오고 나면 훼손된 농지를 원상 복구해 줘야 했다. 민원이 많았지만 이것이 그나마 안전한 방법이었기 때문에 우리 조경팀에서는 농지소유자를 파악하고 필요할 때는 인근 면사무소를 찾아가 협조를 요청하기도 했다.

하지만 모든 작업을 안전한 방법으로 진행할 수는 없었다. 고속도로 1차선을 막아야 하는데 굴취 작업할 때는 그나마 여유가 있어 밀려있는 차들이 많지 않았다. 하지만 상차작업 때는 운반할 트레일러가 20분 이상 한 차선을 차지하고 있었고 나무를 싣기 위해 굴삭기가 이동하기 때문에 차들이 100m 이상 밀리기도 했다. 정차해 있던 차들은 길을 터달라고 빵빵거리고 상차작업은 위험했기 때문에 한시도 마음을 놓을 수가 없었다.

짜증이 난 일부 차량 기사들은 차에서 내려 욕설을 하기도 했지만 정체 혼잡이 예상되는 구간부터 안내표지판을 설치해 뒀기 때문에 차량 대부분은 불편을 감수해 주었다. 사고가 날 우려가 높은 구간은 고속도로 순찰대의 협조를 받아 차량 통제를 실시했는데 우리가 작업하는 구간은 전라북도와 경상남도 관할이라서 이들 두 곳의 지구대로부터 협조를 받아야만 했다.

이렇게 굴취하여 상차한 나무를 싣고 박람회장까지 운반하기 위해서는 고속도로와 국도, 지방도를 동시에 이용해야 가능했다. 관목처럼 부피가 작은 나무들은 고속도로만 이용하여 순천까지 올 수 있지만 메타세쿼이아처럼 긴 나무들은 국도나 지방도로를 이용해야 했다.

한 번은 큰 나무를 실은 트럭 기사님이 깜빡하고 고속도로로 진입했는데 게이트가 좁아 통과할 수가 없자 비상 게이트로 간신히 빠져나가 순찰차까지 출동하게 되었다. 이렇듯 어려운 과정을 거쳐 가져온 메타세쿼이아는 2012년 2월 11일 박람박람회장 나눔 숲에 식재하였고 화백나무는 갯벌공연장 언덕길에 심었다.

이후 편백나무들과 단풍나무들은 도시 숲에서 잘 자라주고 있다. 교목 이외에도 많은 양의 관목을 가져왔는데 말발도리는 수목원 뒤편의 산책로에 심었고 큰 철쭉들은 이탈리아정원 옆에 있는 억새동산에 군식으로 심었다. 이밖에도 조팝나무와 개나리, 병꽃나무 등도 박람회장 어딘가에서 해당 철이 되면 예쁜 꽃을 피우고 있다.

8장

국가정원의
꿈나무들

축구 스타 기성용의 꿈나무

　순천 중앙초등학교에서 처음 축구를 시작한 기성용 선수는 2004
년 U-16청소년대표, 2006년 AFC 아시아청소년선수권대회 U-19청
소년대표, 2007년 U-20청소년대표, 2008년 베이징올림픽 축구국가
대표, 2010년 남아공월드컵 축구국가대표, 2012년 런던올림픽 축구
국가대표를 지냈다. 그리고 2013 순천만국제정원박람회 홍보 대사
로 위촉되면서 자신의 탄생목 느릅나무를 기증했다. 지금도 순천만
WWT습지에서 무럭무럭 자라고 있는 느릅나무는 세계무대에서 큰
활약을 보여주었던 기성용 선수를 따르려는 축구 꿈나무 후배들에
게 희망을 주고 있다.

　느릅나무는 장미목에 속하는 갈잎큰키나무로서 전 세계에 약 20

기성룡 기증 느릅나무

여 종이 있으며 우리나라에는 약 6종이 분포되어 있다. 이른 봄이나 가을에 유근피라고 하는 뿌리껍질을 벗겨서 약재로 사용하기도 한다. 나무껍질을 벗겨 물에 담가 놓으면 끈끈하면서 흐물흐물한 액이 나오는데 그게 마치 콧물처럼 보이기도 하기 때문에 코나무라고도 부른다. 콧물처럼 흐느적거리고 느리다고 하여 느린나무라고 하다가 지금은 느릅나무라고 부르게 되었다고도 하는데 이름이야 어쨌든 약효만큼은 직방이다.

필자가 어렸을 때 몸에 종기가 나거나 상처가 곪으면 어머니께서 느릅나무 껍질을 으깨서 상처에 붙여주셨는데 신기하게도 약효가 빨리 나타났다. 요즘 시중에 판매되는 웬만한 피부 연고제보다 효능이 좋았다. 하루 이틀 정도 지나면 고름이 멈추고 상처가 아물어 새살이 차오를 정도로 효과가 있어서 집집마다 느릅나무 한 그루쯤은 볼 수 있을 정도로 구급약품처럼 쓰였다. 유근피를 그냥 먹거나, 분말로 만들어 쌀과 섞어 죽, 떡, 전병, 술, 간장 등을 만들어 먹기도 한다.

소프라노 조수미의 도전 나무

금세기 최고의 소프라노 조수미. 24살, 잘츠부르크의 오디션 자리에서 카라얀에게 "100년에 한 번 나올 만한 신의 목소리를 가졌다"는 칭찬을 받은 뒤 한국인 최초로 밀라노 라 스칼라, 뉴욕 메트로폴리탄 오페라 하우스, 런던 코벤트가든 로열 오페라 하우스, 빈 국립 오페라 하우스, 파리 국립 오페라 하우스 등 세계 5대 오페라

조수미 기증 백합나무

하우스의 프리마돈나로 데뷔하면서 전 세계 음악 애호가들의 찬사를 받았다.

그녀가 2013 순천만국제정원박람회 홍보 대사로 위촉되면서 자신의 탄생목인 튤립나무를 식재했다. 우람한 덩치에 맞지 않게 예쁜 꽃을 피우는 섬세한 튤립나무. 전 세계를 무대로 아름다운 도전을 이어가고 있는 소프라노 조수미에게 잘 어울리는 나무다.

튤립나무는 늦봄에 꽃이 피는 목련과 나무로 목백합 혹은 백합나무라고도 한다. 튤립을 닮은 꽃이 피기 때문에 튤립나무라고도 부르기도 하는데 지구온난화의 주범인 이산화탄소 흡수 능력이 가장 뛰어난 나무로도 알려져 있다. 그래서인지 최근 남부 지방에서는 편백과 함께 경제수종으로 목백합을 많이 심는다. 성장이 매우 빠를 뿐만 아니라 환경정화 능력이 뛰어나기 때문에 각광을 받고 있다.

이 나무는 조림한 후 10년 정도만 되어도 목재를 활용할 수 있을 정도로 경제성이 좋은 나무다. 필자도 이 나무를 심고 가꾸어 보았는데 토질이 비옥한 곳에서는 매년 1m 이상 자랄 정도로 폭풍 성장을 하는 나무다.

국가정원 동문에서 스페인 정원 사이의 목백합 가로수들은 승주읍 도정리에 있는 조림지의 간벌 대상목을 옮겨다 심었고 조수미 나무는 88고속도로에서 가져온 목백합 중에서 심은 것이다.

소리꾼 장사익 느티나무

소리꾼 장사익은 자연을 닮은 꾸밈없는 목소리로 삶을 노래하는 가수로서 2013 순천만국제정원박람회 홍보 대사로 활동한 인물이다. 1994년 46세의 늦은 나이에 서울 신촌에서 첫 공연을 한 이후 소리꾼으로 데뷔해 지금까지 많은 앨범을 발표했다.

그는 순천에서 공연이 있거나 인근 지역을 방문할 때면 정원박람회장을 찾아오곤 했다. 젊었을 때 순천에서 살면서 의형제처럼 지내는 지인의 소개로 알게 되었는데 나무에 대해 관심이 많았다. 그는 내가 개발한 매립형 말뚝지주목 덕분에 박람회가 성공했다면서 칭찬해 주었고 나무를 많이 심고 가꾸는 사람들은 애국자라고 치켜세웠다.

나무에 대한 애틋한 마음에서인지 박람회장에 느티나무 한 그루를 기증하고 싶다고 해서 도시 숲 장미정원 근처에 심었다. 느티나무는 그의 탄생목이라고 하면서 무더운 여름날 시원한 그늘을 제공해주는 이 나무처럼 누군가에게 도움이 되는 가수가 되고 싶다고 했다.

느티나무는 성장 속도가 빠르고 내한성이 강해 조경수로 많이 이용된다. 암수 한 그루로 수꽃은 새 가지의 아래쪽에 모여 달리며 4~6개의 수술이 있다. 암꽃은 새 가지의 위쪽에 한 송이씩 달리는데 세 송이까지 달리는 것도 있다.

우리나라 삼대 정자목 중의 하나로 예전에는 마을 어귀마다 오래된 느티나무가 있었다. 실제로 천 년 이상 오래 사는 나무 중에서 느티나무가 가장 많다고 한다. 마을 사람들은 봄에 잎이 피는 모습을 보고 그해 농사를 점치기도 했는데 잎이 한꺼번에 피면 풍년이고 듬성듬성 피면 흉년이 든다고 믿었다. 느티나무 세 그루를 문간 안에 심으면 부귀영화를 누릴 수 있고, 서남간에 심으면 도둑을 막는

장사익 기증 느티나무

다고 여길 정도로 우리 삶 가까이에 있는 나무이다.

명인 홍쌍리 매화나무

순천의 이웃 도시인 광양은 매화나무로 유명하다. 광양 다압면에 있는 청매실농원의 대표이자 전통 식품 매실명인 제14호 보유자인 홍쌍리 씨가 2012년 9월 순천 시청을 방문하여 '아름다운 농사꾼 명인의 흙'이라는 특강을 하고 매화나무 10주를 기증해 주었다.

매화를 기증받기 위해 몇 차례 청매실 농장을 방문하면서 느낀 점은 그녀의 매화 사랑이 보통이 아니라는 것이다. 황무지처럼 돌도 많고 비탈진 산을 혼자 힘으로 개발하여 광양을 대표하는 관광지로 탈바꿈시킨 것을 보니 '여러 사람이 함께 만드는 정원박람회장은 충분히 잘 만들 수 있겠구나'라는 자신감이 들었다.

명인은 매화나무뿐만 아니라 맥문동에 대해서도 관심이 많았다. 매화나무 하층에 이것을 심어 잡풀 발생을 억제하고 있었는데 정원 박람회장에도 잔디 대신 맥문동을 심으라고 권장할 정도였다.

매화나무들을 옮겨오려고 새벽부터 굴취 작업을 하는데 혹여 다른 매화나무가 다칠까 노심초사하면서 끝까지 지켜볼 정도로 매화나무를 아끼는 것을 보니 왜 명인으로까지 등록되었는지 이해가 되었다.

농장에서 옮겨 온 매화나무들을 박람회장의 한방체험관과 바위 정원 주변 계류변에 심었다. 특히 명인 홍쌍리 매화나무는 30년 수령에 높이 5m 높이를 자랑하며 눈길을 끄는데 4월이면 매화나무에

명인 홍쌍리 기증 매화나무

서는 잎보다 먼저 꽃이 핀다.

추위를 이기고 꽃을 피우는 매화나무는 사군자의 하나로 불의에도 굴하지 않는 선비 정신과 곧은 절개를 보여주는 것으로 여겨져서 특히 사랑을 받는다. 옛 시나 그림의 소재로도 많이 등장했던 매화는 박람회장의 봄을 알리는 전령사 역할을 톡톡히 해내고 있다.

순천만의 상징 S자 소나무

S자 소나무는 박람회장에서 멀지 않은 상사호변에 있었는데 큰비가 와서 수위가 올라가면 나무뿌리 근처까지 물이 차오를 정도로 주변 환경이 좋지 않은 곳에서 자라고 있었다. 처음 이 나무를 알게 된 것은 수자원공사에서 상사호 지킴이로 활동하고 있었던 이정복 씨가 소개해 주면서부터였다. 이분은 우리 조경팀에서 함께 일하고 있는 이 차장님과 해병대 선후배 사이여서 자연스럽게 친해질 수 있었던 사이다.

이분은 상사댐이 만들어지기 전부터 이곳에서 나고 자라 상사호 주변을 손바닥 보듯 훤히 꿰뚫고 있었다. 하루는 이분이 박람회조직위 사무실로 찾아와 멋진 나무 한 그루를 알려주겠다고 하면서 당장 상사호로 가자고 재촉했다.

그와 함께 차를 타고 상사호 전망대에서 약 1km 지점에 다다르자 차를 멈춰 세우고 걸어서 내려가자고 했다. 호수 쪽으로 한참을 걸어 내려가자 묘지가 하나 보였고 그 아래 호수와 거의 맞닿아 있는 곳에 특이하게 생긴 소나무 한 그루가 서 있었다.

순천만을 닮은 S자 소나무

　근처에 묘지가 있어 성묘객들이 주변 잡목을 정비하고 풀베기를
해 주었기 때문에 눈에 띨 수 있었지 그렇지 않으면 도저히 저런 곳
에 나무가 있을 거라 생각하기 어려울 정도로 여건이 좋지 않았다.
자세히 살펴보니 수령은 가늠하기 어려웠지만 최소 50년 이상은 되
어 보였고, 수고는 약 7m, 근경은 50cm 정도 되어 보이는 건강한
소나무였다.
　나무는 순천을 상징하듯 S자 형상을 하고 있었는데 마치 큰 머리
를 지닌 뱀이 똬리를 틀고 서 있는 모습이랄까. 일부러 분재처럼 모
양을 만든 것도 아닌데 특이했다. 나는 위치를 옮겨가면서 여러 각

도에서 나무를 보았다. 보는 방향에 따라 나무 형상도 달라 보였는데 호수 쪽은 물이 있어서 나무뿌리가 뻗어나가지 못하고 대신 육지 쪽으로 뻗어나가면서 나무 중심이 한쪽으로 쏠리다 보니 나무 몸통이 빌빌 꼬였나 싶었다.

그도 그럴 것이 호수 쪽에서 햇볕을 많이 받기 때문에 나무줄기와 가지는 그쪽으로 향하는데 반해 뿌리와 몸통은 생존을 위해 육지 쪽에 자리를 잡아야 해서 몸이 틀어질 수밖에 없는 구조였다.

순천만의 S자를 연상할 정도로 특이한 형상을 지니고 있어 정원박람회장에 심고 싶다는 마음이 들었다. 하지만 나무를 박람회장으로 옮기려면 우선 묘 주인의 허락을 받아야 했다. 비록 소나무가 자라고 있는 땅은 수자원공사 소유지만 나무를 굴취하여 운반해 오려면 반드시 묘 주변을 훼손할 수밖에 없기 때문에 사전에 양해를 구해야 했던 것이다. 일차적으로 분묘 주인의 허락을 받으면 수자원공사의 승인은 어려운 것이 아니었다. 수자원공사 상사댐 관리소 조경팀장님이 2013 순천만국제정원박람회를 적극 지원해주고 있었기 때문이다.

우리는 이 소나무를 박람회장으로 옮기기로 결정하고 차근차근 준비에 들어갔다. 다음날 조경 작업단을 투입해 나무 주변 잡관목을 제거하고 뿌리돌림 작업을 실행했다. 그리고 바람에 넘어지지 않도록 여러 방향에서 밧줄로 묶어 두었다. 그러고 나서 분묘 주인을 수소문 해 보았더니 상사면 흘산리에 거주하고 있다고 했다.

나는 상사호 지킴이와 함께 찾아가 박람회를 하는 데에 꼭 필요한 나무이니 도와 달라고 부탁했다. 나무를 옮기고 나면 잔디를 새로 심고 묘 주변도 더 좋게 만들어 주겠다고 했다. 하지만 내 마음과 같지 않게 주인은 허락해 주지 않았다.

아무리 조심해서 작업한다고 해도 대형 굴삭기가 작업하다 보면 묘지가 거의 훼손될 텐데 자손된 입장에서 도저히 허락할 수가 없다고 했다. 그렇게 시간이 지나던 중 추석이 다가오자 후손들이 벌초를 하러 묘소에 들렀다. 그곳에 미리 준비하고 있던 우리들이 풀베기를 도와주면서 다시 부탁을 하자 제일 어른인 듯한 한 사람이 허허 웃으시면서 조심해서 나무를 옮겨가라고 허락해 주셨다.

추석이 지나고 얼마 후 우리는 이 나무를 박람회장 순천만호수변에 심었다. 붉은 꽃이 100일간이나 피는 배롱나무 두 주를 함께 심어 사철 푸른 소나무와 어울리도록 배치했다.

소나무는 곧은 절개와 굳은 의지를 상징하고 있어 많은 사람이 좋아하는 국민 나무이다. 순천만의 갈대밭을 상징하는 S자 소나무는 생태도시 순천을 지키는 파수꾼으로서 오늘도 국가정원을 빛내고 서 있다.

빛의 서문을 지키는 팽나무

위풍당당 팽나무는 순천만 국가정원에 있는 나무 중에서 수관 폭이 가장 넓은 나무다. 정원박람회를 준비하면서 마을 당산나무 같은 큰 나무들을 옮겨오고 싶었지만 도로 여건 등 여러 가지 제약사항 때문에 가져오지 못했다. 도로 육교, 전신주, 통신선 등에 걸려 운반할 수가 없다.

그런데 이 나무는 박람회장에서 1km도 떨어지지 않은 저류지 공

서문을 지키는 팽나무

원예정지 내에 있었기 때문에 비록 큰 나무였지만 운반해 올 수 있었다. 나무 주인은 지장물 보상까지 마친 상태여서 나무가 활용될 곳을 찾고 있었는데 마침 순천시조경수협회에서는 정원박람회장에서 활용하라고 중개해 주었다.

나무가 있는 곳으로 가 보니 젊고 건강한 팽나무였고, 사방으로 뻗은 가지와 줄기가 무성했으며 전체적으로 위풍당당하다는 느낌을 받았다. 우리 조경팀에서는 나무를 옮기기 일 년 전부터 준비해서 2012년 11월 서문광장으로 옮겨왔다. 오천지구 택지개발을 하면서 다행히도 넓은 도로가 생겨 나뭇가지 하나 손상하지 않고 박람회장까지 옮길 수 있었다.

공원을 만들거나 도시 설계를 하다 보면 원래 있던 자리에서 어쩔 수 없이 옮겨지거나 베어지는 나무들이 많다. 하지만 풀 하나, 나무 하나 소중하지 않은 것이 어디 있으랴. 자연을 아끼고 사랑하는 사람들의 마음 덕분에 위풍당당 팽나무는 순천만 국가정원 빛의 서문을 지키고 있다.

동문을 지키는 백목련

백목련은 내가 소개한 나무 중에 유일하게 2013 정원박람회가 개최한 이후 국가정원에 심어진 것이다. 고흥군 동강면 농공단지 조성 예정 부지에 있었는데 지구의 생태와 환경을 앞장서 지켜 달라는 기증자의 뜻을 기리기 위해 국가정원 지구의 동문 앞에 옮겨 심었다. 그렇게 동문을 통과하면 확 트인 잔디밭과 순천만호수 언덕을 만날 수 있다.

나무가 커서 이를 운반해 오기 위해서는 사전 준비 작업이 필요했다. 2018년 2월, 국가정원 조경관리사들이 백목련나무의 뿌리돌림과 수관폭 줄임 작업을 추진했다. 그리고 약 10개월이 지난 12월, 모과나무를 옮겨왔던 8NC 굴삭기 조 기사님이 직접 굴취 작업과 운반 작업을 진행했다.

원활한 운반을 위해 나무 높이와 폭을 각각 4.5m와 6m 이하로 줄이는 작업을 추진했음에도 불구하고 공단 입구 폭이 좁아 50m

동문의 백목련 ⓒ 이용일

정도의 산길을 새로 만들어야만 했다. 그리고 지방도 2차선을 물고 운행해야 했기 때문에 차량 통행이 적은 새벽 시간에 운반했다.

이렇게 힘든 과정을 거쳐 24시간 만에 박람회장에 도착해 식재하려고 땅을 파는데 지하 부분에 상수도 배관 및 전기시설이 지나가고 있었다. 할 수 없이 지면보다 높여 심고 둘레에 앉을 수 있는 벽을 설치했는데 사람들이 쉴 수 있어 좋아한다.

물론 사람들은 앉아서 편안하게 쉬고 있겠지만 그 과정에서 수많은 사연이 담겨 있다. 어떻게 해서 앉을 수 있는 자리가 생길 수 있었는지 그 숨은 이야기를 듣는다면 나무에 대한 고마움과 고흥에서 순천까지 나무를 운반하고 식재한 사람들의 노고도 감사하게 생각할 수 있을 것이다. 그래서 나는 나무에 대한 숨은 이야기를 이렇게 글로나마 풀어내고 있다.

　백목련나무의 꽃말은 '이루지 못한 사랑'이다. 하지만 남녘 순천만 국가정원 지구의 동문을 지키는 백목련나무를 찾는 연인들은 이 나무 앞에서 서로의 사랑을 지키기 위해 맹세를 한다고 한다. 앞으로도 지금 같은 뜨거운 사랑을 이어가길 바라는 마음일 것이다. 과연 그 맹세처럼 얼마나 많은 연인이 지금도 그 사랑을 이어가고 있는지는 궁금하다.

멸종 2급 보호수 히어리나무

　히어리는 남부지방에서는 개나리, 생강나무와 함께 가장 먼저 노란 꽃이 피는 봄의 전령사다. 2m 이내의 낙엽활엽 관목으로 반그늘 음지에서도 잘 자란다. 환경부에서 지정한 멸종 2급 보호수종으로 지리산 부근 남부와 중부지방에서 자라는 우리나라 고유 향토 수종이다. 겨울과 봄이 혼재해 있는 3월에 꽃이 피어 봄의 시작을 알리는 히어리의 꽃말은 '봄의 노래'다.

　히어리의 꽃은 화려하지는 않지만 소박하면서도 귀티가 풍겨난다. 나무 한 가지에 여러 송이의 꽃이 동시에 피기 때문에 멀리서 보면 군집미를 느낄 수 있다. 노란 히어리와 빨간 진달래가 어울려 피어있는 모습은 봄이 선사하는 최고의 선물이라고 생각될 정도로 아름답다.

　나뭇잎과 수관 형태가 박태기나무와 유사하여 구분하기 쉽지 않

도시 숲의 히어리 나무

지만 가을철 씨방이 달린 열매를 보면 금세 알 수 있다. 이 나무는
주로 지리산 부근과 중부지방에서 군락을 이루며 서식하는데, 우리
나라에서는 1910년 전남 송광사 부근에서 처음 발견되었다 해서 송
광납판화 또는 송광꽃나무라고도 부른다.

　히어리나무는 순천 내륙지역에서 흔하게 볼 수 있다. 15~16km
마다 나타나서 산길의 거리를 알려주기도 한다. 그래서 서면 청소골
사람들은 이 나무를 '시오리' 나무라고 부르며 고마운 나무로 여기
고 있다. 그러던 것을 1966년 이창복 박사가 시오리나무에서 음을
따서 히어리라고 기재했다. 그때부터 히어리라는 이름을 정식명칭

으로 쓰고 있다.

박람회장의 히어리는 순천시 황전면 봉덕리에서 밤나무를 재배하는 여성 임업후계자 정정란 씨가 작업로를 개설하면서 발생한 100여 주를 기증해줘서 도시 숲 쪽에 옮겨 심은 것이다. 도시 숲은 왕복 4차선 남승룡길이 지나고 있어 차량 통행이 많은 곳이라 매연 등 대기가스 피해가 많이 발생하고 있다. 그로 인한 피해가 발생하지 않도록 상수리나무와 아왜나무로 울타리를 막아주었다. 오전 햇볕은 잘 받도록 개방해주고 한낮에는 반그늘 상태환경을 만들어 주었더니 지금까지 비교적 잘 자라고 있다.

박람회장의 정원들

박람회장 동문 쪽에는 흑두루미 미로정원이 있다. 에메랄드골드와 에메랄드그린, 그리고 홍가시 등 상록수로만 만들어진 정원으로 하늘에서 내려다보면 마치 흑두루미 한 마리가 순천만을 향해 날아가는 형상을 하고 있다. 미로정원에 있는 한 마리로는 외로울 것 같아 한국정원 정상 부위 사면에도 커다란 흑두루미 한 마리를 새겨놓았다. 남승룡로에서 바라보면 영락없이 새 한 마리가 힘차게 날갯짓을 하고 있는 모습인데 조경팀 김 주무관이 흑두루미 얼굴의 눈 부분에 빨간 홍가시를 새겨 넣어 생동감을 살려냈다.

정원을 만든 사람들은 나름 의미를 부여했지만 얼핏 보면 너무 형상만 강조하는 것 아닌가 하는 느낌이 들기도 한다. 그러나 어디까지나 내 생각일 뿐, 정원은 즐기는 사람 마음에 달린 것 아닌가.

흑두루미와 새집 알 ⓒ 이용일

 어쨌든 부지 내에 많은 정원을 만들다 보니 시간 가는 줄도 몰랐다.
 정원박람회장 조성공사는 겨울 동안에도 멈추지 않고 계속되었
다. 각국을 대표하는 정원들이 만들어졌고 다양한 참여 정원들도 하
나둘씩 모습을 드러내기 시작했다. 정원 중에 사람들의 이목을 끄는
것은 호수정원이었다. 영국의 정원 디자이너 찰스 쟁스와 그의 딸
릴리 쟁스가 순천에 머무르면서 직접 디자인하여 시공까지 했던 정
원으로 호수에 다섯 개의 등고선 정원을 만들었다.
 등고선정원(Contour Gardening)은 흙을 쌓아 올려 커다랗고 둥그런
언덕을 만든 다음 기하학적으로 나선형의 길을 표현한 것이다. 찰스
쟁스는 순천 도심에 가까운 봉화산 등 다섯 개의 산을 호수 안에 담

순천만호수 © 이용일

고 파란색의 데크 길로 연결하였는데 산과 호수, 그리고 기하학적 나선형의 길은 인류가 추구하는 상호보완적 대립 안에서 조화의 상 징을 표출한다고 했다.

　호수는 도시를 상징하고 다리는 순천 시내를 관통하는 동천을 의 미한다고 했다. 당초 설계에는 없었는데 시공 과정에서 도입한 콘 셉트로 찰스 쟁스에게 등고선 정원을 만드는데 얼마나 걸릴 것으로 예상하느냐고 했더니 3년은 잡아야 한다고 했다. 그런데 실제로는 불과 1년여 만에 호수정원을 만드는 것을 보고 한국인의 빠른 시공 속도에 놀랐다고 했다.

　사실 이 호수정원 봉화언덕을 만드는 과정에서 흙을 다지는 롤러

호수위의 미술관, 꿈의 다리

도져(roller dozer) 중장비가 도복(倒伏)되는 바람에 젊은 기사 한 명이 사
망하는 안타까운 사고가 있었다. 정원을 만드는 일이 단순해 보여도
결코 안전한 작업이 아니다. 정원박람회 성공 이면에 숨겨진 이들의
숭고한 희생을 애도하고 싶다.

　호수정원 못지않게 많은 이의 관심을 받는 정원은 꿈의 다리였
다. 꿈의 다리는 세계 최초로 물 위에 떠 있는 미술관이며 아시아에
서는 첫 번째로 긴 지붕이 있는 인도교이다. 이 미술관 내부에는 세
계 각국의 어린이 작품 14만 점이 전시되어 있는데 설치미술의 대
가인 강익중 선생님이 직접 디자인한 정원이다. 한국정원은 궁궐의
후원과 선비정원 그리고 군자정원 형태를 한데 모아 조성한 정원이

한국정원

다. 궁궐의 후원은 창덕궁을 모티브로 부용정과 부용지를 도입하였으며 한쪽에는 어수문을 배치하였다.

또한 군자의 정원으로 넘어가는 곳에 둥그런 액자 역할을 하는 만월문을 세우고 조선시대 왕들의 무병장수를 기원했던 불로문을 배치하였다. 경복궁에 있는 연희문과 교태전 뒤편에 있는 화계와 아미산 굴뚝을 그대로 재현했다. 궁궐정원의 연희문과 만월문은 조선 말 청나라 영향을 받은 건축 양식으로서 전문가들의 자문을 받아 설치하였으나 사실 오늘날까지도 한국 전통 양식이 맞는지에 대한 논란이 끊이지 않고 있는 곳이기도 하다.

군자의 정원은 선비들이 세속의 명리를 버리고 학문과 사색의 공간으로 애용했던 담양 소쇄원의 광풍각과 경북 영양의 서석지, 덕천 서원의 세심정 등 우리나라를 대표하는 선비정원을 한군데 모아서 연출했다.

소망의 정원은 민간신앙을 바탕으로 폭포가 떨어지는 계류 중심에 돌로 만든 두꺼비 조각상을 배치하고 돌탑을 조성하여 소박한 서민들의 정원을 만들었다.

박람회장 개장을 한 달쯤 남겨 놓은 시점까지도 한국정원은 공사가 진행되고 있었다. 공사가 늦어지자 조직위 간부들이 수시로 현장을 점검하면서 재촉했다. 우리는 야간작업을 병행하면서까지 일했고, 결국 아슬아슬하게 개장에 맞춰 정원을 완성했다. 그렇게 모두의 노력이 빚어낸 결과물이어서 그런지 한국정원에 더 애착이 간다.

순천만호수 ⓒ이용일

• Part3 •
특허 받은 박람회,
조경 신기술

특허 받은 매립형 말뚝지주목

　처음 정원박람회를 준비할 때 고민했던 것 중의 하나가 '어떻게 하면 외부로 지주목을 돌출되지 않게 설치할 수 있을까'였다. 국내 외 자료를 수집해 보고 유럽과 중국 등 외국도 견학해 보았지만 대부분 외부로 돌출되는 일반 지주목을 사용하고 있었다. 일반 지주목은 태풍 등 외부 충격으로부터 나무가 넘어지지 않도록 나무마다 세 개의 나무 기둥을 세우거나 사각으로 만든 지주목을 설치한다. 큰 나무에는 쇠밧줄을 설치하기도 하는데 사실 나무 밖으로 지주목이 세워져 있으면 미관상 좋지 않은 부분이 있다.

　정원박람회장에는 수십만 그루의 나무가 심어질 텐데 나무마다 지주목을 설치한다고 상상하니 끔찍한 생각이 들었다. 외부로 돌출

매립형 말뚝지주목

되는 지주목을 사용할 경우 미관을 저해하고 정원의 완성도가 떨어져 박람회 성공에 장애 요인이 될 것 같았다. 어떻게 하면 지주목을 외부로 드러나지 않게 할 수 있을까 고민하던 중 매립형 지주목에 관한 외국 사례를 살펴보게 되었다. 일본에서는 땅을 파고 지하에 철재를 설치한 후 나무를 철재와 묶고 흙을 덮어 외부로 지주목이 드러나지 않는 방법을 사용하고 있었다.

이 방법은 지주목이 외부에 드러나지 않는 매립형 기술이었으나 작업 공정이 복잡하고 설치비용이 많이 든다는 단점이 있었다. 한두 그루도 아니고 수많은 나무를 심어야하는 정원박람회장에 그대로 적용하기는 어렵다고 판단되었다.

더 이상 마땅한 외국 사례를 찾지 못해 새로운 순천형 매립지주

일반 돌출 지주목 (중국 서안 박람회장)

매립형 말뚝 지주목(순천만 박람회장)

목을 개발해야겠다고 마음먹고 본격적으로 연구를 시작했다. 새로운 기술개발에 몰두하던 어느 날, 우연히 숲 가꾸기에서 발생한 간벌재를 보면서 이것을 말뚝으로 만들어 땅속에 박아 나무를 지탱하는 방법이 없을까 생각하게 되었다.

몇 번의 토론 끝에 아이디어를 구체화해 나갔고 이를 직접 실험해 보기로 했다. 실험의 정확성과 정교함을 높이기 위해 수고(樹高)와 근원직경 크기가 다른 8주의 나무를 선정하고 이들 나무의 크기에 비례한 말뚝을 준비해서 매립형 지주목을 설치해 보았다. 실험에 쓰인 나무는 높이 10m 내외의 편백나무 3주와 5m 정도의 왕벚나무 5주였다.

물론 이들 나무마다 흉고와 근원직경이 모두 달랐다. 실험에 쓰인 말목은 숲 가꾸기 현장에서 발생한 편백나무 간벌재가 이용하기 좋았다. 편백은 절단했을 경우 말구와 원구직경 사이 굵기가 거의 일정하고 마디에 맹아가 없어서 말목으로 사용하기에 좋았다.

매립형 말뚝지주목은 재료가 단순하고 설치하기 쉬워서 숙련된 작업자가 아니더라도 한두 시간만 배우면 누구나 설치 가능했다. 설치 방법은 아주 단순했다.

먼저 보통 조경 수목을 굴취할 때와 마찬가지로 조경용 철사(반선)를 나무 뿌리분에 단단히 감는다. 그다음 식재할 구덩이에 나무를 앉히고 주변에 길이 1~1.5m, 직경 8~15cm 정도의 말목 4개를 박는다. 이때 유의할 점은 말목을 박을 때 뿌리 부분과 밀착되도록 사방으로 일정한 간격을 두고 설치한다는 것이다. 말목을 박을 때는 굴삭기 머리 부분의 버킷(bucket)을 떼어내고 사각이나 원형의 해머(hammer)를 설치하여 말목 윗부분을 눌러주면 쉽게 박을 수 있다.

말뚝지주목 설치광경

　말목을 박은 다음 조경용 반선을 나무를 중심으로 대각선으로 둘러서 나무뿌리에 있는 철사와 만나는 지점마다 조여준다. 그리고 반생(신우대)이라는 조경용 쇠꽂막대기를 이용하여 철사와 철사가 만나는 지점을 강하게 조여 말목과 철사를 일체형으로 연결해 준다. 이렇게 설치된 매립형 말뚝지주목은 마치 자연 상태에서 10년 정도 된 나무에서 나올 수 있는 튼튼한 뿌리 역할을 해주기 때문에 강풍에도 넘어지지 않는다.

　이후 우리는 계속된 실험을 통해 기술을 개선해 나갔다. 더 안정적인 힘을 받기 위해 말목 상단 10cm 지점에 구멍을 뚫어 이곳으로 철사를 통과시켜 넣은 다음 나무 뿌리분에 있는 철사와 결속시켰더니 훨씬 강하게 나무를 지탱하는 효과가 있었다.

　여러 가지 실험을 통해 가장 좋은 결과를 얻은 세 가지 방법을 선정하여 이 중에서 작업의 용이성과 시간과 비용의 효율성 등을 비교 분석하여 그중에서 가장 좋은 방법 하나를 최종 확정했다.

　마침내 조경학과 교수와 전문가 등이 참여한 가운데 공개 시연을

했다. 시연에 참여한 사람들은 처음에는 대수롭지 않게 여기는 표정
이었다. 그런데 나무 높이가 20m 이상 되는 상수리나무를 직접 심

기술시연 광경

으면서 기술을 시연해 보여주자 놀라워했다. 흔한 말목을 이용하여 짧은 시간에 설치하는 것을 보고 기술력이 높다고 인정해 주었다. 하지만 강풍 등 외부 압력에 버티는 정도를 어떻게 확인할 수 있는 지에 대해서는 여전히 의문을 품고 있었다.

우리는 자체 실험을 통해 이러한 문제를 예상하고 있었던 터라 당황하지 않고 그들의 의문점을 해소시켜 주기로 했다. 말뚝지주목을 설치한 나무 목대에 로프를 묶은 후 굴삭기에 연결하여 잡아 당겨보는 장력 테스트를 했다. 굴삭기가 나무를 세게 잡아당기자 식재된 나무가 뽑히거나 넘어지지 않고 버티면서 활처럼 휘어졌다. 태풍 같은 강한 바람이 불 때의 압력에도 끄떡없는 것을 확인시켜 주자 이를 지켜보던 사람들이 놀라워했다.

조경 자문위원으로 참여했던 삼성에버랜드 조경차장님도 새로운 기술이 대단하다며 자기들도 적용하고 싶다고 칭찬을 아끼지 않았다. 이처럼 국내 조경 전문가들도 인정함에 따라 특허청에 말뚝지주목 특허를 신청하였고 마침내 특허를 취득하게 되었다.

이후 박람회장의 모든 큰 나무는 신공법의 기술을 적용하여 식재하게 되면서 외부로 돌출되지 않는 매립형지주목이 주목을 끌기 시작했다. 정원박람회장에 적용된 신기술이다 보니 자연스럽게 국내 조경 관련 단체나 회사에서 관심을 가졌다. 이 기술을 적용하여 나무를 식재하고 싶다는 조경회사와 단체도 많이 있었지만 다른 한편으로는 태풍 등 강풍이 불면 매립형 지주목이 제 역할을 해줄지 의문을 가진 사람들도 여전히 있었다.

그러던 중 정원박람회 개장을 불과 6개월을 남겨둔 2012년 8월 27일, 순간 초속 50m/s의 초강력 태풍 볼라빈이 남부지역을 강타했

다. 강한 태풍이 예보되자 많은 사람이 정원박람회장에 심은 나무들은 모두 피해를 입을 것이라며 걱정했다. 나무들이 쓰러지면 박람회도 연기해야 될 정도로 위급한 상황이 닥친 것이라고 생각했다.

실제로 태풍 볼라벤의 위력은 대단했다. 도로변의 가로수들이 뿌리째 뽑히고 아름드리 큰 나무들조차 바람을 견디지 못하고 목대중간에서 부러지면서 넘어졌다. 시장님을 비롯한 조직위 관계자들은 정원박람회장에서 태풍이 무사히 지나가기를 바라면서 뜬눈으로 밤을 새웠다. 다음 날 아침 사람들의 시선이 정원박람회장을 향했다. 하지만 놀랍게도 많은 사람의 우려와는 달리 박람회장의 나무들은 멀쩡히 서 있었다. 매립형 말뚝지주목이 완벽하게 태풍을 막아준 것이다. 새로운 신기술 덕분에 1급 태풍을 이겨냈다는 소식이 알려지면서 많은 언론매체에서 말뚝지주목이 박람회장 나무를 살렸다고 홍보해 주었다.

이때부터 2013 순천만정원박람회는 특허받은 박람회라는 새로

특 허 증
CERTIFICATE OF PATENT

특 허 제 **10-1140876** 호
(PATENT NUMBER)

출원번호 (APPLICATION NUMBER) 제 2011-0096859 호

출 원 일 (FILING DATE:YY/MM/DD) 2011년 09월 26일

등 록 일 (REGISTRATION DATE:YY/MM/DD) 2012년 04월 20일

발명의명칭 (TITLE OF THE INVENTION)
말뚝형 수목 지지 장치 및 이를 이용한 지지 장치 설치 방법

특허권자 (PATENTEE)
순천시
전라남도 순천시 장명로 30 (장천동, 순천시청)

발명자 (INVENTOR)
등록사항란에 기재

위의 발명은 「특허법」에 의하여 특허등록원부에 등록 되었음을 증명합니다.

(THIS IS TO CERTIFY THAT THE PATENT IS REGISTERED ON THE REGISTER OF THE KOREAN INTELLECTUAL PROPERTY OFFICE.)

2012년 04월 20일

특 허 청 장
COMMISSIONER, THE KOREAN INTELLECTUAL PROPERTY OFFICE

연차등록료 납부일은 설정등록일 이후 4년차부터 매년 04월 20일까지이며 등록원부로 권리관계를 확인바랍니다.

운 명칭을 얻게 되었다. 말뚝지주목 덕분에 나는 KBS 아침마당 생방송에 특별손님으로 초청받아 출연하였다. 서울에 있는 전국경제인연합회(전경련)에 초청받아 임직원들을 대상으로 창조경제 조경신기술을 소개하기도 했다.

전국경제인연합회 강의를 마치고 점심시간에 전경련 팀장급 이상 간부들과 이야기를 하던 중 다들 공무원이 특허를 개발하여 정원박람회를 성공시켰다는 이야기를 듣고 많이 놀랐다고 했다. 왜냐하면 공무원 조직은 경직되어 창의성을 발휘하기 어려운 조직이라고 생각하고 있었기 때문이다. 그들은 순천시 공무원들은 다른 것 같다고 했다.

그들은 나에게 국제특허를 신청하자고 제안했고 어떤 팀장은 특허료 받으면 큰돈 벌 수 있을 거라고 했다. 나무 그루당 만 원씩만 받아도 몇십억 원은 벌 수 있다는 말을 덧붙이며 공무원 그만두고 함께 사업하자며 농담 삼아 제안하기도 했다.

나는 박람회를 성공했기 때문에 국제특허나 특허료를 받아 돈을 벌 생각이 없다고 말했지만 그날 이후에도 많은 조경업체에서 특허기술을 사용하길 요청하였기 때문에 가끔 마음이 흔들리기도 했다. 우리나라 경제의 심장부에서 일하고 있는 전경련의 임직원들조차도 일부러 시간을 내서 말뚝형지주목을 견학하러 박람회장을 방문할 정도로 관심이 많았다.

이후 나는 정원박람회 유공(有功) 공무원으로 선정되어 대한민국 근정포장(勤政褒章)을 수상했다. 옛말에 간절히 원하면 이루어진다고 했던가. 나무를 잘 살리기 위해 간절한 마음을 가졌기에 가능했을지 모른다는 생각을 한다. 나무가 '죽으려야 미안해서 죽지 못하도록 정성'을 다한 보람이 있었던 것이다. 목표를 달성하기 위해서는 '반심을 써서는 안 되고 온 심을 써야 된다'는 신념이 결실을 얻은 것일지도 모른다.

그렇다면 어떻게 말뚝지주목 신기술은 강풍에 견딜 수 있었을까. 한마디로 설명하면 오뚝이 원리가 작용했기 때문이다. 오뚝이는 무게 중심이 가운데에 있어서 넘어졌다가 다시 중심을 잡고 일어선다. 말뚝지주목은 나무뿌리 무게 중심 부분에 일정한 간격으로 박혀 있는 말뚝들이 서로 연결되어 바람의 힘을 사방으로 분산시킬 수 있었다. 뿌리 쪽 무게 중심은 강하게 잡아 주고 목대는 유연성과 탄력성을 유지할 수 있도록 설계되었기 때문에 부러지지도 넘어지지도 않았던 것이다.

당시 순천시 외서면에 있던 수고 20m 이상의 메타세쿼이아 나무 몇 그루가 볼라빈 태풍 피해를 입었는데 사람 키 높이에서 면도칼로 잘린 듯 두 동강으로 절단될 정도로 바람의 위력이 대단했다. 보통 바람이 심하게 불면 나무들이 쓰러져 넘어지는데 어떻게 큰 나무가 넘어지지 않고 두 동강으로 절단될 수 있는지 이해할 수가 없었다. 추측하건대 나무의 유연성이 약했기 때문에 온몸으로 바람과 맞서다 몸통이 부러지지 않았을까 생각한다. 하지만 정원박람회장의 나무들은 말뚝형지주목의 유연성 효과 때문에 피해가 없었다는 생각이 들었다.

말뚝지주목은 숲 가꾸기 현장에서 발생하는 친환경 목재를 재활용하였기 때문에 예산 절감효과까지 얻을 수 있었던 일석삼조의 신기술이었다. 나는 몇 년간 말뚝형지주목의 효과를 실험해 그 결과를 2015년 전국 공무원 정책발표대회에서 논문으로 발표했고 최우수상을 수상하는 영예를 안았다.

정원박람회가 끝나고 공원녹지사업소에서 일할 때 동천변 사랑의 거리에 수고 5m 이상 되는 메타세쿼이아를 가로수로 심으려고 했더니 조경업체 대표가 말뚝지주목이 걱정된다고 했다. 차들이 고속으로 달리는 곳이라 태풍이 불어 가로수가 차량을 덮치기라도 한다면 대형 인명사고가 날 수도 있다는 것이었다. 충분히 일어날 수 있는 일이었기 때문에 더 꼼꼼하게 말뚝형지주목을 설치하도록 지도 감독했더니 나무를 심은 지 몇 년이 지난 지금까지 단 한그루도 넘어지지 않았다.

만약 내가 스스로 기술력을 믿지 못했다면 감히 적용할 수 없었을 것이다. 공무원들이 많이 쓰는 말이 있다.

"사고 나면 누가 책임질 것인가요?"

나 역시 예외는 아니지만 막연히 두려워서 회피하기 보다는 철저히 준비해서 도전하는 것이 필요하다고 생각한다. 새로운 기술을 적용해 경관을 창조한다는 것이 쉬워보여도 누군가는 잠도 자지 못하고 끊임없이 고뇌했다는 것을 아는 이가 있을는지 모르겠다.

큰 나무 뿌리돌림 공법

뿌리돌림은 나무를 중심으로 지표면에서 30~50cm 깊이로 빙 둘러 땅을 파고 드러난 큰 뿌리를 절단해 두는 작업이다. 그리고 다시 흙으로 묻어두면 절단한 큰 뿌리에서 여러 개의 작은 뿌리가 발달하는데 작업 후 6개월 정도면 효과가 나타난다. 이때 나무를 옮겨 심으면 생육 활착률이 매우 높아진다. 그 이유는 큰 뿌리를 절단하면 나무는 스스로 살기 위해 미세한 뿌리를 발달시키고 이 잔뿌리를 통해서 물과 각종 양분을 흡수하기 때문에 다른 장소로 나무를 옮기더라도 잘 자랄 수 있는 것이다.

뿌리돌림 작업은 순천만정원박람회장에서 적용한 기술 중에 가장 혁신적인 방법이라고 말할 수 있다. 처음 박람회를 준비할 때 많은 논란이 있었는데 그중 하나가 1~2년의 짧은 준비 기간 동안에 어떻게 큰 나무들을 옮겨다 활착 시킬 수 있느냐는 것이었다. 작은 나무들은 옮겨 심어도 활착이 잘되는데 반해 흉고 직경 20cm 이상 큰 나무들은 어렵기 때문에 조경 전문가들의 우려가 많았다. 박람회장으로 옮겨 심을 나무 대부분은 산에서 야생으로 자란 나무를 활

뿌리돌림 효과–잔뿌리가 많이 발생

용해야 했기 때문에 이들을 옮겨와 일정 기간 가식한 후 생육 활착 과정을 거쳐야 했다. 흔히 조경현장에서는 이 과정을 모찌고미라고 표현하는데 한두 그루도 아니고 수만 그루의 나무들을 전부 가식할 수도 없는 실정이었다. 그래서 선택한 방법이 뿌리돌림 기법이다.

야생에 있는 나무를 그대로 두고 현장에서 뿌리돌림 작업을 실행한 후 최소 6개월이 지난 다음 옮겨다 심는 방법을 이용했다. 효과는 대만족이었다. 당시 순천시의회에서 박람회 준비상황 점검 차 서면 구상 도유림 뿌리돌림 현장을 방문한 적이 있었다. 수종갱신(樹種更新) 벌채 예정지로 지정된 곳의 팽나무, 상수리나무 등 아름드리 큰 나무들을 대상으로 뿌리돌림을 해 놓은 것을 보고는 그동안 걱정했던 조경 수목 준비가 잘 되고 있다고 격려해 주셨다.

당시 박람회장은 철탑 이설(移設) 등의 문제로 부지 조성이 더디게 진행되다 보니 시민들은 언제 나무를 심고 활착시킬 수 있을 것인지 걱정하고 있었다. 하지만 우리는 믿는 구석이 있었기 때문에 계획대로 진행해 나갔다.

뿌리돌림 후 짧게는 6개월부터 길게는 2년까지 현장 나무은행에 관리하고 있다가 박람회장 부지 준비상황에 맞춰 옮겨다 심었기 때문에 활착률을 높일 수 있었다. 나무은행이 무엇인지 궁금해하는 사람들이 많은데 말 그대로 나무를 일정한 장소에 저장해 두었다가 필

뿌리돌림 효과 –잔뿌리 발생

요할 때 내어 활용하는 제도이다. 전라남도에서 시작해서 전국적으로 확산시킨 수목 재활용 프로그램으로 공공개발 사업장 등에서 발생한 버려질 수목들을 한데 모아 공공조경 현장에서 재활용하는 것으로 2013 순천만국제정원박람회장에서 그 효과를 입증한 바 있다.

뿌리돌림과 함께 수목활착에 중요한 역할을 했던 것은 유공관공법이었다. 유공관은 이미 알려진 조경 기술로 나무를 심고 나서 뿌리분 주변에 직경 10cm, 길이 50cm 내외의 플라스틱 관을 매설하는 것으로서 관수할 때 편리하다. 단순히 물을 주기 편리한 것만 아니라 수목 생육활착을 높이는 데도 장점을 가지고 있다. 언젠가 심은 나무가 잘 자라나 확인하기 위해 나무 주변을 파보았더니 유공관을 묻은 주변에는 잔뿌리가 많이 발달해 있는 것을 직접 확인했다.

순천시의회 뿌리돌림 수목관리 현장방문

사실 이 공법은 나무뿌리 부분까지 물을 공급해 줄 수 있어 생육 활착에 도움이 되는 반면 무더운 여름날이나 겨울철 강추위에는 유공관을 통해 열기와 냉기가 그대로 전달될 수 있다는 단점을 가지고 있었다. 모든 기술에는 장점과 단점을 동시에 갖고 있기 때문에 장점은 살리고 단점을 최소화하는 게 중요했다. 단점을 최소화하기 위해 유공관 속에 톱밥이나 우드칩 또는 자갈을 넣어 시공했다.

조경 현장에서 우스갯소리로 "물주기 삼 년"이라는 말이 있는데 처음 조경 분야에 입문하면 물주는 단순한 일부터 배워야 한다는 의미도 있지만 물 주는 일이 그만큼 중요하다는 것을 강조하는 것이 아닐까 생각해 본다.

지렁이분변토

정원박람회를 준비하면서 정원문화가 발달한 네덜란드와 독일 등 유럽을 견학할 기회가 있었다. 그들은 나무 한 그루를 심을 때도 좋은 토양을 넣어주고 배수가 잘 되도록 시설을 해주는 것을 보았다. 그들은 정원을 가꾼다고 하지 않고 흙을 가꾸고 땅을 관리한다고 말할 정도로 식생토(植生土)에 관심이 많았다. 그들의 모습을 보며 '우리는 그 지역보다 식재지반(植栽地盤) 토양이 좋지 않음에도 불구하고 나무를 대충 심는 경우가 많구나…'라는 생각이 들었다. 나무가 잘 살 수 있도록 좋은 환경을 만들어 주기 위해서는 정원박람회장이라도 나무 심는 관행을 바꿔보고 싶은 욕심이 들었다.

그 욕심 중 하나가 지렁이분변토였다. 조직위원회 최 본부장님이 소설가 이외수 씨가 쓴《지렁이 예찬론》이라는 책자를 소개해 주면서 우리도 도입해 보면 어떻겠느냐고 제안해서 시작하게 된 것이다. 지렁이 똥으로 만든 퇴비는 나무가 가장 자연스럽게 양분을 흡수할 수 있는 성분을 가지고 있어 나무에 더할 나위 없이 좋다는 내용이었다.

당시 나는 나무 활착에 좋은 방법이라면 물불을 안 가리고 있던 때였는데 마침 대구 수성구에 있는 한 농장에서는 비닐하우스에서 대량으로 지렁이를 키우고 있다는 이야기를 들었다. 나는 지체 없이 지렁이를 구하러 대구시로 갔다. 그곳에서는 목재 사각 틀로 만든 분묘장에 지렁이를 키우고 있었는데 한 마리도 보이지 않기에 어떻게 된 거냐고 여쭤보니 흙을 걷어내 보라고 했다. 조심스럽게 흙을 걷어내자 지렁이들이 떼로 모여 꾸물꾸물 움직이고 있었다. 그 안에는 새끼 지렁이도 많이 섞여 있었는데 사실 처음에는 좀 징그러워 보였다.

우리는 현장에서 지렁이 사육하는 방법을 배운 후에 약 50kg의 지렁이를 사 가지고 돌아왔다. 대구 농가에서 배운 대로 일반 흙을 소똥 썩힌 거름과 섞어 사각 나무틀 안에 넣고 둔덕처럼 높게 만들었다. 비가 와도 물에 잠기지 않도록 배수로도 만들었다. 둔덕 위에 지렁이를 풀어 놓았더니 일부는 흙속으로 파고 들어가고 일부는 그대로 있었다. 물을 적당히 뿌려주자 지쳐있던 지렁이들이 꿈틀거리면서 활발하게 움직였다.

다음날 나는 일찍 하우스에 가 봤다. 그런데 지렁이 일부가 배를 뒤집은 채 죽어 있는 것이 아닌가! 알아보니 지렁이는 온도와 염분에 민감해서 땅속 깊이 파고든 지렁이는 살아남고 그렇지 못한 지렁이는 죽었다는 것이다. 지렁이가 파고들 수 있도록 골을 깊이 만들어 주고 소똥은 햇볕에 말려 물을 충분히 뿌려준 뒤 배춧잎 등을 먹이로 줘야 한다는 것도 추가로 배울 수 있었다. 이렇게 지렁이 사육법을 터득한 후 우리 정원박람회에 맞는 순천형 분변토를 대량으로 생산할 방법을 연구해 나갔다.

정원박람회장은 당초 벼농사를 짓는 논이어서 지표면 30cm까지는 각종 유기질이 풍부해 상토를 걷어 별도로 보관해 두었다. 정원박람회 준비과정에서 국립농업과학기술원으로부터 자문을 받은 결과였다.

논 표토(表土) 흙을 나무 식혈(植穴)용으로 활용하고 있는데 논흙이다 보니 유기질은 풍부한 대신 점토질 성분이 많아 배수가 약하다

박람회장 지렁이 사육 광경

는 단점을 갖고 있었다. 그래서 논흙을 배수가 잘되는 마사토와 섞어 사용하고 특히 왕겨와 혼합했더니 나무 생육과 활착에 많은 도움이 된다는 것을 알게 되었다.

우리는 여기에 그치지 않고 부엽토를 혼합해 사용하기로 하고 부엽토와 분변토를 섞어서 활용하는 방법을 개발하기로 했다. 부엽토는 산 계곡 부위에 있는 활엽수에서 떨어진 잎들이 차곡차곡 쌓여 부패하면서 만들어진 흙이다. 일종의 천연발효 퇴비인 셈이다. 소나무 잎 등 침엽수는 송진 성분이 많아서 빨리 썩지 않고 미생물이 살 수 없기 때문에 활엽수 부엽토가 좋다.

우리는 공공근로에 참여하고 있던 작업자들의 협조를 받아 승주읍 유평리의 시유림 골짜기와 서면 구상리 깊은 산에서 많은 양의 부엽토를 채취할 수 있었다. 채취한 부엽토를 정원박람회장 하단부 부지에 산더미처럼 쌓아놓고 부숙(腐熟)된 소똥과 톱밥 퇴비를 혼합했다. 여기에 1년 이상 발효시킨 EM 효소를 이들과 함께 완전히 섞었다. 그러고 나서 비장의 무기인 지렁이까지 혼합하여 2년 가까이 숙성시켰다.

이렇게 해서 만들어진 거름이 바로 지렁이분변토였다. 거름 속에서 지렁이는 낙엽과 소똥을 먹고 이들이 배출한 똥은 다시 거름으로 만들어졌다. 지렁이 한 마리가 일 년 동안에 생산하는 거름의 양은 약 10kg이라고 하니 수만 마리의 지렁이가 만들어낸 거름은 생각보다 많았다. 이렇게 해서 돈 주고 사려고 해도 구할 수가 없는 최고 품질의 분변토 거름을 500톤 이상 만들 수 있었다.

어느 날 모 비료회사 영업부장이 자사 퇴비를 홍보하러 정원박람회장에 왔다가 우리가 만든 지렁이분변토를 보더니 이처럼 좋은 퇴

부엽토 낙엽채취 광경

지렁이분변토 퇴비장 조성 광경

나무에 분변토 시비 광경

비는 도저히 만들 수 없다고 하면서 그냥 돌아갔던 일이 있었다. 정원박람회장의 모든 나무에게 지렁이분변토 거름을 주었더니 심은 지 일 년도 안 되었는데 마치 오래전에 심은 나무처럼 잘 자라 주었다. 번지르르 윤기가 나는 나뭇잎을 볼 때마다 나는 속으로 '지렁이분변토 효과가 나타나는구나!'라고 생각했다.

자원 재활용으로 200억 예산 절감

6개월간 진행된 순천만국제정원박람회는 성공적으로 마무리되었다. 이를 축하해 주기 위해 폐막식에 대통령이 참석했다. 재정 형편이 어려운 지방 중소도시에서 국제행사를 성공적으로 개최할 수 있었던 이유 중의 하나가 자원 재활용을 통해 200억 원의 예산을 절감했기 때문이었다는 소식을 듣고 감동을 받았다고 하셨다. 당시 창조경제를 주요 국정과제로 추진하고 있었던 대통령으로서는 순천시가 자원 재활용으로 친환경 창조경제를 앞장서 실천하고 있다는 점을 높이 평가하면서 순천의 성공사례를 전국에 전파하면 좋겠다고 했다.

그러면 도대체 어떻게 해서 많은 예산을 절감할 수 있었을까. 옛말에 궁(窮)하면 묘(妙)가 생긴다고 했다. 국제행사를 치를 예산이 부족하다 보니 공무원들이 지혜를 짜낼 수밖에 없었다.

정원박람회장을 조성하는 데는 필수 요소들이 있다. 도로와 같은 기반 시설과 회의장 등 건축물은 설계대로 예산을 투입하여 시공해야 한다. 토목과 건축 등 기반 시설은 객관적인 시설 기준이 있기 때문에 예산을 절감하고 싶어도 할 수가 없다.

반면에 조경분야는 예산을 절감하기 좋은 분야다. 왜냐하면 조경분야는 행사장을 꾸미는 거의 마지막 단계에서 추진되다 보니 다른 필수시설을 만들고 나서 예산이 부족하면 그 상황에 맞춰 조정하면 되기 때문이다.

예를 들어 당초 설계에는 값비싼 조형 소나무를 심기로 되어있었지만 후에는 작은 소나무로 대체 한다거나 그나마 나무 심을 형편이 안 되면 그 공간에 잔디만 심어도 행사를 치를 수 있다. 우리 조경팀에서는 이러한 상황을 미리 예상하고 나무를 많이 준비해 두었다. 국제행사를 치르면서 예산이 부족해 나무를 심지 못했다는 말을 들어서는 안 되기 때문이었다.

조경사업비 중에 가장 큰 비중을 차지하는 것이 나무일 것이다. 웬만큼 큰 나무 한 그루 가격이 몇십만 원에서 몇백만 원, 심지어는 몇천만 원까지 하기 때문에 이들 나무를 구입하지 않고 공공사업장 등에서 발생한 나무를 재활용하기로 했다. 실제로 88고속도로 현장과 공공 벌채지 등에서 재활용한 나무는 27만 주가 넘었고 금액으로만 따져도 150억 원 이상이었다.

나무 다음으로 예산을 절감했던 것은 조경석이었다. 광양에서 목포 간 고속도로 공사장에서 채취한 자연석으로 바위정원을 만들고 박람회장 곳곳을 꾸미는 데에 사용된 돌은 모두 2만 5천 톤으로 약 25억 원 이상의 가치가 있는 것으로 평가되었다.

이밖에도 순천만에서 버려질 갈대로 친환경 그늘막과 생울타리를 만들며 약 2억 원의 사업비를 아꼈으며 지역 주민들에게 일자리를 제공하기까지 했다. 지렁이분변토를 자체 생산하여 2억 원의 사업비를 아낄 수 있었으며 2012 여수엑스포에서 사용한 그늘막 등 24종 11만 개를 재활용하여 17억 원의 예산을 절감할 수 있었다.

무슨 일을 하든지 피동적으로 하면 새로운 기술과 방법을 찾을 수 없다. 능동적으로 생각하고 덤비면 방법이 보인다. 공무원 조직도 다르지 않다고 나는 생각한다. 국민의 세금을 효과적으로 사용하고 관리해야 할 책임이 있지만 그렇다고 피동적으로 움직이기만 해서는 의미 있는 일을 생성시킬 수 없다. 과감하게 도전하고 최선을 다하면 얼마든지 길이 열리고 그 길은 시민들에게 돌아가 편리함과 행복감을 선물해 줄 수 있다.

정원박람회 준비과정은 새로운 길을 여는 수많은 시도가 있었다. 그 과정에서 특허도 받을 수 있었고 우리나라 조경 발전에 작으나

마 도움도 줄 수 있었다. 무엇보다 순천만정원박람회를 성공적으로
개최할 수 있는 밑거름이 될 수 있어 뿌듯하다.

순천만 국가정원의 가을 풍경 ⓒ 이용일

두 번째로 준비하는 정원박람회

'나에게 나무와 정원은 어떤 의미가 있을까?'를 생각해 본 적이
있다. 결국 나무는 나의 평생을 이끌어가는 운명 같은 존재라는 생
각이 들었다. 운명처럼 나무를 심고 가꾸다 보니 2013년에 이어 10
년 만에 다시 2023 순천만국제정원박람회를 준비하고 있다.

국제행사를 두 번씩이나 준비한다는 것이 영광스러운 일이지만
부담이 많은 것도 사실이다. 10년 전에는 조경팀장으로 일했다면
지금은 정원시설부장으로 설계와 시공을 총괄하고 있다. 그때는 나
무를 중심으로 한 조경 분야로 업무가 한정적이었지만 지금은 박람
회장 전체 설계를 담당하기 때문에 범위가 훨씬 넓어졌다.

국제행사 준비는 늘 시간과의 전쟁이라는 느낌이 들 정도로 바

쁘고 분주하다. 정해진 시간 내에 행사장 조성을 끝내야 하는데 나무와 꽃처럼 살아있는 생물을 심어 완성도를 높인다는 것은 사람의 힘으로만 되는 것은 아니다. 더군다나 국제행사에 선보일 정원을 만드는 과정은 마스터플랜(master plan)을 수립하는 단계에서부터 실시설계에 이르기까지 수많은 전문가 그룹의 자문을 받고 AIPH(국제원예협회)로부터 현지실사 등 엄격한 과정을 거치기 때문에 준비해야 할 것이 한두 가지가 아니다. 매주 한 차례 이상 설계용역 보고회를 갖고 연관부서 사업발굴과 전문가 및 자문단 의견을 모아 설계를 완성해야 한다.

2013 정원박람회 당시 설계 용역보고회를 무려 70회 이상 개최하였고 회의용 인쇄비만 억 단위가 넘었는데도 불구하고 시공 과정에서 상당 부분의 설계 변경이 이루어졌다. 나는 이러한 시행착오를 경험해 보았기 때문에 보다 효율적인 설계 진행을 위해 전문가 자문단을 적극 활용하고 있다. 자문단 중에는 해외에서 왕성하게 활동 중인 가든 디자이너에서부터 국내 유수의 정원 그룹장까지 다양한 전문가들이 도움을 주고 있다.

정원 설계는 건축이나 토목처럼 객관적으로 정해진 기준이 있는 것이 아니다. 상당히 주관적 요인이 많기 때문에 다양한 분야의 전문가들과 토론하고 협의하면서 계속 수정 보완해 가는 진행형이라 할 수 있다. 상당한 인내심이 필요한 작업이다. 다행히 우리 조직위원회에는 2013 정원박람회 때 함께 일하면서 경험을 축적한 팀원들이 있어서 준비하는 데 큰 도움을 받고 있다.

순천시는 대한민국을 대표하는 정원 도시로 알려져 있는데 단순히 국가정원 1호를 보유하고 있다고 해서 생긴 말이 아니다. 우리는 정원 설계와 시공을 감당할 수 있는 역량을 갖춘 인력이 풍부하다. 아울러 국제행사를 준비해 본 경험이 있어 시행착오를 거치지 않고 사업을 진행할 수 있기 때문에 비용과 시간을 절약할 수 있다.

정원박람회를 치르기 위해서는 제일 먼저 내부방침을 정해야 한다. 언제 어떤 규모로 국제행사를 개최할 것인지에 대한 방향과 추진전략을 설정하고 기본계획을 수립해야 한다. 기본계획 수립 시 주민의견 수렴 등의 절차를 거치는 것이 일반적이다.

기본계획에는 부지확보, 예산 및 인력운영 방안 등이 제시되어야 한다. 왜냐하면 이를 토대로 산림청 등 정부 부처와 협의하고 기획재정부에 국제행사 승인을 요청하기 때문이다. 앞으로는 시·군 등 기초 자치단체 자체적으로는 국제행사 신청이 안 되고 반드시 광역 시도에서만 신청할 수 있기 때문에 시·도와 업무 협약(MOU)을 체결하여 공동 개최하는 것이 필요할 것이다.

보통 국제기구(AIPH)의 승인을 받고 나서 정부승인을 신청하는 것이 일반적인데 순서가 바뀌는 경우도 있다. 지금까지 두 번의 유치 경험상 대한민국 정부승인 받기가 훨씬 어려웠던 것 같다. 박람회 유치 타당성 서류평가와 현지실사를 엄격하게 진행하기 때문에 전담팀을 구성해서 대처할 필요가 있다고 생각한다.

세계원예박람회(AIPH)는 A1급, B급, C급, D급으로 나뉘는데 A1급의 경우는 개최 6년에서 10년 전에 신청을 해야 하고 등록박람회(BIE)의 인정이 필요하다. 2023 순천만국제정원박람회는 B급으로 최소 3년 전에 신청을 하고 행사 기간은 6개월이며 최소 전시 면적은 25ha 이상이 되어야 한다.

정부승인을 받고 나면 조직위원회를 구성하여 본격적으로 국제행사 준비에 돌입하게 된다. 이때부터 행사장 조성을 위한 마스터플랜을 수립하고 이를 토대로 실시설계가 진행되며 공사를 착공하게 된다. 행사 준비는 크게 기획운영과 설계 및 시공으로 나누어 진행된다. 처음 준비단계에서는 실시설계 및 시공이 중점적으로 진행되지만 개장이 가까워질수록 홍보와 행사 운영이 중요한 비중을 차지하게 된다.

그럼 왜 순천시는 다시 정원박람회를 준비하고 있을까?

2013 정원박람회가 순천만의 항구적 보전을 위한 에코벨트를 조

성하여 연간 500만 명 이상이 방문하는 대한민국 대표 생태관광지로 자리매김했다면 2023 순천만국제정원박람회는 시민들이 일상속에서 정원을 조성하여 정원교육과 커뮤니티에 참여하고 나아가 정원 산업을 육성하여 일자리를 창출함으로서 세계적인 정원 도시로 발돋움하려고 준비하고 있다.

순천은 지금 "도시가 아닙니다. 정원입니다. 도시 전체를 정원으로!"라는 슬로건을 내걸고 정원 도시를 만들어가고 있다. 누군가 정원을 인류 최후의 사치품이라고 했지만 코로나19로 힘든 요즘은 오히려 최고의 필수품이 되었다고 생각한다.

누군가 "요즘 어떻게 지내시나요?"라고 안부를 물어 온다면 이렇게 대답했으면 좋겠다.

"나는 정원에 삽니다!"

정원에 삽니다, 나만의 정원에

2023 순천만국제정원박람회의 가장 큰 특징은 도시 전체에서 박람회가 열린다는 것이다. 정원문화가 발달한 유럽에서도 박람회는 도시의 특정 지역을 한정해서 개최하는 것이 일반적이다. 순천시가 도시 전체에서 박람회를 개최한다고 발표하자 AIPH 버나드 회장조차도 매우 획기적인 도전이라며 큰 기대를 나타냈다.

정원박람회장은 도심을 관통하는 동천변을 중심으로 크게 4개의 구역으로 나뉘어 조성된다.

첫 번째 구역은 역사문화 정원으로서 죽도봉과 장대공원을 중심으로 뱀브가든과 컨테이너가든, 시니어가든 등이 새롭게 선보인다. 이곳에서는 숲속의 미술관과 숲길 전망가든을 만날 수 있다.

두 번째 구역은 동천 정원길 구간으로 이 길을 따라 리버파크(River Park)가 조성된다. 1급수 맑은 물이 흐르는 강변을 따라 친환경 e-모빌리티(e-mobility)를 이용해 역전과 터미널, 윗장과 아랫장으로 편하게 이동하면서 도심 구석구석을 여행하게 될 것이다.

세 번째 구역은 순천만 국가정원이다. 대한민국 제1호 국가정원으로서 각국을 대표하는 세계정원과 참여정원, 기업정원 등 다양한 형태의 정원들이 있는데 2023 정원박람회 때는 새롭게 선보이는 정원들도 함께 만나게 될 것이다. 한반도 평화정원, 안개정원, 지상 및 지하로 식물온실과 분화구정원을 연결하여 새로운 첨단 미래정원을 만들어 선보일 예정이다. 미래정원에는 정원을 소재로 한 다양한 미디어아트와 AI(인공지능)정원, 아쿠아가든 등을 전시 연출할 계획이다.

마지막으로 네 번째 구역은 문학정원으로서 국가정원에서 스카이큐브 열차를 타고 순천만문학관역에 도착하면 프랑스 낭트정원을 만날 수 있다. 이곳에는 《해저 2만 리》, 《80일간의 세계일주》 등으로 유명한 세계적인 아동작가 쥘 베른의 작품을 형상화한 조형물을 만날 수 있으며 갈대로 만든 배를 타고 순천만을 체험할 수 있다.

이번 정원박람회장에는 어린이와 시니어들을 위한 공간을 많이 준비하고 있다. 2023 정원박람회 자문단으로 활동하고 있을 뿐만 아니라 '순천 기적의 놀이터' 총괄기획가인 편해문 씨가 참여하여 국가정원의 꿈틀 놀이터를 리뉴얼하고 동천변에 시니어 건강정원을 새롭게 조성할 계획이다.

2023 정원박람회의 특징 중의 하나는 29만 명의 시민이 직접 박

람회장을 꾸민다는 데 의미가 있다. 비록 한 평도 안 되는 작은 공간이라도 내 손으로 직접 정원을 만들고 집 앞 화분 내어놓기, 베란다 정원 만들기 등에 동참함으로써 도시 전체를 박람회장으로 연출하게 되는 것이다.

일반적으로 정원박람회장은 정원이나 조경 분야의 전문가들이 만드는 것이 보편적이다. 하지만 2023 순천만국제정원박람회장은 일반 시민들이 직접 참여하여 '나만의 정원'을 만들게 된다.

순천은 정원의 도시답게 오래전부터 시민을 대상으로 다양한 정원교육을 추진해 왔다. 유치원에서는 꼬마 정원사를, 초등학교에서는 미래 정원사를, 일반 시민들 대상으로는 시민 정원사 양성 교육을 지속적으로 추진해 왔다. 순천시는 이러한 정원교육을 정원문화와 산업으로 연계하여 순천형 표준모델 정원개발과 정원 상품 개발에 노력하고 있다.

도시 전체를 정원으로 만들고 있는 순천시는 가로수를 심더라도 단순한 패턴에서 벗어나 남부지방에서 잘 자라는 홍가시와 꽃댕강, 황금사철나무 등 다양한 수종을 다층구조로 정원처럼 만들었다. 독특한 순천시의 가로수길을 벤치마킹하는 지자체가 늘어나면서 순천에서 생산된 조경수 판매도 덩달아 늘어나고 있다. 순천은 전국 최대 철쭉 등 조경수 생산지로서 순천만 가든 마켓과 공판장을 통해 지역에서 생산된 조경수를 전국으로 유통 판매하고 있다. 정원이 산업으로 연결되어 지역경제가 활성화되면서 시민들은 일상생활 속에서 자연스럽게 정원을 즐기고 저마다 크고 작은 나만의 정원을 갖게 된 것이다.

대한민국은 지금 정원 열풍이다. 그 중심에는 순천시가 있다. 지난 2015년 순천만정원이 대한민국 제1호 국가정원으로 지정 받은 이후 울산 태화강정원이 제2호 국가정원으로 지정되었다. 각 지자체에서도 국가정원이나 지방정원으로 지정받기 위해 조직과 예산을 확충하여 정원을 만들고 있다.

필자는 지난 2020년 전북 완주에 있는 지방인재교육원에서 1년 과정 장기교육을 받았는데 전국 지자체에서 온 사무관님과 정보를 교류할 수 있었다. 내가 순천시에서 왔다고 소개하자 순천만 국가정원을 방문해 보았다고 하면서 순천시가 정원문화를 선도해 나가는 것이 부럽다고 했다. 그러면서, 예전 같으면 공장을 유치하거나 교량을 건설하면 공무원들이 일 잘한다고 했는데 요즘은 예쁜 정원을 만들어야 시민들로부터 칭찬을 받는다고 했다.

정원에 대한 시민들의 관심이 높아지면서 이미 전국의 상당수 지자체에서 정원 관련 부서를 새로 만들거나 심지어는 기존의 도시공원 부서를 정원부서로 확대 개편하는 경우가 늘어나고 있다. 이제 지자체 공무원이라면 적어도 정원에 대한 기본적인 상식과 지식이 필수가 되는 시대가 된 것이다.

정원 같은 기적의 놀이터

정원의 도시, 순천이 자랑하는 또 하나의 정원은 바로 기적의 어린이 놀이터다. 공원녹지사업소장으로 일하던 2015년, 나는 아이들이 마음껏 뛰어놀 수 있는 정원 같은 놀이터를 만들기로 계획하고 총괄기획가로 편해문 씨를 영입하였다.

삼국지에 유비가 제갈량을 초빙하기 위해 세 번이나 찾아가 부탁했다는 삼고초려(三顧草廬)라는 고사성어가 있다. 나는 편해문 씨를 기적의 놀이터 총괄기획가로 초빙하기 위해 두 번씩이나 경북 안동에 있는 그의 집을 찾아갔는데 순천에서 5시간이나 차를 타고 가야 할 정도로 멀었다. 이처럼 어렵게 시작한 기적의 놀이터는 아이들에게 꿈과 상상력을 키우면서 뛰어놀 수 있는 자연형 놀이기구를 채택하기로 했다. 바위, 통나무, 모래, 잔디 미끄럼틀 등 가공하지 않은 천연의 소재를 이용하였고 주변에 꽃과 나무를 심어 정원처럼 꾸몄다.

기적의 놀이터 이전에는 '놀이기구 삼종세트'라는 말이 있었다. 그네, 미끄럼틀, 시소 등 어느 놀이터에서나 볼 수 있는 획일적이고 정형화된 놀이시설을 말하는 것이다. 거기에 종합 놀이대나 탄성포장제 등을 넣은 놀이터가 거의 표준이라고 생각하면 되는데 사실 이런 놀이터에서 노는 아이들은 창의성을 발휘하기 어렵고 스스로 위험을 감지하고 대처하는 능력이 떨어질 수밖에 없다.

편해문 씨를 총괄기획가로 초방한 후 함께 국회에서 개최한 어린이 놀이터 심포지엄에 참여하여 순천 기적의 놀이터를 발표할 때만 해도 과연 성공할 수 있을지 의문이 있었지만 국제정원박람회를 성공했던 자신감으로 밀고 나갔다.

제1호 '엉뚱방뚱'을 시작으로 제2호 '작전을 시작하지' 등의 놀이터가 탄생할 때마다 순천 기적의 놀이터가 전국적으로 명성을 얻게 되면서 많은 지자체에서 어린이들이 순천으로 찾아왔다. 여수, 광양 등 인근 지역뿐만 아니라 심지어는 멀리 광주와 진주 등지에서도 버스를 빌려 단체로 놀러올 정도였다.

기적의 놀이터는 2016년 행정서비스 공동생산 우수사례 최우수상, 제10회 대한민국 공공건축상 최우수상, 2017년 민원 및 행정제도 최우수상을 수상할 정도로 정부에서도 그 진가를 인정해 주었다.

순천 기적의 놀이터가 성공할 수 있었던 가장 큰 이유는 놀이터의 주인공인 아이들이 직접 참여해 놀이터를 만들었다는 사실이다. 기획 단계에서부터 어린이와 학부모의 의견을 듣고 디자인학교를 운영하여 아이들이 원하는 놀이터를 만들어 나갔다. 심지어는 어린이들이 직접 감독관으로 참여하였고 학부모와 지역 사회단체에서 사후관리에 적극 참여해 줌으로서 진정 어린이를 위한 놀이터가 탄생하게 된 것이다.

필자는 공직 생활을 통틀어 자부심을 느끼는 세 가지가 있다.

첫째는 2013 순천만국제정원박람회 성공에 기여한 점이다.

제1호 기적의 놀이터 엉뚱방뚱

둘째는 순천 기적의 놀이터를 기획하고 시공하였다는 점이다.

셋째는 동천변에 50년 이상 거주하던 100동 이상의 무허가 건축물을 이전시키고 그린웨이를 조성했다는 점이다.

그리고 그중에서 딱 한 가지를 꼽으라고 한다면 나는 당연히 기적의 놀이터라고 말할 수 있을 정도로 의미 있는 프로젝트였다. 기적의 놀이터를 통해 아이들의 놀 권리가 얼마나 소중한 것인지를 인식하게 되었다. 이제 2023 순천만국제정원박람회장에서는 제8호 기적의 놀이터 '꿈틀 놀이동산'을 만날 수 있을 것이다.

가깝고도 먼 정원과 공원

정원과 관련된 일을 하다 보면 공원(公園)과 정원(庭園) 그리고 수목원(樹木園)의 차이점에 대해 궁금해하는 사람들이 많다는 것을 알게 된다.

산림청에서는 이들을 비교하면서 정원(庭園)은 식물을 중심으로 자연·인공물을 배치하고 전시 및 재배, 가꾸기 등이 이루어지는 공간으로 정의하고 있다.

수목원(식물원)은 식물(수목) 유전자원을 수집, 증식, 보존 및 전시하고 학술적·산업적으로 연구를 하는 시설로 구분하고 있다.

공원(도시공원)은 자연경관을 보호하고 시민의 건강, 휴양 및 정서 생활을 향상시키기 위한 시설이라고 정의한다.

그나마 수목원(식물원)은 구분이 명확해서 어려움이 없지만 정원과 공원의 구분은 만만치가 않다. 이론적으로는 이해가 되는데 막상 현장에서 30년 가까이 근무하면서 느끼는 공원과 정원의 차이점은 조경학개론에서 배울 수 있는 단순한 것이 아니기 때문이다.

결론부터 말하자면 공원과 정원은 서로 구별할 수 없을 정도로 상대의 역할을 대체하면서 성장해가고 있다. 일반적으로 공원(Park)은 정원(Garden)보다 공공성이 더 강하게 요구된다. 바꾸어 말하면 정원은 공공성보다는 개인적 성향이 강하다고 할 수 있을 것이다.

공원은 공공성(公共性)과 개방성(開放性)이 강해 누구나 자유롭게 이용할 수 있는 반면, 정원은 사적(私的) 성격이 강해 입장료를 지급한 사람들만 이용할 수 있다고 말하는 사람도 있다. 맞는 말 같기도 하고 그렇지 않은 것 같기도 하다. 왜냐하면 최근 들어 공원 못지않게 공공성이 강하고 자유롭게 입장이 가능한 정원들이 생겨나고 있기 때문이다.

대표적인 예가 울산태화강 국가정원이다. 제2호 국가정원임에도 불구하고 입장료를 받지 않고 운영하고 있다. 반대로 공원도 요금을 지불해야만 입장이 가능한 곳이 있는데 서울대공원 등은 입장료를 지불해야 되는 공원들이다.

그렇다면 공원과 정원을 구분하는 기준은 무엇일까. 불과 10년 전만 하더라도 정원에 관련된 법규조차 없어 정원이라는 용어보다는 공원이 흔하게 사용되던 때가 있었다. 정원 관련 법규가 제정된 배경을 이해하기 위해서는 2013 순천만국제정원박람회 당시 정부의 어느 조직이 주무부처였는지 살펴볼 필요가 있다.

순천시와 전라남도에서는 정원박람회를 유치하기 위해 국토부와 농림부 등을 방문해 정부 소관 주부부처가 되어주길 요청하였으나 이루어지지 않았고 결국 산림청의 동의를 받아내게 되었다. 이후 정부 주무부처로 선정된 산림청과 함께 정원박람회를 성공적으로 개최하였고 다른 지방자치단체에서도 정원에 관심을 갖게 되면서 자연스럽게 정원문화와 정원 산업이라는 용어들이 등장하기 시작했다.

정부에서는 정원이 그린뉴딜(Green New Deal)이라는 것을 인식하고 2015년에 '수목원 및 정원에 관한 법률'을 제정하였고 이를 근거로 순천만정원을 제1호 국가정원으로 지정하기에 이르렀다. 공원은 도시공원 및 녹지 등에 관한 법률에 근거하여 만들어지고 유지 관리되는 반면, 정원은 수목원 및 정원에 관한 법률에 근거하고 있다. 이둘의 관계가 아주 단순해 보여도 법률을 제정한 정부 부처에 따라 성격이 달라지는 것이다.

도시 공원은 기능과 규모에 따라 근린, 어린이, 역사문화공원 등 다양하게 세분화 되어 있고 정원은 관리주체에 따라 국가, 지방, 민간정원 등으로 나뉘어져 있다. 순천만 국가정원은 도시기본계획(순천시 장기발전 종합계획)상 정원으로 관리되고 있으나 도시 관리 계획으로는 문화공원으로 지정되어 있다. 정원이면서 동시에 공원이다. 아직도 정원은 국토의 계획 및 이용에 관한 법에 따른 도시계획시설로서의 독립된 공간시설 지위를 확보하지 못하고 있다.

이러한 불합리성을 해소하기 위해서는 정원도 도시 관리 계획에 반영되도록 법령 개정이 필요하다고 생각한다. 그렇지 않고서는 앞으로도 계속해서 정부 주무부처 간 이견이 생겨나고 소속된 학계에서도 주장하는 바가 다를 것이다.

필자는 이 문제를 지난 10년 동안 현장에서 느껴왔지만 쉽게 해결될 것 같지는 않아 보인다. 어떻게 보면 당연한 현상이라는 생각이 들면서도 안타까울 때가 있다.

요즘 순천에는 한 평 정원과 그보다 더 작은 한 뼘 정원이 인기가 많다. 실내외를 막론하고 한 뼘 작은 공간만 있으면 자신만의 독특한 정원을 만들고 있다. 재밌는 것은 도시공원에도 아주 작은 자투리 공원이 생겨나고 있다는 점이다. 한두 평밖에 안 되는 곳을 쌈지공원이라고 이름 붙여놓은 곳도 있다. 생긴 것도 비슷해서 어느 것이 정원인지 공원인지 크기로만 봐서는 모를 정도이다. 이들을 만드는 주체에 따라 공원과 정원이 나눠질 수 있다고 말하는 이가 있지만 이것 역시 분명하지는 않다. 다만 그곳이 어디든 설령 공원지역이더라도 시민이 직접 참여해서 만들 수 있는 공간이라면 정원이라고 불러도 되지 않을까 생각한다.

굳이 공원과 정원의 차이점을 말하라고 한다면 소관 법규가 다르고 정부 관할 부처가 다르다는 점 말고는 명확하게 구분하기 어렵다고 생각한다. 공원과 정원은 동전의 양면처럼 한 몸처럼 연결되어 있기 때문에 뒤집어 보면 다르게 보이지만 동시에 함께 바라보면 하나로 보인다.

지난해부터 전 세계를 강타하고 있는 코로나 팬데믹 영향으로 사회적 거리두기가 일상화된 요즘 도시공원과 정원을 이용하는 사람들이 늘어나고 있다고 한다. 실제로 코로나 이후 순천만 국가정원을 찾는 관람객들을 분석해보면 단체보다는 혼자 또는 소수 인원이 방문하는 경우가 많다. 코로나 비대면 시대에 도심 속 공원과 정원은 공공 영역으로서 시민들에게 좋은 휴식처임이 분명해 보인다.

정원과 공원 현장에서 오랫동안 몸담아온 사람으로서 바람이 있다면 오는 2023 순천만국제정원박람회 때에는 공원과 정원, 조경과 화훼·원예 등 모든 분야의 사람들이 함께 손잡고 일할 수 있으면 좋겠다.

　언제나 그렇듯 오늘도 나는 정원을 만들기 위해 현장을 누비면서 나무를 심고 가꾸고 있다. 언제 보아도 나는 나무가 좋다. 나무와 함께 해서 행복하다. 앞으로도 나는 나무와 함께 정원박람회장을 가꾸고 삶을 가꾸며 나아갈 것이다. 나는 나무로부터 행복을 선물 받은 축복받은 사람이다.

순천만정원박람회장 나무 전담 팀장의 숨겨진 나무 이야기

나무는 내 운명

초판 1쇄 발행 2022년 4월 5일
초판 2쇄 발행 2022년 5월 10일

지은이   이천식
펴낸이   한승수
펴낸곳   문예춘추사

편 집   고은정
기 획   임재성
마케팅   박건원·김지윤
디자인   스튜디오 페이지엔

등록번호   제300-1994-16
등록일자   1994년 1월 24일

주   소   서울특별시 마포구 동교로 27길 53, 309호
전   화   02 338 0084
팩   스   02 338 0087
E-mail   moonchusa@naver.com

ISBN   978-89-7604-510-2 03810